채널마스터

CHANNEL MASTER

채널마스터 8
CHANNEL MASTER

한태민 현대 판타지 장편소설

초판 1쇄 찍은 날 | 2018년 7월 24일
초판 1쇄 펴낸 날 | 2018년 7월 31일

지은이 | 한태민
펴낸이 | 예경원

기획 | 위시북스
편집책임 | 이규재
편집 | 위시북스

펴낸곳 | 예원북스
등록번호 | 제396-2012-000132호
등록일자 | 2012. 7. 25
KFN | 제1-291호

주소 | 경기도 고양시 일산동구 호수로 646-24 위너스21II빌딩 206A호 (우)10401
전화 | 031-819-9431 팩스 | 031-817-9432
E-mail | yewonbooks@naver.com

ISBN 979-11-89348-42-7 04810
      979-11-6098-760-7 (set)

채널마스터

CHANNEL MASTER

WISHBOOKS MODERN FANTASY STORY

한태민 현대 판타지 장편소설

채널마스터
CHANNEL MASTER

CONTENTS

CHAPTER
1

한국은 이미 난리가 난 상태였다. 각종 웹사이트가 시끌벅적 난리가 아니었다.

그럴 수밖에 없었다. 예능계의 블루칩 강한수가 알고 보니 프로 축구 선수 못지않은 실력자였다고?

그런 그가 맨체스터 시티로부터 러브콜을 받고 있는 데다가 레알 마드리드, 바르셀로나, 맨체스터 유나이티드 같은 굵직굵직한 구단도 관심을 갖고 있다고 한다.

국내 축구 팬들이 들썩였다.

그들은 강한수가 노대체 누구기에 이렇게 많은 해외 구단들로부터 관심을 받고 있는 것인지 궁금해했다.

그건 일반인들만 그런 게 아니었다. 연예인 중에서도 해외 축구 팬들은 적지 않게 있었다.

실제로 몇몇 톱스타들은 비행기를 타고 외국에 나가서 축구 경기를 보고 오기도 한다.

실제로 V.I.P의 한 멤버는 엘 클라시코(El Clasico)를 직관하고 그 사진을 SNS에 남겨 화제에 오르기도 했다.

여기 모인 「쉐프의 비법」 MC와 출연자들도 해외 축구 팬들이었다.

그들이 기겁하며 놀라는 건 당연한 일이었다.

시끌벅적한 소리에 대기실 분위기가 난장판이 되었다.

뒤늦게 그들이 진정했고 한수가 한숨을 돌리며 입을 열었다.

"아직 결정된 건 아무것도 없어요."

"진짜 이적료로 천만 파운드를 제시한 거야?"

"주급은 얼마야?"

"너 진짜 맨체스터 시티에서 축구 선수로 뛰는 거야?"

"결정된 건 없다니까요. 솔직히 축구 선수는커녕 아마추어로 뛰어본 적도 없는데 제가 어떻게 해외 리그에서 뛴다는 생각을 하겠어요."

"야, 그래도 펩 과르디올라가 너를 그렇게 원한다며."

그 말에 한수가 머리를 헝클어뜨렸다.

그가 지금도 고민하고 있는 건 펩 과르디올라 때문이었다. 연습경기가 끝난 뒤 한수는 곧장 스튜디오로 돌아온 게 아니었다. 그 이후 한수는 펩 과르디올라와 저녁 식사를 함께했다.

그 자리에서 펩 과르디올라는 한수에게 자신이 생각하고 있는 축구 전술과 그만의 전략 그리고 자신이 그리고 있는 완벽한 축구를 이야기했다.

그러면서 펩 과르디올라는 한수가 자신이 그리려 하는 이 그림의 마스터피스가 되어줄 수 있다고 거듭 설득했었다.

그랬기 때문에 지금도 고민에 고민을 거듭하고 있는 것이었다.

하지만 신중해야 했다.

맨체스터 시티와 계약을 한다는 건 못해도 1년 이상은 축구 선수로 뛰어야 한다는 것이고 그러려면 반년 동안은 꾸준히 체력 단련을 해야만 했다.

축구 선수로 온전히 90분 이상 소화할 수 있는 체력을 만들어야 했으니까.

"잘 생각해 봐, 어차피 결정은 네가 내려야 하잖아."

"예. 그렇죠, 그래서 고민하는 거예요."

"근데 너는 못 하는 게 뭐냐? 진짜 손대는 건 다 잘하네."

"그러게요. 공부에, 노래에, 요리에, 축구까지. 못하는 게 뭔지 궁금할 정도네."

다들 투덜거렸다.

하나만 잘 해도 충분한데 한수는 팔방미인이라는 말이 어울릴 만큼 여러 방면의 일에 모두 능숙했기 때문이다.

그냥 조금씩 손을 대고 그치는 수준에 끝나는 것도 아니었다. 어느 분야에서든 그 분야의 대가가 될 만한 재능도 갖추고 있었다.

그랬기에 더욱더 샘이 날 수밖에 없었다.

그것도 잠시 촬영 시간이 되었다. 더는 지체할 수 없었다. 그들은 녹화장으로 향했다. 하지만 여전히 대화의 주제는 한수였다.

녹화가 끝난 뒤 한수는 곧장 구름나무 엔터테인먼트로 향했다. 어떻게 자신이 맨체스터 시티로부터 러브콜을 받고 있다는 게 퍼지게 된 건지 알고 싶었다. 결정을 내리기 전까지는 이 사실을 최대한 감춰두기로 했기 때문이다.

그렇지만 한수는 그 어느 때보다 유독 시끌벅적해 보이는 구름나무 엔터테인먼트 사옥을 보며 한숨을 내쉬었다. 저 많은 취재진을 뚫고 사옥 안에 들어갈 자신이 없었다.

김 실장도 이렇게 많은 기자는 처음 보는 듯 길 건너편에서 당혹스러운 얼굴로 구름나무 엔터테인먼트 사옥 앞을 바라보고 있었다. 지하 주차장으로 들어가는 길도 기자들한테 점령

당한 듯 보였다.

그들이 원하는 사람은 단 한 명, 한수였다. 하는 수없이 한수는 3팀장에게 전화를 걸었다.

신호가 걸리고 그가 전화를 받았다.

-어, 한수야. 무슨 일이야?

"지금 사옥 앞, 왜 이래요?"

-왜긴. 너 때문이지. 인마.

"아니, 어쩌다가 소문이 퍼진 거예요?"

아무리 생각해 봐도 생각나는 사람이 없었다. 이 일을 알고 있는 건 극소수였다.

맨체스터 시티의 감독 펩 과르디올라와 그 밑에 있는 코치들, 그리고 선수들.

여기에 노엘 갤러거와 구름나무 엔터테인먼트의 직원들.

이 정도가 전부였다.

맨체스터 시티나 노엘 갤러거가 소문을 퍼뜨렸을 확률은 정말 낮았다.

한수가 알려지게 되면 손해를 보는 건 맨체스터 시티이기 때문이다.

지금 상황에서도 보이지만 다른 클럽에서도 관심을 갖고 제의를 넣을 수 있어서다.

그렇다고 해서 구름나무 엔터테인먼트 직원들이 이 사실을 퍼뜨렸을까?

그것도 아니었다. 가뜩이나 많은 일이 더 늘어날 게 뻔한데 야근이 좋지 않은 이상 일부러 소문을 낼 리는 없었다.

결국, 내부자의 소행은 아니라는 것이었다.

-아, 그게 어떻게 된 거냐면…….

3팀장 이야기에 한수는 어떻게 된 일인지 뒤늦게 파악할 수 있었다.

결국, 이번에도 혁혁히 활약한 건 네티즌 수사대들이었다.

맨체스터 시티 훈련 경기가 공개된 유튜브에는 그들만 찍힌 게 아니었다. 거기에는 벤치에 앉아 경기를 지켜보던 노엘 갤러거도 포착되어 있었다. 그리고 네티즌 수사대들은 이번에 새로 발매된 노엘 갤러거의 앨범에 보컬리스트로 참여한 게 한수라는 걸 알아내고는 한수가 노엘 갤러거와 앨범 녹음을 하기 위해 맨체스터에 갔다가 우연찮은 일로 연습경기를 뛰게 된 건 아닌가 추측하고 있었다.

게다가 한국대학교에서 함께 풋살을 뛴 몇몇 재학생들이 한수 실력이 엄청났다는 이야기를 덧붙이면서 신뢰도가 생겨버린 것이었다.

무엇보다 이적 시장도 아닌데 데려올 수 있는 선수는 자유계약 선수뿐이었다.

어쨌든 유명세를 타면서 명성이 올라가는 건 여러모로 유용한 일이었지만 반면에 주변이 시끌벅적해지는 건 견뎌내기 어려운 일이었다.

수능 만점을 받았을 때 기자들이 집 앞에 장사진을 치고 기다렸듯 이번에도 기자들이 집 앞에서 천막을 치고 한수를 기다리고 있었던 것이다.

한국인 기자만 있는 게 아니었다. 영국에서 파견 나온 외국인 기자도 곳곳에 있었다. 이러다가는 노엘 갤러거 말처럼 파파라치까지 따라붙을까 봐 염려가 될 정도였다.

"아무래도 오늘 하루는 호텔에서 지내야겠네요. 실장님, 호텔 좀 잡아 주세요."

"알았어. 그게 낫겠다."

그저 지금은 기자들이 집에까지 찾아가는 일만은 없길 바랄 뿐이었다.

이형석 대표는 자신을 찾아온 3팀장과 홍보팀장을 번갈아 보며 말했다.

"인사는 됐고, 일단 이것부터 좀 보게."

그가 건넨 건 영어가 가득한 문서였다.

3팀장과 홍보팀장은 이형석 대표가 건넨 문서를 번갈아 확인하기 시작했다. 그리고 뒤늦게 내용을 파악한 두 사람이 얼떨떨한 얼굴로 이형석 대표를 쳐다보며 물었다.

"이거 진짜입니까?"

"조작 아니죠?"

"맞아, 사실이야."

이형석 대표가 담배를 입에 물었다.

그가 두 사람에게 보여준 건 해외 축구 구단에서 보내온 서류였다.

프리메라리가에서는 양강으로 손꼽히는 레알 마드리드와 바르셀로나에서, 프리미어리그에서는 맨체스터 시티와 맨체스터 유나이티드, 첼시에서 각각 서류를 구름나무 엔터테인먼트에 보내온 것이었다.

그리고 그것은 이적 제안 서류였다.

전속계약을 해지하고 자신의 구단과 계약서에 서명할 경우 그에 합당한 이적료를 주겠다는 제안이었다.

문제는 그 금액이었다.

처음 맨체스터 시티는 천만 파운드를 제시했지만, 그 이후 금액이 계속해서 늘어나고 있었다.

거대 클럽끼리 경쟁이 붙어버린 것이었다.

그 덕분에 이적료는 벌써 1,500만 파운드까지 늘어나 있었다.

"한수를 FA로 놓아주면 우리한테 255억 원을 주겠다는 거야. 하하, 우리가 축구 클럽도 아니고 이런 제안을 받을 줄은 생각도 못 했어. 보통 FA로 놓아줄 때 돈을 받는 경우는 거의 없었거든."

"대표님은 어떻게 하실 생각이십니까?"

3팀장이 조심스럽게 물었다.

이형석 대표가 웃으며 말했다.

"왜? 내가 한수를 저 구단들로 보낼 거 같나? 솔직히 255억 원이면 충분히 보낼 만하지. 그러나 너도 알겠지만 내가 아티스트의 의사를 무시하고 일 처리를 한 적이 있었던가?"

"아뇨, 그런 적은 한 번도 없으시죠."

"그래, 이번에도 마찬가지야. 솔직히 255억이면 엄청 많은 돈이긴 해. 그렇지만 그들 모두 단서를 달았어. 자기 구단과 계약을 할 경우에 한해서거든. 만약 한수가 축구 선수가 될 생각이 없다는데 내가 전속계약을 해지해 주면 나만 손해인 거잖아. 느긋하게 생각해 볼 문제야."

이형석 대표는 영리하게 생각하고 있었다.

최종 결정권은 자신에게 없다는 걸 잘 알고 있었다.

그때 휴대폰이 울렸다.

이형석 대표가 번호를 확인하고는 눈에 이채를 띠었다.

그리고 통화를 나눈 뒤 그가 입을 열었다.

"최종 결정권자가 결정을 내렸다는군."

"한수가요?"

"뭐라고 하던가요?"

이형석 대표가 대답했다.

"축구 선수가 될 생각은 없다는군. 즉, 255억 원도 물거품이 됐다는 의미지. 하하."

이형석 대표가 허탈한 얼굴로 웃음을 터뜨렸다.

반면에 3팀장은 그 말에 안도할 수 있었다.

그러나 홍보팀장의 얼굴은 먹구름이 끼인 것처럼 우중충했다. 한수의 입장을 발표한 뒤 또다시 쏟아질 폭풍우를 직감해서였다.

한수가 축구 선수가 되지 않기로 결심한 건 다른 이유에서가 아니었다. 그는 지금 여러 프로그램에 고정으로 출연 중이었다. 그리고 또 많은 사람과 관계를 맺었다. 그 모든 걸 다 내팽개치고 축구 선수가 될 수는 없었다.

펩 과르디올라의 제안은 달콤했고 또 그는 자신을 절실하게 원했지만 지금 당장은 어려운 일이었다.

결국, 한수는 입장을 발표하고 난 다음 날 오전 펩 과르디올라와 직접 전화를 해야 했다.

"미안합니다, 펩. 저는 축구 선수가 될 생각이 없어요."

-아쉽군요. 당신은 정말 별처럼 빛나는 재능을 갖고 있어요. 그 재능을 썩힌다는 건 정말 어리석은 행동입니다.

"만약 제가 축구를 먼저 시작했더라면 축구 선수가 되었겠죠. 그러나 저는 역시 축구를 하는 것보다는 보는 걸 더 좋아해요. 미안해요. 대신 맨체스터 시티는 계속 응원하도록 하죠. 더불어 당신도요."

-하하, 알겠습니다. 하지만 제 제안은 언제나 유효합니다. 기억해 주십시오. 그리고 이번 시즌이 끝나는 대로 내년 시즌권을 보내겠습니다. 언제든지 맨체스터에 오게 되면 꼭 찾아와 주십시오. 당신을 위한 VVIP 자리를 마련해 두겠습니다.

끝까지 펩 과르디올라는 한수를 원하고 있었다.

전화를 끊은 뒤 한수는 한숨을 길게 내쉬었다.

정말 어려운 결정이었다.

만약 지금보다 서너 살만 어렸더라면 진지하게 축구 선수 일을 도전했을지도 몰랐다.

그러나 한 가지에만 몰두하기엔 한수가 가진 능력은 너무나도 방대했다. 그리고 축구 선수가 된다는 것은 채널 마스터의 능력을 100% 발휘하지 못하는 길이었다.

한수의 목표는 채널 마스터였고, 그러기 위해서는 궁극적으로 일단 지상파를 확보해야 했다.

그때 때맞춰 한수 소속사에서 낸 입장이 발표됐고 찬반 반응이 격렬하게 나뉘었다.

누구는 프리미어리그에서 뛸 기회를 제 발로 차버렸다고 비난하기도 했고 누구는 늦어도 30대 중반쯤 은퇴해야 하는데 스물네 살에 미래가 불투명한 축구 선수가 되어야 할 이유가 있냐며 반박하곤 했다.

이미 한수는 예능이나 노래, 요리 등 다른 분야에서도 충분히 잘 나가고 있다는 게 그 이유였다.

그래도 세계적인 선수들과 함께 뛸 기회를 놓쳤다는 생각에 한수도 적지 않게 아쉬워하고 있을 때였다.

연락이 왔다. 노엘 갤러거였다.

'벌써 내가 맨체스터 시티의 제안을 거절한 걸 안 건가?'

그러기엔 지나치게 일렀다. 이제 막 기사가 떴기 때문이다. 한수가 침착한 목소리로 입을 열었다.

"노엘, 미안하지만 어쩔 수 없는 선택……."

-뭐라는 거야?

"응? 무슨 일이에요?"

-무슨 일이긴! F***! 너 뉴욕에 와줄 수 있어?

"예? 갑자기 뉴욕은 왜요?"

-왜겠냐? F***. 이 X 같은 놈들이 감히 내가 노래를 부르는

데 못 들어 처먹겠다잖아! 너를 데려오라고 난리도 아니야! X 같은 놈들!

노엘이 스피커폰으로 변경했다.

"한스! 한스! 한스!"

수만 명이 목청껏 소리치는 목소리가 귓가에 따갑게 틀어박혔다. 몇십 년 만에 부활한 브릿팝 열풍과 함께 영국과 미국에서는 지금 새로운 신드롬이 일어나고 있었다.

한수 신드롬(Syndrome)이 바로 그것이었다.

자신을 외치는 소리에 한수가 눈살을 찌푸렸다. 귀를 쩌렁쩌렁 울리는 소리였다. 그렇다고 지금 당장 뉴욕에 갈 수는 없었다.

바로 내일 촬영이 예정되어 있었다. 게다가 노엘과 애초에 앨범을 낼 때 투어 같은 건 전혀 하지 않기로 계약이 되어 있었다.

"노엘, 투어 같은 건 안 한다면서요?"

-나도 투어 같은 선 관심 없다고. 그런데 이놈들이 이렇게 난리가 날지 내가 어떻게 알았겠냐고.

"어쨌든 저는 못 가요. 내일 촬영이 잡혀 있다고요."

-알았어, 이놈들한테 그렇게 전해둘게.

"뭐라고요?"

한수가 눈매를 좁혔다.

-못 오면 어쩔 수 없는 거잖아. 무조건 와야 한다는 건 아니었다고. 내가 그렇게 경우 없는 사람은 아니야. 다만 이놈들이 너를 엄청 보고 싶어 한다는 것만 알아두라고.

전화를 끊은 뒤 한수는 인터넷에 접속해서 빌보드 차트를 확인했다.

노엘이 새로 발매한 음반은 빌보드 차트 200. 3위에 안착해 있었다. UK 싱글 차트는 1위였다.

한수는 CNN을 포함한 각종 웹사이트도 확인했다.

그리고 그는 노엘의 말이 거짓이 아님을 깨달을 수 있었다.

'진짜 난리 났네.'

CNN Entertainment 1면에 노엘이 낸 앨범이 큼지막하게 박혀 있었다. 그리고 그 아래에 영어로 된 소개글이 함께 박혀 있었다.

「다시 시작된 브릿팝 열풍. 한스 신드롬(Hans Syndrome)은 무엇인가?」

한수는 기사를 정독했다.

노엘이 새로 발매한 앨범이 가지는 상징적인 의미에 대해 우선 다루고 있었다.

브릿팝은 90년대 이후 영국의 모던 록을 뜻하며 밴드가 팝 분위기의 부드럽고 멜로디가 아름다운, 대중적인 노래를 불렀기 때문이다.

그러나 90년대 후반에 들어 들며 점차 쇠락했는데 이후 포스트 브릿팝이 새로 나타나게 된다.

콜드플레이(Coldplay), 뮤즈(Muse) 등이 대표적인 밴드라고 할 수 있고 콜드플레이는 대중적으로 엄청난 성공을 거두기도 했다.

그 와중에 노엘 갤러거가 발표한 앨범이 평단에서 극찬을 받을 뿐만 아니라 대중적으로 성공을 거두면서 또다시 새로운 브릿팝 열풍이 부는 게 아닌가 하는 그런 이야기가 나오기 시작한 것이다.

실제로도 지금 노엘이 발매한 새 앨범은 선풍적인 인기를 구가하고 있었다.

그러면서 음반사를 비롯한 노엘의 매니지먼트 측에서도 해외 투어를 제안하고 있었다.

이렇게 반응이 뜨거운데 이 상황에서 투어를 한다면 그야말로 어마어마한 돈을 긁어모을 수 있었기 때문이다.

하지만 노엘은 투어는 생각지도 않고 있었다. 그것은 계약 조건이 애초에 그러해서였다.

그가 원한 건 앨범의 발매였고 투어는 생각에도 없었다. 문제는 생각한 것보다 반응이 너무 뜨겁다는 데 있었다.

이미 앨범은 발매될 때마다 계속해서 팔려나가고 있었고 찍어내는 속도가 팔리는 속도를 따라잡지 못하는 중이었다.

음반사 관계자들도 이 현상을 이해하지 못했다. 점점 더 음원이 강세를 보이고 음반 판매는 급격히 줄어들고 있는 지금 노엘이 낸 음반만 유독 판매에 호조를 보이는 건 있을 수 없는 일이었기 때문이다.

이런 기이한 현상에 대중평론가들도 고개를 절로 내저었다. 그나마 가장 설득력 있는 말은 그만큼 노엘이 새로 낸 앨범이 소장 가치가 높다는 것이었다.

음원이 아닌 음반으로 구매해서 오래 듣고 싶을 정도로 좋은 노래.

그것이 현재 노엘 갤러거가 낸 음반에 붙은 평가였다.

다만 아직 국내에는 제대로 된 기사 하나 없이 외국에서 이슈가 되고 있는 그 현상이 미처 알려지지 않았다.

일단 국내에는 브릿팝 팬이 적은 데다가 한수가 보컬리스트였다는 것을 아는 사람도 얼마 되지 않았다.

지난번 네티즌 수사대들이 찾아내긴 했지만, 인기 없는 브릿팝인 탓에 국내에는 크게 이슈가 되지 않은 상태였다.

노엘 갤러거 팬을 비롯한 오아시스 팬들만 난리가 난 상태였다.

오히려 한수가 아닌 한스가 보컬리스트로 와전되어 알려진 상태였다.

한수는 인터넷을 껐다.

기분이 묘했다. 한스이긴 해도 자신의 이름이 외국에 이렇게 알려지고 있다는 게 신기했다.

한번 뉴욕에 가보고 싶긴 했다. 자신을 연호하는 사람들을 만나보고 싶었다.

어쨌든 팬들이 있기 때문에 이렇게 노래를 부를 수 있는 것이었으니까.

그러나 지금 당장은 내일 있는 촬영이 더 중요했다.

그리고 노엘은 자신을 설득하기에 앞서 구름나무 엔터테인먼트와 협의를 거칠 필요가 있었다.

왜냐하면 한수의 몸값은 생각보다 비쌌기 때문이다.

1시간 30분짜리 콘서트를 끝낸 뒤 노엘은 기진맥진한 얼굴로 호텔에 들어왔다.

대규모 콘서트는 아니었다. 그런데도 불구하고 2만 명이 넘는 관중이 몰렸다.

덕분에 목이 쉴 정도로 노래를 불러야 했다. 이번에 새로 발매한 앨범은 물론 오아시스의 노래도 불렀다.

관중들의 반응은 열광적이었다.

그가 뉴욕까지 와서 공연하게 된 건 다른 이유가 있어서가 아니었다. 유니버설 뮤직 그룹의 요청 때문이었다.

영국 본토보다 미국에서 음반 매출량이 어마어마했을뿐더러 관중들은 실제 앨범을 라이브로 직접 듣고 싶어 하고 있었다.

그래서 유니버설 뮤직 그룹이 간곡히 요청한 끝에 노엘 갤러거가 이곳 뉴욕으로 오게 된 것이었다.

하지만 오아시스의 노래를 부를 때는 반응이 열광적이었지만 새 앨범의 수록곡을 불렀을 때는 반응이 미적지근했다.

노엘 갤러거는 관중들의 반응이 왜 이런지 알 수 있었다. 그가 새로 낸 앨범은 한수가 불렀기 때문에 반응이 좋은 것이었다.

한수만 소화할 수 있는 음악이었다. 전성기 시절의 리암 갤러거도 소화할 수 있겠지만 시간은 되돌릴 수 없는 것이었다.

그랬기에 노엘 갤러거가 한수를 그렇게 목마르게 찾은 것이기도 했다.

유니버설 뮤직 그룹의 관계자가 노엘을 찾아왔다.

그는 꽤 높은 위치에 있는 고위직 관계자였다.

"미스터 갤러거, 오늘 콘서트는 어땠습니까?"

"여전히 X 같지. 네가 생각해 봐. 반응이 영 개판이었잖아. 안 그래?"

"예, 오아시스 노래를 부를 때는 반응이 되게 좋았는데 이번 앨범은 조금 아쉽더군요."

사내도 그 기류를 느낀 듯했다. 노엘 갤러거가 퉁명스러운 목소리로 말했다.

"원래 보컬리스트가 불러야 하는데 내가 부르니까 그런 거잖아. 지금 내 얼굴에 침 뱉으려고 보러 온 거야?"

"아닙니다. 그 문제를 해결해 드릴까 해서요. 저희도 오늘 콘서트가 끝나고 관중들에게 이유를 물어봤는데 한스를 찾더군요. 한스가 이번 앨범의 보컬리스트가 맞죠?"

"맞아. 그 녀석을 데려오겠다고?"

사내가 자신만만한 목소리로 대답했다.

"그럼요. 관중들도 바라고 있을 겁니다. 자신이 듣는 앨범의 진짜 보컬리스트를요."

"……F***, 지금 은근슬쩍 내 보컬 실력을 까는 거야?"

"아닙니다. 여하튼 그는 독일인인 겁니까?"

한수에 대해 아는 사람은 드물었다.

실제로 그가 코벤트 가든과 피카딜리 서커스에서 버스킹을 했던 동양인 보컬리스트와 동일인이라는 걸 아는 사람도 적었다.

사람들은 피카딜리 서커스에서 공연한 보컬리스트와 노엘의 앨범에 참여한 보컬리스트를 전혀 다른 두 명으로 알고 있었다.

노엘 갤러거는 음흉한 웃음을 흘리며 말했다.

"아니, 그는 코리안 보이야. 한국인이지."

"……예? 한국인이라고요?"

독일인 아니면 적어도 유럽 사람이라고 생각했다.

그런데 한국인일 줄은 예상지도 못 한 일이었다.

"뜻밖이군요. 아, 그러면 설마……."

뒤늦게 떠오른 듯 그가 당혹스러운 얼굴로 노엘을 보며 물었다.

"혹시 피카딜리 서커스에서 에릭 클랩튼과 지미 페이지, 그리고 폴 매카트니 경과 함께 공연했던 그 동양인 보컬리스트인 겁니까?"

"오, 눈치가 빠르군. 맞아, 그 녀석이지. 정말 괴물 같은 녀석이고."

"……음, 그 사람이 맞았군요."

"웅? 누군지 알고 있나?"

사내가 고개를 끄덕였다.

"물론입니다. 실제로 클라우드트리(CloudTree)? 그쪽 엔터테인먼트에 거액의 딜을 제시했었거든요. 그 날 피카딜리 서커스에서의 공연은 환상적이었죠. 그곳에 모인 수많은 인파가 그렇게 노래하는 모습을 누가 상상이나 했겠습니까? 그런데 우리는 거기서 그 동양인 보컬리스트가 전설적인 사람들을 한데 모았다는 걸 느낄 수 있었죠."

"그래서 거액의 딜을 제시한 거군."

"예. 빌보드 차트에 올릴 음반을 제작하고 싶었거든요. 그 남자면 충분히 가능할 거라고 생각했고요. 그런데 이미 선수를 빼앗겨 버렸군요."

"하하, 그럼 누군지도 알았을 테니 설득할 자신은 있겠지? 그가 오지 않으면 이번 이벤트는 생각보다 성과가 별로 없을 거 같거든."

"……미스터 갤러거! 당신의 앨범이지 않습니까? 성과가 없어도 상관없습니까?"

"이봐, 미스터……."

"미스터 앤더슨입니다."

"미스터 앤더슨. 이 앨범은 팔 목적으로 낸 게 아니야. 그렇게 내가 돈이 궁해 보이나?"

앤더슨이 고개를 저었다.

오아시스에서 활동하며 그가 작곡한 노래는 셀 수 없이 많다. 그 저작권료만 해도 매년 엄청 많은 돈을 벌어들인다. 그리고 밴드 활동을 하며 쌓아둔 돈도 어마어마하게 많다.

그런 그가 돈을 목적으로 음반을 발매할 이유는 없는 것이다.

"이건 어디까지나 오아시스를 추억하며 낸 것뿐이야. 이 앨범이 잘 팔린 건 분명 좋은 일이지만 그렇다고 해서 이 앨범이 망했다고 해도 내겐 중요치 않은 일이야. 그리고 애초에 말했듯이 나는 이 앨범으로 투어할 생각이 전혀 없었어. 그걸 원한 건 너희들이고. 그러니까 그 엿 같은 투어를 계속하고 싶다면 그 녀석을 데려와. 그 녀석이 있어야 이 앨범은 완성되는 것이니까."

잠시 동안 침묵이 이어졌다.

꽤 오랜 시간 말없이 생각에 잠겨 있던 사내가 한숨을 길게 내쉬며 말했다.

"……알겠습니다. 그렇게 하죠. 어떤 조건을 내걸어서라도 그를 데려오겠습니다."

"좋아. 굿 아이디어야. 그러면 난 조금 쉬도록 하지. 방해하지 말아 주겠나?"

"알겠습니다. 편안한 시간 되십시오, 미스터 갤러거."

"고맙군, 미스터 앤더슨."

카일 앤더슨은 호텔 방문을 닫고 나왔다.

그러나 노엘 갤러거는 유니버셜 뮤직 그룹의 임원인 그로서도 쉽게 건드릴 수 없는 거물이었다.

노엘 갤러거를 건드린다는 건 단순히 그 한 명을 건드리는 게 아니라 그와 연결되어 있는 수많은 뮤지션을 건드리는 것과 진배없었다.

특히 최근 새롭게 브릿팝 열풍을 불러일으키고 있는 그의 심기를 상하게 할 필요는 전혀 없었다.

오히려 그 덕분에 다른 2개 메이저 레코드 테이블이 상당히 배 아파하고 있었다. 그 정도로 노엘 갤러거가 이번에 새로 낸 앨범은 무시무시한 기세로 전미 지역을 집어삼키는 중이었다.

"문제는 그 동양인 보컬리스트를 이곳으로 데려오는 일이겠어."

앤더슨은 한숨을 길게 내쉬었다.

산 넘어 산이 산적해 있었다.

한편 자신을 둘러싸고 무슨 일이 있는지 알지 못한 채 한수는 「마스크싱어」 촬영을 준비하고 있었다. 대기실에 앉아서 기다리는 사이 오늘 출연할 가수들의 리허설이 진행되고 있었다.

한수가 오늘 선곡한 노래는 조금 특별한 노래였다. 그랬기 때문에 한수 역시 긴장의 끈을 놓지 못하고 있었다. 그래서 그는 스마트폰마저 꺼둔 채 정신을 집중하는 중이었다.

그러는 사이 문을 두드리는 소리가 들렸다. 동시에 스태프가 소리치고 떠났다.

"30분 남았습니다!"

이제 곧 리허설이다.

오늘 「마스크싱어」에 나오는 가수들의 리허설이 전부 끝난 모양이었다.

한수도 위풍당당 아수라 백작 가면을 쓰고 무대로 향했다.

언제나 이 길은 설레기 그지없었다.

그것은 오늘도 마찬가지였다.

특히 수많은 사람에게 둘러싸인 가운데 노래를 부르는 건 짜릿하기 이를 데 없다. 윤환의 콘서트에서도 그러했고 런던에서 버스킹을 했을 때도 비슷한 감정을 느꼈다.

'뉴욕은 어떨까?'

문득 그런 생각이 들었다.

그 와중에 한수는 꼼꼼히 리허설을 몇 차례 거듭했다.

그것을 보며 「마스크싱어」의 김명진 피디는 혀를 내둘렀다.

이번에도 쟁쟁한 실력자를 준비했지만, 저 가왕을 꺾는 건 어려운 일이 될 것 같았다. 리허설이 끝나고 사전 녹화가 이어졌다. 실력자들의 무대가 펼쳐졌다. 쟁쟁한 실력자들이 가득했다.

최종적으로 생존한 복면 가수가 무대를 마치고 내려갔고 이제 한수가 무대 위로 올라섰다.

그가 선곡한 노래의 원곡은 여성 가수가 부른 것이었다.

그러나 한수는 충분히 소화해낼 자신이 있었다.

그리고 피아노 건반음 이후로 위풍당당 아수라 백작이 첫 음을 뗴었다.

바람이 분다 서러운 마음에 텅 빈 풍경이 들어온다.

명곡이 위풍당당 아수라 백작의 목소리를 통해 잔잔하게 흘러나오기 시작했다.

위풍당당 아수라 백작이 부른 건 「바람이 분다」였다.

원곡 가수는 이소현으로, 이 곡은 6집 눈썹달 앨범에 수록된 곡이었다. 실연당한 여인의 절절함이 느껴지는 곡이기도 했다.

위풍당당 아수라 백작이 선곡한 의외의 노래에 사전 녹화 무대를 보러 온 방청객들은 적잖게 당혹스러워하고 있었다. 이번에도 시원하게 고음을 내지르는 강렬한 록 무대를 기대했기 때문이나.

그것도 잠시 그들은 위풍당당 아수라 백작이 불러내는 또 다른 「바람이 분다」에 푹 젖어 들기 시작했다.

원곡 가수인 이소현이 부른 「바람이 분다」와는 조금 다르

느낌이 있었지만, 위풍당당 아수라 백작이 부르는 「바람이 분다」에서도 그들은 처연함과 가슴을 옥죄는 듯한 그런 느낌을 받고 있었다.

고음부에서 폭발적으로 치고 올라오는 것에서 감정적인 기복이 더욱더 강렬하게 와닿기도 했다.

이미 몇몇은 헤어진 연인을 생각하는 듯 눈시울을 촉촉이 붉히기도 했다.

연예인 패널들도 비슷했다. 그들은 리허설도 지켜봤기 때문에 오늘 위풍당당 아수라 백작이 「바람이 분다」이 부르는 걸 이미 알고 있었다.

그렇지만 막상 위풍당당 아수라 백작이 「바람이 분다」이 부르기 시작하자 마음이 크게 진탕된 듯 먹먹함에 고개를 떨구고 있었다.

눈물이 흐른다-

위풍당당 아수라 백작이 여운이 남는 마지막 가사로 무대를 끝마쳤을 때 그들은 말없이 자리에 앉아 박수갈채를 보내기 시작했다.

"아, 이거 너무 심한 거 아니에요?"

"저 사람을 누가 이겨요?"

"장난 아닌데? 후아, 이렇게 소화해낼지는 생각지도 못했네."

"누군지 짐작은 가요?"

"그걸 내가 어떻게 알아요! 네티즌 수사대들 힘 좀 내주시죠! 우리 궁금해 죽겠어요!"

야단법석을 피우며 그들 모두 한마디씩 보탰다.

박구철이 옆에 앉아 있던 유지아를 보며 물었다.

"어땠어요?"

"진짜…… 가슴이 먹먹해서 큰일 날 뻔했어요. 저 진짜 울 뻔한 거 있죠."

그녀는 얼음별의 메인보컬이었다.

박구철이 장난스러운 표정으로 물었다.

"어때요? 저기 서면 저렇게 부를 수 있을 거 같아요?"

"설마요. 말도 안 돼요. 근데 저분은 누굴까요? 진짜 노래 엄청 잘하시는 거 같아요. 가수시겠죠?"

"글쎄요. 저도 잘 모르죠. 그런데 가수이겠죠?"

여전히 위풍당당 아수라 백작이 누구인지는 밝혀진 게 없었다.

몇몇 의혹이 제기되고 있긴 했지만, 그의 정체를 속 시원히 밝혀낼 만한 단서가 나온 건 아니었다.

그러는 동안 투표 집계가 끝났다.

「마스크싱어」의 MC 김태주가 결과를 발표했다.

"이번 주 가왕은 바로! 이분입니다!"

그리고 전광판에 위풍당당 아수라 백작이 떴다.

패널들이 박수를 보냈다. 지난주하고는 정반대의 분위기를 자아내는 무대였다.

그러나 한 가지는 같았다. 그것은 무대의 완성도였다.

지난주 무대도, 이번 주 무대도 가왕의 무대라고 하기에 충분한 그런 무대였다.

투표 결과가 나왔다.

81표 대 18표.

여전히 압도적인 득표 차이였다.

위풍당당 아수라 백작에게 마이크가 건네졌다.

"오늘 이기면서 2연패를 달성하셨는데요. 소감을 듣고 싶습니다."

위풍당당 아수라 백작은 이름 그대로 위풍당당했다.

그가 대답했다.

"기존에 최고 기록이 우리 동네 음악대장님이 기록하신 9연 승으로 알고 있습니다. 제가 그 기록을 갱신해 보도록 하겠습니다."

"그렇다면 10연승을 거머쥐시겠다는 말인데요. 가능하다고 생각하십니까?"

"최대한 힘을 내서 도전해 보겠습니다!"

"좋습니다. 그럼 위풍당당 아수라 백작님께서는 이만 이동해 주시길 바랍니다."

한수는 경호원들을 쫓아 대기실로 돌아왔다.

대기실로 돌아온 뒤 그는 마스크를 벗었다. 여가수가 부른 원곡이긴 했지만, 그 먹먹함과 애절함이 좋아서 선곡한 노래였다.

잠깐 대기실에서 휴식을 취하던 한수는 스마트폰을 켰다.

그가 리허설을 하고 사전 녹화를 하는 사이 꽤 많은 연락이 쌓여 있었다.

대부분이 3팀장에게서 온 것들이었다.

한수는 3팀장에게 곧장 전화를 걸었다.

급한 일이었으면 김 실장이 직접 이야기를 해줬을 터다.

반면에 노엘 갤러거한테는 연락이 오질 않아서 조금 뜻밖이긴 했다. 그가 자신에게 한 이야기대로라면 왜인지는 모르겠지만 어떻게든 함께 투어를 하고 싶어 하는 속내가 훤히 보였기 때문이다.

얼마 지나지 않아 3팀장이 전화를 받았고 한수가 물었다.

"팀장님, 무슨 일 있으세요? 전화하셨던데요?"

-휴대폰은 왜 꺼놨어?

"오늘 「마스크싱어」 녹화 날이잖아요. 가왕전 무대인 만큼 준비 좀 단단히 하느냐고요. 「바람이 분다」 불렀거든요."

-그래? 난리 났겠네? 네가 부르는 「바람이 분다」는 나도 한번 듣고 싶다. 이럴 줄 알았으면 내가 대신 따라갈 걸 그랬다.

"그보다 어쩐 일이세요? 무슨 일 있어요?"

-어. 무슨 일이 생기긴 했지. 너 유니버셜 뮤직 그룹은 알고 있지?

"그럼요. 세계 3대 음반 유통사잖아요. 그런데 거긴 왜요?"

-얼마 전 그쪽에서 본부장님한테 제의해 온 적이 있었어. 아직 확실하게 결정된 건 없다 보니까 일부러 말을 아끼고 있었는데 그쪽에서는 너하고 함께 작업하고 싶어 했었어.

"피카딜리 서커스에서 했던 콘서트 때문인건가요?"

-응. 맞아. 빌보드 차트 1위를 차지할 앨범을 한번 내보자고 제안했었거든.

한수는 일의 전후 사정을 눈치챌 수 있었다. 그리고 덩달아 아까 전 노엘이 전화했던 걸 생각해 냈다. 노엘이 이번에 계약을 맺은 음반 유통사가 유니버셜 뮤직 그룹인 걸 생각해 보면 둘 사이에 무슨 일이 있었던 게 분명했다.

한수가 3팀장을 향해 날카로운 목소리로 물었다.

"저보고 뉴욕으로 와달라고 하던가요?"

-그쪽은 너보고 뉴…… 헉, 너 어떻게 알았냐?

"저도 나름 듣는 귀가 있거든요. 그래서 그쪽은 뭘 제시했어요? 오는 대가가 있어야 할 거 아니에요."

-그쪽은 콘서트 투어할 때마다 발생하는 순수익의 로열티를 일부 지급하겠다고 하더라고. 반응이 좋으면 콘서트는 몇 회 더 늘릴 생각도 있다더라. 어떻게 생각해?

콘서트다. 자신의 이름을 내건 콘서트는 아니지만, 보컬리스트로 참여한 노엘 밴드의 첫 앨범을 위한 콘서트였다.

'그럼 앤디하고 찰리도 세션으로 합류하려나?'

처음에만 해도 두 사람이 미덥지 못했지만, 함께 앨범 준비를 하면서 그들이 꽤 괜찮은 연주자라는 걸 알 수 있었다.

노엘 갤러거의 안목은 진짜배기였다. 어디서 이런 세션맨들을 구했는지 궁금할 정도였다.

한수가 물었다.

"세션은 준비해 됐대요?"

-응. 너하고 함께 앨범 작업했던 그 사람들이라던데?

앤디와 찰리도 합류한다. 한수 입장에서는 매력적인 제안이었다.

두 사람을 볼 수 있을 뿐만 아니라 뉴욕에서 공연도 하게 될 것 같았다.

얼마나 많은 관중이 몰려들지는 모르지만 어쨌든 많은 관중 앞에서 자신의 노래를 처음 부를 수 있는 기회였다. 그런 좋은 기회를 놓치고 싶은 생각은 없었다.

게다가 오늘 「마스크싱어」 녹화도 끝낸 뒤 당분간은 녹화가 예정되어 있지 않았다. 해외 촬영은 「자급자족 in 정글」 하나가 있었는데 이미 수마트라섬에서 촬영하고 왔기 때문에 다음 촬영은 빨라야 다음 달 중순은 되어야 하게 될 것 같았다.

「쉐프의 비법」과 「마스크싱어」 역시 격주 방송인 덕분에 한 주 정도는 여유를 낼 수 있었다.

"일단 생각해 볼게요."

-그래, 알았어. 오늘 촬영도 고생했다. 조심히 들어가.

"예, 팀장님도 수고하세요."

한수는 위풍당당 아수라 백작 가면을 챙긴 뒤 대기실을 빠져나왔다. 그리고 사람들의 이목을 피해서 지하 주차장으로 향했다.

집으로 돌아갈 시간이었다.

다음 날 아침 잠에서 깬 한수는 이른 시간부터 요란하게 울어대는 스마트폰을 보고는 눈살을 찌푸렸다.

3팀장이었다.

"아침부터 무슨 일이에요? 어제 녹화하느라 엄청 피곤했다고요."

-미안, 알고 있어. 근데…… 유니버셜, 이 새끼들이. 하, 일단

나와 봐. 나 너희 집 앞이야.

"네? 잠시만요."

한수는 슬리퍼를 끌고 집 밖으로 나왔다. 3팀장이 집 앞에서 그를 기다리고 있었다. 밴에 올라탔다. 3팀장은 머리를 벅벅 긁으며 한수에게 봉투 하나를 건넸다.

한수가 봉투를 확인했다.

그리고 한수도 헛웃음을 흘렸다. 봉투 안에 든 것은 대한민국 국적기의 퍼스트 클래스 편도 티켓이었다.

"어제저녁에 보냈더라고. 걔네들은 네가 어떻게든 뉴욕에 오길 바라나 봐."

"노엘이 뉴욕에서 콘서트를 열기로 했나 봐요. 아마 그거 때문에 저를 찾는 걸 거예요. 보컬리스트는 저밖에 없으니까요."

"그래. 그 정도로 네가 유니크하다는 거니까 일단 엄청 좋은 일인 건 맞지. 그래서 어떻게 할 거야? 뉴욕에 가볼 거야?"

"고민 중이었어요. 흔치 않은 기회인 건 맞잖아요. 어쩌면 수만 명이 넘는 사람들 앞에서 노래를 부를 수 있는 기회니까요."

"그래, 그런 기회는 쉽게 주어지지 않긴 하지."

"뭐, 그것보다는 노엘 때문이죠. 노엘은 저하고 앨범을 내기로 할 때 투어 같은 건 전혀 생각지도 않는다고 했지만 믿진 않았거든요."

오아시스 밴드의 기타리스트로, 보컬리스트로 활약했던 노엘 갤러거다.

그가 오랜만에 자신의 이름을 내건 앨범을 발매했다. 거의 4년 만의 일이었다. 감회가 남다를 게 분명했다.

무엇보다 그가 새 앨범에 수록한 곡들 대부분은 오아시스가 한창 전성기를 구가할 때의 브릿팝이었다.

가급적 시간적인 여유가 있다면 꼭 뉴욕으로 가서 노엘 갤러거의 콘서트를 돕고 싶었다.

어디까지나 음반을 녹음하고 새 앨범에 수록되어 있는 모든 노래를 전부 다 부른 건 한수 본인이었으니까.

게다가 미국 각종 언론 매체들이 이야기하고 있는 한수 신드롬에 대해서도 확실하게 알아보고 싶었다. 정말 자신이 신드롬이라고 불릴 만큼 미국에서 각광받고 있는지도 직접 몸으로 부딪치며 느끼고 싶은 것이었다.

3팀장이 그런 한수의 마음을 읽었다.

그가 비행기 티켓을 건넸다.

"궁금하면 직접 확인해 봐야지. 안 그래?"

"뭐, 매우 궁금한 건 아니지만…… 조심히 갔다 올게요. 저혼자 가도 상관없는 거예요?"

"어. 혼자 다녀와. 누구 한 명이 무조건 따라가야 하는 건 아니잖아?"

"좋아요. 그럼 다녀올게요. 대신 공항까지는 태워줘요. 그 정도는 해줄 수 있죠?"

"어? 지금?"

"예. 캐리어만 가져오면 돼요."

이미 어젯밤 자기 전 캐리어를 싸뒀던 한수였다. 3팀장은 냉큼 집으로 가버린 한수를 보며 혀를 찼다.

그것도 잠시 그는 유니버설 뮤직 그룹에 전화를 걸었다.

어젯밤 통화했던 남자가 전화를 받았다.

한국이 오전 8시인데 비해 뉴욕은 지금쯤이면 저녁 7시일 터였다.

-예. 어떻게 되셨습니까?

"계약 조건은 저하고 협의하시면 될 거 같습니다. 한수는 그쪽에서 보내주신 비행기를 타고 오늘 바로 출발할 겁니다."

-좋군요. 계약은 최대한 그쪽 편의에 맞추겠습니다. 약소한 보답이라고 생각해 주십시오.

그때 혹시 하는 생각에 3팀장이 상대에게 물었다.

"한 가지 궁금한 게 있는데 물어봐도 됩니까?"

-예. 물론입니다. 물어보시죠.

"어…… 그게, 음, 노엘 갤러거의 음반이 여태까지 모두 몇 장이나 팔린 거죠?"

-발매 후 첫 주 집계량을 물어보시는 거죠?

"그렇습니다."

3팀장은 두근거리는 마음으로 상대방이 대답하길 기다렸다.

한수에게 들은 말로는 이번 앨범 판매량에 쫓아 인센티브를 받기로 되어 있는 것으로 알고 있었다.

도대체 한수가 얼마나 많은 인센티브를 받게 될지 그 점이 궁금했다.

자신이 대충 들은 이야기로는 한수는 이미 돈방석에 앉은 것이나 다름없었다.

그때 유니버설 뮤직 그룹에서 일하는 관리자가 대꾸했다.

-밀리언셀러입니다.

"……밀리언이요? 그, 그러니까 백만 장이라는 거죠?"

생각했던 것 이상으로 판매량이 어마어마했다.

국내에서는 그 누구하고 비교해도 절대 따라잡을 수 없을 만큼 엄청나게 많은 음반 판매량이었다.

그러나 그 뒤에 이어진 남자의 말은 3팀장을 엄청난 충격에 빠뜨리게 하기에 충분했다.

-앨범 판매량이 중요한 게 아닙니다. 지금 미국 전역은 한수 씨 때문에 난리가 났습니다. 한수 씨가 라이브로 부르는 노래를 듣고 싶어서죠. 괜히 한스 신드롬이라는 용어가 생겨났겠습니까?

그리고 그 날 뒤늦게 한스 신드롬을 찾아보고 기겁하는 3팀 장을 뒤로 한 채 뉴욕행 비행기가 인천 국제공항을 떠났다.

비행기 안에는 미국과 영국 등지에서 거세게 불고 있는 한스 신드롬을 직접 체험해 보기 위해 한수가 퍼스트 클래스에 타고 있었다.

뉴욕(NewYork).

불야성의 도시, 도쿄, 런던과 더불어 세계 3대 도시로 손꼽히는 곳. 세계에서 가장 번화한 도시로 세계의 수도로 불리는 곳이기도 하다.

특히 월스트리트는 세계 경제에 있어서 가장 중요한 요충지다.

타임스퀘어가 있는 뉴욕 최대 번화가인 맨하튼의 브로드웨이는 세계 최대 공연 예술 지역이며 카네기 홀과 링컨센터도 뉴욕 맨하튼에 위치해 있다.

JFK(John F. Kennedy) 공항에 캐리어를 끈 한수가 도착한 건 저녁 무렵이었다. JFK 공항에 도착한 뒤 입국장으로 나온 한수는 주변을 둘러봤다.

그리고 그는 '강한수 님'이라고 적힌 피켓을 들고 있는 중년인을 볼 수 있었다.

한수가 성큼 발걸음을 내디뎠다.

한 중년이 한수를 알아보고 말을 건넸다.

"미스터 강? 처음 뵙겠습니다. 벤자민입니다."

"반갑습니다. 바로 이동하면 되는 건가요?"

"예, 그렇습니다. 혹시 따로 들려보실 곳이 있으십니까?"

"아닙니다, 일단 시차 적응부터 해야겠네요. 노엘은 호텔에서 머무르고 있나요?"

"그렇습니다. 내일모레 있는 콘서트를 앞두고 쉬고 계십니다. 그럼 함께 보러 가시죠."

"감사합니다."

한수는 벤자민의 뒤를 쫓았다.

엄청 많은 인파로 북적거리는 입국장 바로 앞에 커다란 리무진 한 대가 비상등을 킨 채 주차되어 있었다.

유니버설 뮤직 그룹에서 한수를 위해 보내온 최고급 리무진이었다.

벤자민은 한수에게 캐리어를 받아 트렁크에 실은 다음 한수를 위해 문을 열어줬다.

대형 리무진에 올라탄 한수는 바로 옆에 가지런히 정리된 각종 음료와 술이 준비된 모습을 볼 수 있었다.

그는 안락한 의자에 몸을 기댄 채 리무진이 빠르게 공항을 빠져나가는 모습을 볼 수 있었다. 그리고 얼마 뒤 그는 화려한 뉴욕을 바라보며 가볍게 탄성을 냈다.

여기 오지 않았으면 이렇게 아름다운 모습은 실제로 볼 수는 없었을 터였다.

내심 오길 잘했다고 생각하던 그때 리무진이 맨하튼으로 진입했다. 그리고 멈춰선 곳은 뉴욕 최고급 호텔 중 한 곳인 페닌슐라 호텔 앞이었다.

5번가와 55스트리트 사이에 자리한 더 페닌슐라 뉴욕은 100년 이상의 역사를 간직한 곳으로 뉴욕 중심에 위치해 있어서 각종 명소로의 이동이 대단히 원활했다.

"오시느라 고생 많으셨습니다."

트렁크에서 캐리어를 꺼낸 뒤 벤자민이 고개를 꾸벅 숙여 보이며 말했다.

"아닙니다. 당신의 노고에 감사드립니다."

그러는 사이 벨보이가 한수의 캐리어를 받으러 나왔다.

그리고 한수는 체크인부터 시작했다.

그에게 주어진 방은 디럭스 스위트룸으로 1박에 4백만 원 이상을 호가하는 최고급 럭셔리룸이었다.

체크인을 한 뒤 벨보이가 곧장 한수를 안내하기 시작했다.

로비를 지나칠 때 한수는 화려한 빛을 뿜어내고 있는 천장에 매달린 샹들리에를 볼 수 있었다.

벨보이를 쫓아 디럭스 스위트룸에 도착한 한수는 서울에 있는 본가보다 훨씬 더 넓어 보이는 방 안을 둘러보며 가볍게 탄성을 토해냈다.

벨보이에게 팁을 건네준 뒤 한수는 푹신푹신한 침대에 누웠다.

하지만 퍼스트 클래스에서 한참 잠을 잔 덕분에 몸이 쌩쌩했다. 슬슬 잠을 자야 할 시간이지만 눈은 초롱초롱했고 잠이 오기는커녕 무슨 일이든 할 수 있을 만큼 몸 상태는 쌩쌩했다.

그때 문을 두드리는 소리가 있었다. 한수가 주저 없이 문을 열었다. 반가운 얼굴이 바깥에 서 있었다.

노엘이었다.

"노엘!"

"안 올 거 같더니 이렇게 왔군. 반가워! 난 네가 올 줄 알았다고!"

"유니버설에서 연락이 왔었더라고요. 노엘이 제가 안 오면 콘서트를 때려치우겠다고 막말을 했다던데요?"

"뭐? 이 자식들이! 내가 언제……"

"그보다 노엘이 콘서트를 한다는데 안 올 수는 없었어요. 노엘의 음악은 정말 좋거든요."

"……하하."

노엘이 어색한 듯 쑥스럽게 웃음을 흘렸다. 그것도 잠시 그가 한수를 보며 물었다.

"시차적응은 어때?"

"그게 영 힘들겠는데요? 비행기 안에서 내내 잤더니 잠이 오질 않아요."

"흠, 그래서 내가 온 거야. 바에나 갈까? 가볍게 술이나 한잔 하자고."

"그럴까요?"

한수는 노엘 뒤를 쫓았다. 그리고 호텔 바에 도착해서 가볍게 술을 마시며 이야기를 나누기 시작했다.

주된 이야기는 어째서 영국이 아닌 이곳에서 콘서트를 열게 됐냐는 것이었다. 노엘도 미국에서 때아닌 브릿팝 열풍이 불게 될지는 몰랐다고 손사래를 쳤다. 그래도 자신의 음악을 사랑해 주는 데 오지 않을 수는 없다고 스스럼없이 밝혔다.

한수는 노엘이 술에 취해서 하는 이야기를 들으며 그가 음악을 얼마나 사랑하는지 알 수 있었다.

"이번에 공연할 곳은 메트라이프 스타디움이라는 곳이야. 뉴욕 자이언츠와 뉴욕 메츠의 홈구장이기도 한데 이곳에서 콘서트를 열기로 했어."

"티켓은 많이 팔렸대요?"

"그걸 내가 어떻게 알아? 그런 건 관심 없어. 몇 명이 됐든 나는 나를 위해 모여든 팬을 위해 최선을 다해 공연하면 그만인 거야."

"오, 노엘. 제가 그동안 노엘을 잘못 봤나 봐요. 오늘 모습은 진짜 멋진데요?"

"됐고. 이 새끼야! 너 왜 맨체스터 시티에 입단 안 한 거야!
F***! 이 거지 같은 자식이. 지금 맨체스터 시티를 무시하는 거
야? 어?"

갑자기 튀어버린 불똥에 한수가 눈을 휘둥그레 떴다.

"그럴 리가요. 저는 제게 들어온 모든 제안을 거절했다고요."

"이 새끼가 축구 잘한다고 말이야. 어? 내가 만약 나한테 그
런 제안이 들어왔으면 주저 없이 맨체스터 시티에 입단했을 텐
데. 빌어먹을. shit!"

주절거리는 노엘 갤러거를 보며 한수가 멋쩍은 웃음을 흘렸
다.

"지금 당장 축구를 하기엔 제 상황이 어려워요. 해야 할 일
이 많거든요. 그걸 다 무책임하게 내팽개칠 수는 없잖아요."

"그래도…… 뭐 네가 선택할 문제겠지. 어쨌든 만약 맨체
스터 유나이티드로 이적하기만 해 봐. 머리를 다 밀어버릴 테
니까."

그 이후로도 한수는 노엘과 바에 앉아 이런저런 이야기를
나누며 술에 취하기 시작했다. 그 덕분에 시차 적응은 조금 더
순조롭게 할 수 있을 것 같았다.

다음 날 앤디와 찰리까지 합류했다.

그들은 콘서트를 앞두고 컨디션을 점검했다. 유니버셜 뮤직 그룹에서 빌린 스튜디오에서 연습하며 호흡을 재차 맞췄고 하루뿐이긴 했지만 착실하게 공연 준비를 진행해 나갔다.

그러는 동안 한수는 물론 여기 밴드 멤버 그 누구도 이번 콘서트에 올 관중이 몇 명인지 묻지 않았다.

어떻게 보면 이건 단기 이벤트 콘서트나 마찬가지였다.

그들 모두 투어할 생각은 없었으니까.

노엘 말로는 유니버셜 뮤직 그룹에서 계속해서 막대한 돈을 보상으로 내걸며 월드 투어를 요구하고 있다 했지만 노엘 갤러거도 월드 투어까지는 생각지 않고 있는 듯했다.

기껏해야 이번 뉴욕과 런던, 맨체스터 정도만 고려 중인 듯했다.

그렇게 하루 동안 연습을 철저하게 한 뒤 바로 다음 날 그들은 아침 일찍 메츠라이프 스타디움으로 향했다.

이제 오늘은 메츠라이프 스타디움에서 리허설을 하고 최종적으로 준비를 끝내야 했다.

그들이 SUV를 타고 메츠라이프 스타디움으로 이동할 때였다. 입구에서부터 길게 늘어선 줄이 보였다. 그들 모두 오늘 콘서트를 보러 온 관중들이었다.

정말 기다린 줄이 입구마다 길게 늘어져 있었다. 생각보다 꽤 많은 관중 수에 앤디와 찰리는 적잖게 당황한 듯했다.

그들은 콘서트 경험이 전무했다.

한수는 윤환의 콘서트에 게스트로 나온 적이 있었고 실제로 콘서트를 한 여러 가수의 경험과 지식을 보유하고 있었다.

그렇다 보니 남들이 보면 되게 강심장이라고 여길 만큼 한수는 부담감 없이 콘서트에 임하고 있었다.

반면에 앤디와 찰리는 조금 걱정이 되었다. 그렇지만 그건 노엘이 적절히 도와줄 터였다.

지금은 이곳에 모일 관중을 위해 최고의 콘서트를 보여주는 것.

그것만이 중요했다.

그렇게 리허설을 몇 차례 하면서 합을 맞추는 동안 시간이 훌쩍 지나갔고 대기실에서 쉬는 동안 관중들이 메트라이프 스타디움을 차곡차곡 메우기 시작했다.

"콘서트 시작 십 분 전입니다."

스태프들은 어느 때보다 분주하게 움직이고 있었다.

대기실에서 마음을 가다듬고 있던 그들이 각자 기타를 매고 바깥으로 나왔다.

와아아아아-

벌써부터 관중들이 내지르는 함성이 귀를 찌르고 있었다.

날카로운 소리에 온몸이 갈기갈기 찢기는 기분이었다.

앤디와 찰리는 표정부터 이미 새파랗게 질려 있었다. 서트에서 그들이 제 기량을 발휘할 수 있을지 걱정이 되었다.

그것도 잠시 그들이 무대에 올라섰다. 그리고 메트라이프 스타디움을 가득 메운 관중을 보며 노엘 갤러거마저 혀를 찼다. 8만 명이 넘는 인원을 수용 가능한 메트라이프 스타디움이 사람들로 가득 들어차 있었다.

밤이 가라앉은 지금 이곳에는 관중들이 차고 있는 팔찌에서 뿜어져 나오는 붉은빛이 사방을 가득 메우고 있었다.

"헤이, 다들 만나서 반가워. 반갑지 않다고? F***! 그러면 여기서 당장 나가든가! 티켓은 환불해 줄게. 어쨌든 다들 알겠지만 내 이름은 노엘이야. 오랜만에 앨범을 냈는데 니들이 내 앨범을 사준 덕분에 이렇게 콘서트까지 하게 됐네? 물론 고맙다는 건 아니야. 당연히 이 정도 앨범이면 사야 맞는 거 아니겠어? 잡설이 길었네. 그럼 오늘 함께 할 멤버들을 소개할게."

노엘이 밴드 멤버들을 한 명, 한 명 소개하기 시작했다.

우선 베이시스트인 찰리부터 소개했다. 찰리가 얼어붙은 얼굴로 억지로 손을 들어 보였다.

이번에는 앤디였다. 앤디도 살짝 굳어 있는 게 보였다.

그리고 노엘 갤러거가 마이크를 잡고 있는 동양인을 가리키며 소리쳤다.

"그리고 3일 전에 너네들이 데려오라고 했던 그놈이다! 내 앨범의 보컬리스트이자 위대한 맨체스터 시티의 서포터즈이기도 하지! 아, 참고로 이 녀석은 맨체스터 시티로부터 축구선수로 뛰어볼 생각이 없냐는 이야기도 들었다고. 한스, 원래 이름은 한수지만 꼴리는 대로 불러!"

동시에 환호성이 터져 나왔다.

다들 한스가 동양인이라는 것에 다소 놀란 듯했지만 그건 중요치 않았다.

그가 이 앨범의 보컬리스트가 맞다면, 그 목소리를 라이브로 들을 수 있게 됐다는 게 중요했다.

그리고 2시간 30분짜리 광란의 콘서트가 시작됐다.

노엘이 새로 낸 앨범으로 시작해서 오아시스의 노래까지.

명곡들이 줄줄이 뽑혀 왔다.

그야말로 환상적인, 최고의 밤이었다.

콘서트가 끝난 뒤 밴드 멤버들은 다 함께 호텔로 돌아왔다. 2시간 30분 동안 쉬지 않고 콘서트를 치른 덕분에 다들 꽤 피곤한 상태였다.

노엘 갤러거는 한수를 보며 혀를 내둘렀다.

어찌 된 녀석인지 2시간 30분 동안 콘서트를 하면서 전혀 지친 기색이 없었다. 축구 경기를 할 때는 삼십 분만에 지쳐버린 녀석이 콘서트는 쉬지 않고 해내는 모습을 보면 신기하기까지 했다.

'가수가 체질에 맞는 거겠지. 하하.'

녀석이 맨체스터 시티에서 뛰는 모습을 볼 수 없다는 건 아쉬운 일이었지만 그렇다고 강요할 수는 없는 일이었다. 그래도 아쉬움이 많았다.

그 날 벤치에서 보긴 했지만, 녀석의 축구 실력은 진짜였기 때문이다. 그러는 사이 그들을 태운 SUV가 호텔에 도착했다.

다들 각자 방으로 흩어졌다. 한수도 디럭스 스위트룸으로 올라왔다.

샤워부터 한 뒤 잠시 침대에 누워 휴식을 취하려 할 때였다.

똑똑-

노크 소리가 들렸다.

'이 시간에 누가 온 거지?'

노엘이나 앤디, 찰리일 리는 없었다.

그들도 무척 피곤한 상태였다.

한수는 피곤한 몸을 이끌고 문에 다가갔다. 그리고 문을 열었을 때 그는 낯선 얼굴을 볼 수 있었다.

그런데 자신을 찾아온 남자는 터번을 쓰고 있었다.

터번은 이슬람교도 및 중동 여러 나라 남자가 사용하는 머리 장식이었다.

그렇다는 건 이 사람이 이슬람교도 혹은 중동인이라는 걸 의미했다.

그가 영어로 말을 꺼냈다.

"죄송합니다만 미스터 강, 맞으십니까?"

"예. 제가 강입니다. 그런데 누구시죠?"

"다행이군요. 제 주인님께서 미스터 강을 뵙고 싶어 하십니다. 함께 가주실 수 있을까요?"

"……갑자기 오셔서 그렇게 말씀하시면."

"걱정하지 않으셔도 됩니다. 제 주인님께서도 이 호텔에 머무르고 계십니다."

그래도 호텔에 머무르고 있다는 이야기에 한수는 그의 뒤를 쫓았다. 곳곳에 CCTV가 설치되어 있는데 설마 무슨 일이 있을까 하는 생각이 있었다.

엘리베이터가 꼭대기 층을 향해 올라갔다. 그리고 도착한 곳은 페닌슐라 호텔에 단 한 개 있는 「더 페닌슐라 스위트룸 (The Peninsula Suite Room)」이었다.

문이 열리고 터번을 쓴 사내가 마중을 나왔다.

한수는 한눈에 그를 알아볼 수 있었다.

진정한 부가 무엇인지 보여주겠다고 선언한 뒤 맨체스터 시티를 프리미어리그의 강팀으로 만들어 낸 맨체스터 시티의 구단주, 그가 이곳 뉴욕에서 한수를 기다리고 있었다.

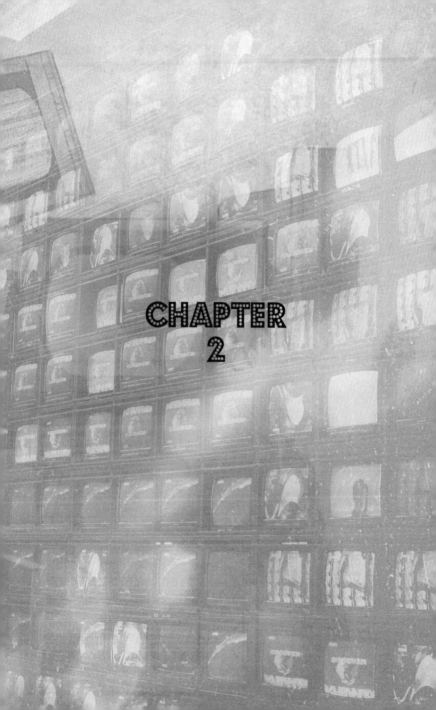

CHAPTER 2

맨체스터 시티의 구단주 만수르.

아랍에미리트 아부다비의 왕자이자 아랍에미리트의 부총리인 그는 2008년 맨체스터 시티를 인수하며 진정한 부가 무엇인지 보여주겠다는 발언으로 많은 사람에게 경이로움을 안겼던 사람이었다.

실제로 그는 맨체스터 시티를 인수한 뒤 어마어마한 돈을 쏟아부으며 이적 시장의 큰손으로 떠올랐다.

그 뒤 챔피언스리그에서 우승하진 못했지만, 프리미어리그에서 맨체스터 유나이티드를 따돌리고 우승컵을 들어 올리는 등 뛰어난 성과를 보이고 있었다.

하지만 만수르의 숙원은 챔피언스리그 우승이었다.

첼시도 로만 아브라모비치가 인수한 뒤 돈으로 우승컵을 들어 올린 구단이라는 오명을 뒤집어썼지만 챔피언스리그에서 우승하며 일약 명문으로 발돋움했듯이 만수르도 맨체스터 시티가 챔피언스리그에서 우승하길 강렬하게 열망하고 있었다.

그래서 그는 바르셀로나에서 6관왕을 이룩한 펩 과르디올라를 데려오고 그에게 전권을 위임하기까지 했다.

실제로 펩 과르디올라를 데려오기 위해 만수르는 바르셀로나의 보드진을 영입했으며 그 덕분에 바르셀로나의 철학이 맨체스터 시티에 뿌리를 내리고 있는 상황이었다.

그런 만수르가 이곳 뉴욕에 온 이유는 무엇일까?

한수는 얼떨떨한 얼굴로 만수르를 쳐다봤다.

군 전역 이전, 텔레비전의 능력을 얻지 못한 채 평범한 삶을 살았을 때 한수의 꿈 중 하나는 만수르 같은 사람이 되는 것이었다.

자신이 좋아하는 축구 클럽의 구단주가 되고 현실에서 FM을 하는, 물론 어디까지나 꿈에 지나지 않았다.

그런데 그 꿈만 꿨던 사람이 바로 눈앞에 실재하고 있었다.

만수르가 머무르고 있는「더 페닌슐라 스위트룸(The Peninsula Suite Room)」은 화려함의 극치였다. 한수가 머무르고 있는 디럭스 스위트룸도 최고급 럭셔리 룸이었지만 이곳에 비할 바는 아니었다. 아마 하루 숙박료로 수천만 원을 호가할 게 분명했다.

한수는 테이블을 사이에 두고 만수르 앞에 앉았다.

긴장된다기보다는 두근거렸다. 그래도 한때 선망했던 사람이었다. 만수르가 환하게 웃으며 입을 열었다.

"갑작스럽게 사람을 보내오라고 해서 미안하게 됐네. 시간이 괜찮다면 이야기를 할 수 있겠나?"

"예, 문제없습니다. 말씀하시죠, 왕자님."

"음, 내가 왕자인 건 맞지만 지금은 왕자보다는 구단주로 불리고 싶군."

만수르가 하얀 치아를 드러내며 웃었다.

그 말에 한수는 그가 이야기하고자 하는 속뜻을 알아차릴수 있었다.

지금 이곳에 만수르는 아랍에미리트 아부다비의 왕자로 온게 아니었다.

그는 맨체스터 시티의 구단주로 여기 와 있는 것이었다.

"알겠습니다. 그럼 구단주님이라고 부르겠습니다. 구단주님께서 저를 부른 이유를 듣고 싶습니다. 혹시 맨체스터 시티 이적건 때문입니까?"

"그걸 빼면 내가 여기 있을 이유가 없겠지. 얼마 전 펩하고 이야기를 나눴네. 그리고 자네의 이야기가 나왔어. 자네를 자신의 팀으로 데려오고 싶다고 하더군. 그래서 뭐가 문제냐고 물었지. 이적료가 부족한 거냐고 물어봤어. 펩은 자네만 있으면 챔피언스리그 우승도 충분히 가능한 일이라고 자신만만하게 말했거든."

"……그럴 리가요."

한수는 만수르 말에 고개를 세차게 저었다.

펩 과르디올라의 말은 과한 게 없지 않아 있었다.

자신 한 명 영입한다고 해서 챔피언스리그 우승을 장담할 수 있는 건 아니었다.

그렇지만 펩 과르디올라가 자신을 얼마나 원하고 있는지 그것만큼은 확실하게 느낄 수 있었다.

그것을 아는지 모르는지 만수르가 계속해서 말을 이었다.

"그런데 자네가 모든 이적 제안을 거절했다고 하더란 말이야. 그래서 내가 직접 자네를 만나러 온 거네. 돈으로 살 수 있다면 얼마를 들여서든 자네를 사고 싶거든. 주급으로 얼마를 원하나? 세르히오만큼 맞춰주면 어떻겠는가?"

한수는 만수르를 보며 순간 아무 말도 할 수 없었다.

지금 그가 말한 세르히오는 세르히오 쿤 아게로를 가리키는 말이었다.

현재 세르히오 쿤 아게로가 맨체스터 시티에서 받는 주급은 24만 파운드였다. 한화로 4억 원에 가까운 돈이었다.

만수르의 말은 지금 자신에게 매주 4억 원을 주겠다고 이야기한 것이나 마찬가지였다.

그러나 한수는 축구선수가 될 생각이 없었다. 물론 언젠가 마음이 바뀔 수도 있을 것이다. 누구나 꿈이 매번 똑같지는 않다. 항상 상황에 맞춰 바뀌기 마련이다.

초등학생일 때부터 공무원을 꿈꾸는 아이는 몇 없다. 대통령이나 경찰, 소방공무원, 그밖에 다양한 직업을 선호한다.

물론 요즘에는 건물주가 대세인 듯하지만 어쨌든 각자의 꿈은 다양하다는 의미다.

한수도 현재는 만능 엔터테이너를 목표로 하고 있지만 언젠가는 축구선수가 되고 싶어 할 수도 있을 것이다.

물론 축구선수가 되기 위해서는 못해도 3년 이내에는 결정을 내려야 할 것이다.

나이가 먹을수록 그 선수의 값어치는 하락하게 되고 그것이 완만한 하향곡선을 그리게 되는 건 보통 서른 살 전후이기 때문이다.

"죄송합니다. 구단주님의 제안은 정말 제게 엄청난 것이지만 저는 그 제안을 따를 수 없습니다. 축구선수가 될 생각이 애초에 없기 때문입니다."

"펩도 그런 이야기를 했지. 자네 같은 특별한 재능을 가진 사람이 왜 그 재능을 올바른데 써먹으려 하질 않느냐고 말이야. 솔직히 나도 그런 생각을 했었다네. 그런데 오늘 마음이 바뀌었어."

"예?"

한수가 의아한 얼굴로 만수르를 바라봤다.

그가 자리에서 일어났다.

커다란 창가를 통해 비치는 뉴욕의 야경을 바라보며 그가 입술을 열었다.

"오늘 메트라이프 스타디움에서 자네의 공연을 봤네. 사실 내가 지금 뉴욕에 있는 건 뉴욕에도 갖고 있는 구단 일 때문이지만 노엘 갤러거가 공연을 한다기에 호기심이 생겨서 가보게 됐네. 물론 자네가 그 밴드의 보컬리스트라는 사실도 알고 있었고."

"그러셨습니까?"

"그럼. 누군지 알아야 어떻게 영입을 할지 전략을 짤 거 아닌가. 뭐, 내가 직접 움직인 건 아니고 아랫사람들이 움직인 것이긴 하지만 말이야. 그러다가 오늘 공연에서 자네 목소리를 듣고 느낀 게 있었어."

"……그게 뭡니까?"

"자네는 특별한 재능을 하나만 갖고 태어난 게 아니라는 사실."

"……"

만수르 말에 한수가 눈을 휘둥그레 떴다. 야경을 바라보던 만수르가 고개를 돌렸다.

그가 한수를 뚫어지게 바라보며 입을 열었다. 그의 눈에는 숨길 수 없는 탐욕이 가득 했다.

"축구에만 재능이 있다면 어떻게 해서든 자네를 설득할 생각이었어. 으리으리한 대저택에 수십 대의 슈퍼카, 아리따운 미녀들, 엄청난 재산 등 자네가 원하는 건 뭐든지 줄 생각이었지."

"하지만……."

"그러나 자네는 축구에만 재능이 있는 게 아니었어. 노래에도 특별한 재능을 갖고 있더군. 그리고 그 노래를 듣는 순간 생각했지. 많은 사람이 이 노래를 듣고 싶어 할 텐데 그걸 빼앗아도 되는가 하는 생각."

만수르가 입맛이 쓴 듯 입술을 깨물었다.

"맨체스터 시티를 이끄는 구단주로서는 뼈아픈 실책일지도 모르지. 내 염원은 맨체스터 시티가 세계 축구의 정상에 서는 것을 직접 보는 것이거든. 그러려면 챔피언스리그 우승이 무엇보다 중요하고."

"그럴 테죠."

"그러나 지금 자네를 설득할 수는 없을 거 같았어. 노래를 부를 때 자네는 엄청 신나 보였거든. 그런데 내가 그것을 하지 못하게 막을 수는 없는 일이겠지."

"감사합니다."

한수가 웃으며 대답했다. 만수르가 미소를 지었다.

"그래서 나는 새로운 제안을 하고자 하네."

"예?"

만수르가 여전히 입가에 호선을 그리며 말했다.

"개인적으로 자네를 후원하고 싶다네. 무엇이든 좋네. 자네가 재능을 펼칠 수 있는 것이라면 어떤 것이든 마음껏 해주게. 만약 억울한 일을 당하거나 혹은 누군가가 자네를 해코지하려 한다면 내가 막아주지."

"……."

왕족인 만수르의 후원. 그것이 가지는 의미는 엄청난 것이었다.

"단, 조건이 하나 있네."

"……조건이 뭐죠?"

한수가 만수르를 바라봤다.

그가 웃으며 입을 열었다.

"나는 펩 과르디올라를 엄청 신뢰하고 있네. 그는 진짜 천재거든. 언젠가 그가 반드시 챔피언스리그 우승컵을 내게 가져다줄 것이라고 믿고 있지."

한수는 잠자코 그가 하는 이야기를 들었다. 그가 내걸려고 하는 조건이 짐작이 갔다. 만수르가 한수를 보며 말했다.

"딱 한 시즌만 맨체스터 시티를 위해 뛰어줄 수 있겠나? 강요하진 않겠네. 힘들다면 굳이 안 해도 상관없어. 가능하면 딱 한 시즌만 맨체스터 시티를 위해서 뛰어주게나."

"제가 평생 후원만 받고 맨체스터 시티를 위해 뛰지 않을 수도 있는데요? 그래도 상관없으시겠습니까?"

"물론이네. 하이리스크 하이리턴이라는 말이 있지. 그리고 나는 원래 도박을 즐긴다네."

만수르와의 대화는 그게 끝이었다. 그리고 한수는 든든한 후원자를 한 명 얻을 수 있었다.

그는 아랍에미리트 아부다비의 왕자 만수르였다.

다음 날 한수는 아침 일찍 잠에서 깼다.

노엘과 앤디, 찰리는 여전히 잠에 곯아떨어져 있었다.

하는 수없이 한수는 혼자 호텔 뷔페로 내려왔다. 호텔 조식으로 허기를 때울 생각이었다.

호텔 뷔페 안은 조용했다. 몇몇 사람만 토스트와 살라미, 그 밖에 엄선된 요리들을 접시에 담는 중이었다.

그 와중에 동양인이 혼자 들어서자 그들의 시선이 집중됐다. 그리고 그들은 한수를 보고는 눈을 휘둥그레 떴다.

생각보다 반응이 대단히 낯설었다.

한수는 고개를 갸웃거렸다. 동양인 한 명이 들어왔다고 해서 저들이 저렇게 기겁할 이유가 없다.

보통의 반응이라면 처음에는 호기심 어린 얼굴로 쳐다보다가 그것도 잠시 대부분 관심을 끈다.

「자급자족 in 정글」에서도 익히 경험해 본 일이다. 촬영하기 전 호텔에서 머무를 때 익히 겪어본 일이다.

그런데 오늘 반응은 유독 남달랐다. 한수는 그들의 반응을 뒤로 한 채 뷔페식으로 차려진 테이블로 가서 음식을 담기 시작했다.

그렇게 접시 하나를 가득 채워온 다음 천천히 조금씩 음식을 맛보고 있을 때였다.

다른 서양인들도 주변에서 조식을 먹고 있었다. 그런데 뭔가 이상했다. 이미 조식을 먹은 사람들이 아직 자리를 뜨지 않고 있었다.

몇몇은 눈치를 보다가 호텔 방으로 다급히 뛰어 올라가는 중이었다.

그것을 보며 한수는 조식을 먹으면서도 분위기가 영 이상하다는 게 피부에 콕콕 닿고 있었다.

그러는 동안 두 차례 더 조식을 가지고 와서 먹은 한수는 자리를 뜨려 했다.

그러자 눈치를 보고 있던 몇몇 손님이 슬그머니 한수에게 다가왔다.

"혹시 당신이 한수, 맞습니까?"

"······예, 맞습니다. 그런데 저를 어떻게 아시죠?"

"그게 오늘 오전자 신문에서 봤습니다. 아직 못 보신 모양이 군요."

한수는 실례를 구한 뒤 스마트폰을 확인했다.

평소 한국 웹사이트만 확인하다 보니 이곳 소식은 알고 있지 못했다. 그리고 한수는 왜 이 난리가 났는지 뒤늦게 파악할 수 있었다.

CNN에 자신의 얼굴이 대문짝만하게 걸려 있었다.

예전에도 한번 CNN에 자신의 이야기가 실린 적이 있었는데 그때 당시 언급된 건 한스 신드롬(Hans Syndrome)에 관한 것이었다.

그러나 지금 실린 건 한수 신드롬이 아닌 한수에 관해서였다.

어제 메트라이프 스타디움에 있던 8만 명의 관중들을 단숨에 사로잡은 한수라는 보컬리스트에 대해 극찬에 극찬을 거듭하고 있었다.

그제야 한수는 왜 그들이 자신을 힐끔힐끔 쳐다봤는지 이해가 샀다.

몇몇 손님이 슬그머니 한수에게 앨범을 내밀며 말했다.

"식사 중에는 실례가 될 거 같아서 미처 말씀 못 드렸지만 가능하다면 사인 한 번 해주실 수 있을까요?"

그들이 가져온 건 노엘이 새로 발매한 앨범이었다.

그곳에다가 사인해 주길 원하고 있었다. 몇몇은 입고 있는 옷에 사인을 받아가기도 했다.

이렇게 많은 사람에게 둘러싸여 사인해 본 적은 없었던 탓에 한수는 얼굴을 붉힌 채 때아닌 팬 사인회를 호텔 레스토랑에서 하는 중이었다.

한편 한국에서는 조금씩 위풍당당 아수라 백작에 대한 정보가 하나둘 흘러나오고 있었다.

그들은 위풍당당 아수라 백작이 로버트 플랜트가 부른 「Stairway To Heaven」을 기가 막히게 모창했던 것을 기억했다.

게다가 노엘 갤러거의 앨범이 나오자마자 구입했던 오아시스와 노엘 갤러거의 극성 팬들은 뒤늦게 앨범을 받은 뒤 보컬리스트가 한스가 아닌 한수이며 한국인인 것도 알 수 있었다.

게다가 한수가 권지연과 앨범을 냈고, 피카딜리 서커스에서 콘서트를 열었던 바로 그 강한수와 동일인물임을 깨닫게 되기까지 오랜 시간이 걸리지 않았다.

덩달아 위풍당당 아수라 백작이 레드 제플린의 「Stairway To Heaven」을 모창했듯 피카딜리 서커스에서 동양인 보컬리스트 역시 똑같은 노래를 불렀다는 것도 알게 됐다.

퍼즐이 맞춰졌고 모든 것이 드러났다.

예능, 요리, 낚시 등 모든 걸 다 잘 하는 연예인 강한수와 맨체스터 시티로부터 이적 제안을 받은 축구 유망주 강한수 그리고 권지연과 함께 앨범을 냈고 버스킹 도중 피카딜리 서커스에서 공연한 강한수, 이들이 모두 동일인물이라는 것이 비로소 밝혀진 것이었다.

뉴욕은 한창 해가 뜨기 시작한 오전 7시였다. 지구 반대편에 있는 서울은 오후 8시였다.

그런데 두 곳 모두 똑같은 현상을 겪고 있었다. 한 곳은 누군가에게 찬사를 보내고 있었고 또 한 곳은 누군가 때문에 경악하고 있었다.

이 거대한 두 도시가, 아니 두 나라가 난리가 난 건 단 한 명이 만들어낸 일이었다. 또, 인터넷이 만들어낸 힘이기도 했다.

인터넷을 타고 퍼진 정보는 삽시간에 웹사이트를 뒤흔들었다.

-X발, 이게 말이 되냐?

-믿기지 않는다. 그러니까 위풍당당 아수라 백작이 강한수고, 강한수가 그 피카딜리 서커스에서 콘서트 했던 애라는 거잖아.

-거기에 펩 과르디올라가 천만 파운드로 영입하려 했다는
거고.

-더 파고 들어가 볼까? 「자급자족 in 정글」이나 「하루 세끼」
나와서 낚시도 잘하는 거 보여줬지.

-거기에 요리도 잘하지. 「쉐프의 비법」에 김경준 쉐프 대신
고정으로 출연 중 아니냐?

-모창도 잘해. 「숨은 가수 찾기」 2회 연속 우승자잖아. 윤환
하고 임태호 나왔을걸?

-와, 더 말하지 마라. 소름 돋는다.

-여기서 끝이 아니야. 역대급 불수능에서 수능 만점 받았
잖아.

-들리는 말로는 외국어도 잘한대. 영어, 프랑스어, 스페인
어, 뭐 가릴 것 없이 원어민 수준이라던데?

-도대체 걔 뭐야?

-정체가 뭔데!

-야, 놀라지 마라. 내가 빅뉴스 물고 왔다.

└이미 놀랄 것도 없어!

└또 뭔데? 나 슬슬 지친다.

└아, 하루가 진짜 순식간에 지난 거 같다. 오늘 떡밥이
너무 많이 풀려 버렸어.

-CNN 가 봐라. 강한수 얼굴 대문짝만하게 박혔다.

└ㄹㅇ? 진짜임?

└내가 뭐하러 거짓말하냐? 한번 가봐. 국뽕 한 사발 들이
키고 왔다. 주모ㅇㅇㅇㅇㅇ~~~

-X발, 진짜네. 소름 ㄷㄷㄷ. [Link]

-누가 번역 좀 해줘 봐. 빨리. 나 소리 벗고 팬티 질러 하고
싶다고!

└노엘 갤러거하고 메트라이프 스타디움에서 콘서트를 했
는데 8만 명이 가득 찼다고 하네. 2시간 30분 동안 콘서트를
했고 반응은 완전 열광적이어서 콘서트를 기획했던 주최 측도
놀랐다고 하더라. 월드투어도 논의 중이고 런던하고 맨체스터
는 무조건 방문 예정이란다.

-와, 그럼 강한수도 8만 명 앞에서 노래 부른 거냐?

-그렇게 되겠지? 근데 상식적으로 이게 말이 돼? 어떻게 못
하는 게 없냐. 그냥 다 잘하는 거 같다.

-아니, 얘 못 하는 것도 있어.

└뭔데?

└뭐 못하는데?

-히어로즈 오브 레전드 브론즈인 걸로 앎.

-ㅅㅂ ㅋㅋㅋㅋㅋㅋㅋㅋㅋㅋㅋㅋ

-나 진짜 온몸에 소름 쫙 도는 줄 알았다.

-그래도 내가 잘하는 게 하나라도 있어서 다행이다. ㅋㅋㅋ

ㅋㅋ X발, 눈물 나네. 엄마, 미안해요. ㅠㅠ

이곳만이 아니었다.

어디를 가도 한수에 관한 이야기만 터져 나오고 있었다.

다들 삼삼오오 모이면 한수 이야기를 하기에 바빴다.

술자리에서도, 집에서도, 야근 중인 회사에서도 한수의 이야기는 끊이질 않고 있었다.

정말 한 사람이 이 모든 걸 다 해냈는지 의구심이 들 만큼 한수가 해낸 일들은 말로 설명하기 힘들 만큼 어마어마했다.

일단 가장 최근만 놓고 보면 외국에서 8만 명을 모으는 콘서트를 성공적으로 마무리했고 프리미어리그 최고의 구단 중 한 곳으로부터 이적 제안을 받기도 했다.

그뿐만이 아니었다. 「무엇이든 만들어드려요」를 촬영했던 승기기 지역에서는 한수가 운영했던 레스토랑을 관광명소로 지정하고 관광객을 꾸준히 유치하고 있었다.

게다가 그들이 레스토랑을 운영하면서 벌어들인 모든 수익은 유니세프를 통해 아프리카나 오지의 난민들을 위해 올바르게 사용되었고 그 미담이 곳곳에 퍼지고 있었다.

그렇게 한국에 그 소식들이 알려지는 동안 미국에서도 또 한 번 한스 신드롬이 강타했다.

"어제 그 보컬리스트가 노래를 부르는 거 못 들었지?"

"왜? 그 정도로 대단해?"

"장난이 아니야. 한스라고 하는데 진짜 미치는 줄 알았다니까. 다른 가수들하고는 다른 무언가가 있어. 아델이 와서 공연하고 갔을 때도 이 정도는 아니었는데……."

어제 메트라이프 스타디움에서 열린 콘서트를 보고 온 남자가 자랑스러운 얼굴로 연신 찬사를 늘어놓기 시작했다.

사내 맞은편에 앉아 있던 사람들은 그 말에 고개를 연신 갸웃거렸다.

그 정도인가 싶을 정도로 사내가 오버하는 것 같았기 때문이다.

"너무 오버하는 거 아니야? 설마 그 정도이겠어? 네가 오아시스 팬이어서 그런 건 아니고?"

"아니라니까. 빨리 내일이 되었으면 좋겠어. 하하."

노엘 갤러거의 콘서트는 하루 차이를 두고 두 번 뉴욕에서 열릴 예정이었다.

둘 다 메트라이프 스타디움을 빌려서 콘서트를 열기로 되어 있었는데 예매는 이미 앨범이 발매되고 얼마 지나지 않았을 때 시작돼서 전부 다 매진된 상태였다.

사내는 콧노래를 흥얼거렸다. 그는 노엘 갤러거의 앨범에 수록된 신곡 멜로디를 연신 따라 하고 있었다.

노엘 갤러거는 오전부터 자신을 찾아온 한국인을 보며 눈살을 찌푸렸다.

"그러니까 콘서트는 이게 끝이야. 월드 투어는 생각해 본 적도 없고 런던과 뉴욕, 맨체스터 이렇게 세 곳에서만 콘서트 투어를 진행할 거야. 그밖에 다른 장소는 생각해 본 적도 없다고."

"미스터 갤러거, 부탁합니다."

노엘이 머리를 긁적였다.

추가적으로 공연을 하는 건 어려운 일이 아니다.

그러나 다른 사람, 특히 앤디와 찰리가 그 일정을 버틸 수 있을지는 미지수였다.

그랬기에 일부러 콘서트 횟수를 줄인 것이었다.

하지만 노엘은 평소 한국에 대한 감정이 좋은 편이었다.

관객들 매너도 그렇고 그들이 함께 부르는 떼창도 그렇고 전체적인 콘서트 분위기가 대단히 열광적이었기 때문이다.

만약 앤디나 찰리도 괜찮다면 한국에서 콘서트를 여는 것도 한번 고려해 볼 만했다.

무엇보다 그의 밴드 중 보컬리스트는 한국인이었다.

자신의 나라에서 콘서트를 가질 수 있다는데 그가 꺼리지는 않을 것 같았다.

"좋아. 한번 세션들한테 물어보겠어. 그 녀석들이 수락하면 하는 거야."

"예. 그 정도면 충분합니다. 연락 기다리겠습니다."

공연 기획자가 떠난 뒤 노엘 갤러거는 자신의 밴드 멤버를 불러 모았다.

앤디, 찰리 그리고 한수까지. 노엘 갤러거가 그들을 보며 물었다.

"한국에서 사람이 왔어. 서울에서도 콘서트를 한번 열어달라더군. 그래서 너희들 말을 듣고 결정하겠다고 대답했거든. 어떻게 하고 싶어? 뉴욕 콘서트가 끝나는 대로 우리는 귀국해서 런던 콘서트를 준비해야 돼. 그리고 나서는 맨체스터에서도 콘서트를 하기로 되어 있지. 여기에 서울을 추가해도 될까?"

일정이 빽빽했다. 특히 한수의 일정에 맞춰야만 했다.

한주 정도는 여유가 있다고 하지만 한수도 촬영 스케줄이 잡혀 있었기 때문이다.

가장 걸림돌이 되는 건 「자급자족 in 정글」이었다.

「자급자족 in 정글」 같은 경우 해외에서 촬영해야 했고 촬영 기간도 4박 5일 정도로 긴 편이었다.

그러나 노엘 갤러거는 지난번 매디슨 스퀘어 가든에서 가졌던 쇼케이스에서 절실히 깨달을 수 있었다.

오아시스의 노래라면 모르겠지만 이번 앨범은 무조건 한수가 필요했다.

그가 없으면 노래는 소시지 없는 핫도그가 되어 버리기 때문이다. 누구도 퍽퍽한 빵만 먹고 싶진 않을 터였다. 한수는 그 정도로 다른 밴드 세션들에 비해 월등하게 중요했다. 한수가 빠지면 콘서트도 성사가 안 될 정도로 말이다. 이건 노엘 갤러거도 미처 예상하지 못했던 것이었다.

하지만 사람들이 지금 열광하고 있는 건 한수의 목소리였다.

그의 목소리가 주는 울림이 사람들의 마음을 뒤흔들어놓고 있었기 때문이다.

노엘의 질문에 앤디가 먼저 쾌활하게 웃으며 말했다.

"저는 상관없어요. 오히려 한번 구경 가보고 싶었던 곳이라서 좋을 거 같아요. 콘서트 끝나고 관광 좀 해도 되는 거 맞죠? 그 조건이면 저는 콜이요!"

노엘이 찰리를 바라봤다.

찰리도 머뭇거리다가 조심스러운 목소리로 대답했다.

"저도 좋아요."

두 사람은 결정을 내렸다.

노엘 갤러거가 한수를 바라보며 물었다.

"네 생각은 어때? 어차피 네가 안 간다고 하면 우리끼리 간다고 해도 소용없을 거야. 사람들이 지금 원하는 건 네 목소리니까. 어떻게 할래?"

한수가 입을 열었다.

"저는 당연히 환영이죠. 다른 곳도 아니고 서울에서 하는 건데요? 노엘이나 앤디, 찰리가 힘들까 봐 걱정했던 거뿐이에요. 세 사람도 괜찮으면 이번 서울 콘서트도 꼭 하고 싶어요."

한수 말에 노엘 갤러거가 히죽 웃었다.

"좋아. 결정이 났군. 그럼 다들 연습하자고. 내일 또 공연이 있으니까."

"예!"

찰리와 앤디가 목청껏 대답했다.

그러는 사이 노엘 갤러거는 한국에서 온 공연 기획자를 재차 만났다. 그리고 협의가 오고 갔고 최대한 이른 시간 안에 서울에서 콘서트를 하기로 이야기가 끝났다.

이제 남은 건 예매 일정하고 콘서트 일정을 잡는 것이었다.

보통 이런 대규모의 콘서트 같은 경우 예매는 몇 달 텀을 두고 이루어진다. 그리고 예매 사이트가 열릴 때 예매 전쟁이 폭주한다.

특히 내한한 적이 거의 없는 슈퍼스타일 경우 그 전쟁은 더욱더 치열하다.

콜드 플레이가 내한했을 때도 그러했다. 예매 사이트 동시 접속자가 90만 명에 달했고 9만 석은 순식간에 동이 났다.

그래서 단 하루 잡았던 콘서트 일정을 2회로 늘려야만 했다. 이번에도 예매 전쟁은 비슷하게 일어날 것 같았다.

노엘 갤러거와 협의를 마친 뒤 콘서트 기획자는 한국에 연락을 취했다.

콘서트는 보름 뒤 열리게 되었다. 장소는 잠실올림픽 주경기장이었다.

원래대로라면 대관을 하고 콘서트를 위해 무대를 꾸미는 등 각종 준비로 몇 달은 필요하지만, 이번에는 그럴 필요가 없었다.

국내 아이돌 그룹 중 한 곳이 잠실올림픽 주경기장을 대관해서 콘서트를 열려다가 멤버 중 한 명이 음주 운전한 사실이 밝혀지며 콘서트가 흐지부지 무산되어 버렸기 때문이다.

덕분에 그들은 그 빈자리를 대신 차지하기만 하면 되었다.

이미 준비는 거의 다 끝나가던 상황이었다. 그곳 소속사만 막대한 위자료를 물었을 뿐이다.

물론 그들은 위자료를 전액 물지 않아도 된다는 것에 안도하긴 했지만 말이다.

콘서트 일자도 정해졌다.

4월 1일과 4월 2일.

공교롭게도 만우절이었다. 그러나 노엘 갤러거가 이끄는 새 밴드가 런던과 맨체스터에서 콘서트를 마치고 돌아오는 시간이 이 무렵이었다.

그때 시간을 맞추려면 4월 초뿐이었다.

대관이 가능한 것도 그 무렵이었고.

한수도 콘서트를 하기로 결정한 뒤 구름나무 엔터테인먼트와 협의를 거쳤다. 그리고 이번 투어 때문에 「자급자족 in 정글」 녹화는 한 번 빠져야 했다. 어쩔 수 없는 일이었다.

자신 때문에 무작정 촬영 일정을 뒤로 미룰 수는 없었다.

그래도 「쉐프의 비법」이나 「마스크싱어」 같이 하루 녹화하면 되는 프로그램은 예정대로 녹화를 진행할 예정이었다.

몸이 고되긴 하겠지만 중간중간 틈을 내서 촬영을 연달아 한 뒤 런던으로 넘어가면 될 것 같았다.

그리고 모든 협의가 완료된 뒤 이번 콘서트를 기획한 태한 카드는 곧장 홍보를 시작했다.

노엘 갤러거와 한수, 두 사람이 중심이 된 밴드, 그들이 만들어낸 음악, 그리고 단 두 차례 한국에서 갖는 콘서트.

키워드는 이 정도면 충분했다.

그렇게 홍보가 시작되었고 예매 날짜도 결정이 되었다. 예매 날짜는 홍보 바로 다음 날이었다.

좌석은 9만 석이었고 이제 남은 건 이 자리를 모두 메울 수 있느냐 하는 것이었다.

해외에 부는 브릿팝 열풍과 다르게 한국은 아직 그 반응이 미적지근했기 때문이다.

그랬기 때문에 몇몇 태한카드 관계자는 무리해서 일을 벌인 게 아니냐 걱정스러워하기도 했다.

차라리 콘서트 일정을 하루로 축소시키는 건 어떻겠냐는 말이 나왔을 정도였다.

그것도 잠시 하루가 지나고 예매 사이트가 열렸을 때.

단 9만 석 있던 좌석이, 19만 원이었던 맨 앞 스탠딩 좌석은 채 몇 초가 걸리기도 전에 바로 매진되었고 나머지 좌석들도 빠른 속도로 순식간에 삭제되기 시작했다.

동시 접속자 150만 명.

그들의 기우는 쓸모없는 것이었다.

단 1분. 18만 석이 모두 꽉 차는 데는 단 1분이면 충분했다.

한수는 이틀 전 섰던 그 무대에 다시 한번 섰다.

이번에도 지난번처럼 엄청 많은 사람이 그들을 향해 악다구

니를 쓰고 있었다.

한수는 마이크를 붙잡았다. 노엘 갤러거를 바라보며 한수가 눈을 찡긋했다. 노엘 갤러거가 기겁하며 그런 한수를 쳐다봤다.

"노엘, 오아시스 노래 한 곡 어때요?"

"어? 무슨 노래?"

"제가 리암을 따라 불러 볼게요. 하하."

"이 미친…… 그랬다가 여기 사람들이 폭주하는 꼴 보고 싶냐?"

"어때요? 이럴 때일수록 다 함께 즐겨야죠."

한수는 진심으로 기뻐하고 있었다.

이렇게 많은 사람이 자신을 향해 환호성을 보내고 또 함께 어울려 노래를 부르고 있다는 게 더할 나위 없이 즐거웠다.

노엘 갤러거가 인상을 구겼다. 그것도 잠시 그가 고개를 끄덕이며 물었다.

"무슨 노래를 부르고 싶은데?"

"「Live Forever」 어때요?"

"F***, 좋아. 달리자고. 앤디, 찰리 가능하지?"

"예. 물론이죠."

"가장 많이 연습했던 곡 중 하나라고요."

오아시스가 공연할 때면 항상 셋리스트에 들어 있던 노래.

노래가 끊기고 그들이 대화를 나누는 모습에 이곳에 모인 수많은 사람이 그 모습에 집중했다.

그리고 대화가 끝난 뒤 노엘 갤러거가 불그스름한 기타를 매만지다가 연주를 시작하자 격한 환호성이 이 자리를 가득 메웠다.

왜냐하면, 여기 모인 사람들은 오아시스의 팬들이기도 했기 때문이다.

동시에 한수가 창법을 바꿨다.

뒷짐을 지고 목을 꺾은 채 마이크를 올려다보며 노래를 부르는 리암 갤러거 그 특유의 창법을 한수가 소화해내며 노래를 부르기 시작했다.

Maybe I don't really wanna know.
어쩌면 난 정말 알고 싶지 않았을지 몰라.

그리고 노래가 시작됨과 동시에 주위 사람들의 함성이 쏟아지기 시작했다.

그것 때문에 노랫소리가 들리지 않을 만큼 관중들의 반응은 어마어마했다.

다들 노래를 따라 부르고 있었다. 함성 소리가 거기 덧붙여졌다.

관중들과 함께 호흡하는 무대. 한수의 목소리가 더욱더 크게 울렸다.

VVIP 객석에서 공연을 보고 있던 사람들도 연신 감탄을 토해냈다.

사람을 이끄는 힘, 그 무형적인 힘이 이곳에서 실제로 발휘하는 것을 보며 만수르는 입가에 미소를 그렸다. 그를 개인으로 후원하기를 잘했다는 생각이 다시 한번 들었다. 저 정도 남자면 자신이 충분히 투자할 가치가 있었다.

그렇게 관중들의 떼창에 이곳 메트라이프 스타디움이 시끌벅적해졌을 때 한수는 마이크를 앞에 두고 드럼이 세팅되어 있는 곳으로 달려갔다.

기타를 치던 노엘 갤러거가 당황하며 한수를 바라봤다.

그것도 잠시 한수는 능숙하게 드럼을 두드리기 시작했다.

노엘 갤러거의 기타 연주에 맞춰 한수가 두드리는 드럼이 강렬한 선율을 만들어냈다.

'저 미친놈은 드럼도 칠 줄 알았던 거야? 돌아버리겠네.'

노엘 갤러거의 속마음과는 별개로 간주 구간이 끝난 뒤 한수는 다시 마이크 앞으로 걸어갔다.

또다시 노래가 시작되었다. 그렇게 5분이 넘는 시간이 훌쩍 지나갔다. 사람들은 그들이 보여주는 퍼포먼스에 난리가 난 상태였다. 다들 손을 들어 올린 채 박수갈채를 보냈다. 여기 모인 수많은 사람이 그들의 공연에 환호성을 보내고 있었다.

그 이후에도 한수는 연달아 기존에 보여주지 않았던 색다른 모습을 보였다.

개중에는 여가수의 노래도 있었다. 아델의 노래였다.

그렇지만 노엘 갤러거가 뒤늦게 달려들어 한수를 막아서야 할 때도 있었다. 그건 한수가 되지도 않는 춤을 출 때였다.

콘서트가 끝난 뒤에야 한수는 비로소 정신을 차릴 수 있었다. 순간적이지만 한수는 자신의 몸을 컨트롤할 수 없었다. 너무 많은 능력을 끌어다 쓴 것 때문에 머릿속이 뒤죽박죽되어 버렸기 때문이다.

그렇다 보니 몸속에 잠재되어 있는 서로 다른 것들이 저마다 다 튀어나오려고 하면서 이런 일이 벌어진 것이었다.

그 상황을 만들어낸 건 관중들이었다.

그들이 일으킨 그 에너지가 한수를 동요시켰고 그러면서 「Pop Nostalgia」를 통해 본 다양한 사람들이 동시다발적으로 나타나기 시작한 것이었다.

대기실에서 한수는 숨을 길게 내뱉었다.

생각지도 못한 일이었다. 이렇게 불특정 다수가 동시에 나타날지는 진짜 생각에도 없었다. 그래도 노엘 갤러거가 말렸기에 망정이지 그렇지 않았으면 흑역사가 탄생할 뻔했다.

예전부터 그랬지만 한수의 춤 실력은 정말 형편없는 수준이었다. 물론 그건 한수가 춤을 크게 신경 쓰지 않은 영향도 있었다.

한수는 그럴 시간에 발라드나 록, 기타, 드럼 등을 더 집중해서 연습했기 때문이다.

그때 노엘이 대기실로 들어왔다. 그가 한수를 보며 물었다.

"이제 좀 진정이 돼?"

"예. 고마워요. 아까 노엘이 아니었으면 진짜 흑역사 쓸 뻔했어요."

"흑역사? 그보다 너 춤은 진짜 영 꽝이더라. 난 네가 다 잘하는 줄 알았는데 그 말은 취소해야겠다. 하하."

"저도 못하는 건 있어요. 뭐, 언젠가는 다 잘할 수 있게 되겠지만……."

"그보다 드럼 공연, 인상적이었어. 난 순간 링고 스타인 줄 알았다니까?"

한수가 어색하게 웃었다. 그가 따라 쓴 능력은 링고 스타의 것이었다. 노엘 갤러거가 그런 반응을 보이는 게 이해가 갔다.

"뉴욕은 이제 끝난 거죠?"

"어. 이제 바로 런던으로 돌아가야지. 거기서 또 하루 콘서트

한 다음에 맨체스터에서 또 한 번 할 거야. 너도 참가하겠지?"

"예. 그럼요, 그전에 한국에 들러서 녹화를 두 개하고 가야 해요. 그 정도는 양해해 주실 수 있죠?"

"그럼. 일정에만 늦지 말라고."

한수는 고개를 끄덕였다. 일정에 맞추려면 지금 당장 귀국 해야 했다. 그래야 월요일에 있는 「쉐프의 비법」 촬영이 가능했다.

그렇게 월요일에 「쉐프의 비법」을 녹화한 뒤 한수는 수요일 저녁에 다시 비행기를 타고 런던으로 갈 생각이었다. 그런 다음 런던에서 이틀 정도 쉬고 나서 콘서트를 해야 했다.

일단 런던 공연은 토요일로 예정되어 있었다. 맨체스터 공연은 일요일이었다.

그렇게 영국 공연을 전부 다 소화하고 나면 그 다음주 토요일과 일요일에는 한국에서 공연을 치러야만 했다.

보름 뒤까지 일정이 빡빡했다.

한수는 노엘 갤러거, 앤디, 찰리와 인사를 주고받은 뒤 공항으로 향했다. 이미 티켓은 유니버설 뮤직 그룹에서 준비해 둔 뒤였다. 한수는 곧장 비행기에 탑승하기만 하면 되는 일이었다.

그렇게 국적기를 타고 기다리고 있는 동안 한수는 스마트폰으로 국내 기사를 확인했다. 그동안은 공연 준비를 하고 또 공연하는 바람에 확인할 시간이 마땅치 않아서였다.

그때였다. 퍼스트 클래스를 맡고 있는 승무원이 한수에게 다가왔다.

"손님, 저희 태한항공을 이용해 주셔서 감사합니다. 저는 이번에 퍼스트 클래스를 담당하게 된 신주희라고 합니다. 웰컴 음료로는 오렌지 주스와 샴페인……."

한수는 오렌지 주스를 달라고 한 뒤 계속해서 뉴스 기사를 둘러보기 시작했다. 그리고 그의 낯빛이 점점 창백해져 갔다. 자신을 힐끔거리는 몇몇 승무원들의 시선이 느껴졌지만 거기 신경쓸 겨를조차 없을 만큼 한수는 머릿속이 복잡해진 상태였다.

확실히 한국의 네티즌 수사대는 차원이 달랐다. 이미 그들은 온갖 퍼즐을 다 짜 맞춰 둔 상태였다.

이 상태로 입국했다가는 지난번처럼 또 한 번 소동을 겪게 될지도 몰랐다.

그렇다고 해서 비행기에서 내릴 수도 없는 노릇이었다.

한수는 부재중 전화를 확인했다. 대부분 회사에서 온 것들이었다. 개중에는 함께 촬영을 같이한 피디들이나 연예인들에게서 온 연락도 있었다.

지연은 한수가 위풍당당 아수라 백작인 건 알고 있었기 때문에 딱히 크게 개의치 않는 거 같았지만 함께 「무엇이든 만들어드려요」를 촬영했던 서현이나 승준이는 대단히 놀란 듯했다. 실제로도 단톡방이 난리가 난 상태였다.

그렇지만 인력으로 될 일이 아니었다. 여기서 한수가 할 수 있는 건 아무것도 없었다.

그냥 조용히 입국하길 바랄 뿐이었다.

그러나 언제나 상황은 예상했던 대로 흘러간다.

특히 나쁜 예상은 빗나가는 법이 없다.

한수는 이번 입국에도 역시 수많은 기자가 자신을 기다리고 있다는 소식을 전해 들을 수 있었다.

하지만 지금 당장 기자회견을 할 수 있는 시간이 없었다.

그보다는 촬영이 더 급했다. 사실 이번 촬영도 한수 때문에 앞당겨진 것이었다. 원래대로라면 격주 촬영이기 때문에 이번 주는 굳이 촬영할 필요가 없는 것이었다.

하지만 이번 주 한수가 런던하고 맨체스터에서 공연을 해야 하기 때문에 귀국하게 될 경우 시간을 맞추는 게 사실상 불가능했다.

「마스크싱어」는 녹화일이 화요일이기 때문에 문제없지만 「쉐프의 비법」은 월요일에 녹화가 있기 때문에 문제가 있었다.

그래도 기자회견은 시간이 비는 화요일에 가지기로 한 뒤 한수는 포토타임만 가진 채 곧장 「쉐프의 비법」 촬영장으로 향했다.

미리 공항에 나와 대기 중이던 김 실장이 한수를 반겼다.

"어서 타. 지금 다들 너 기다리고 있어."

"휴, 죄송해요."

"나한테 죄송할 게 뭐 있어. 그래도 다들 네 사정 이해해 주고 있으니까 너무 걱정 말고."

"제가 위풍당당 아수라 백작인 건 몰랐잖아요. 어휴, 한국 상황은 어때요?"

한수가 트렁크에 짐을 싣고 있는 김 실장에게 물었을 때 밴 안에서 3팀장이 창문을 내리며 말했다.

"그건 내가 말해줄게."

"안에 계셨어요?"

"어, 일단 타. 서울부터 가야 돼."

밴이 서울로 향하는 동안 3팀장은 한수에게 그동안 있었던 일을 이야기했다.

잠실 올림픽주경기장에서 갖기로 한 2회의 콘서트가 모두 1분도 안 되어 매진된 것, 그리고 뒤늦게 한수가 빌보드 차트와 영국 UK 싱글 차트에 올라간 것이 화제가 되고 있다는 것까지.

"설마하니 한스가 너인 줄 다들 몰랐던 모양이야. 독일인으로 착각했더라고. 노엘 앨범에도 한수가 아니라 한스라고 적혀 있었으니까 그렇게 오해할 만하지."

"한스는 제 애칭이 되어 버린 지 오래죠. 하하."

"어쨌든 너는 그동안 해왔던 대로 하면 돼. 순풍에 돛 단 듯 잘 나가고 있잖아. 그건 그렇고 너 진짜 축구 하려는 건 아니지?"

"……글쎄요. 후원자가 한 시즌만 뛰어줄 수 없냐고 물어보긴 하더라고요."

"후원자? 그게 뭔 말이야?"

한수는 뉴욕에서 있었던 일에 대해 간략하게 이야기했다.

맨체스터 시티의 구단주 만수르가 직접 한수를 만났다는 말에 간 큰 3팀장도 기겁할 수밖에 없었다.

"어쨌든 오늘은「쉐프의 비법」만 녹화하면 되는 거 맞죠?"

"응. 그리고 너 광고가 남아 있는데…… 하, 골치 아프네. 시간이 너무 부족해."

"광고요? 얼마나 몰렸기에 그래요?"

"예전에는 너 거들떠보지도 않던 대기업들까지 난리도 아니야. 다들 너 섭외하고 싶다고 해서 죽을 지경이야. 오죽하면 홍보팀에서 너를 공공의 적으로 선포……."

"예? 홍보팀이요?"

"네가 사고 칠 때마다 홍보팀이 그거 뒷수습해야 하잖냐.

나중에 박카스라도 한 박스 사다가 돌려."

"……예."

3팀장 농담에 한수가 머쓱한 얼굴로 웃었다.

그러나 3팀장의 말은 사실이었다.

광고뿐만이 아니었다. 각종 프로그램에서도 지난번보다 더 심각할 정도로 많은 제의가 쏟아지고 있었다.

그럴수록 한수가 출연하고 있는 황금사단의 프로그램 「무엇이든 만들어드려요」와 「쉐프의 비법」 시청률도 수직으로 상승하고 있었다.

영국과 미국에서 시작된 한스 신드롬이 한국으로 옮겨붙더니 그 불길이 서서히 전 세계를 휩쓸기 시작한 셈이다.

그 때문에 지금 전 세계는, 한수앓이 중이었다.

그리고 그럴수록 탈모가 오려 하는 사람들도 있었다. 바로 구름나무 엔터테인먼트의 홍보팀 직원들이었다.

전 세계에서 쏟아지고 있는, 한수를 찾는 목소리 때문이었다. 그들은 누구보다 더 빠르게 피부로 지금 이 상황을 느끼고 있었다.

이미 한수는 월드 스타였다.

한편 「쉐프의 비법」 촬영을 끝마치고 간단하게 기자회견까지 한 뒤 다시 런던으로 출국한 한수는 히드로 공항에 도착했을 때 비로소 그 사실을 실감할 수 있었다.

헤아릴 수 없을 만큼 많은 사람이 공항에 몰려든 상태였다. 그리고 그들은 「Hans」라고 적힌 피켓을 든 채 한수의 이름을 목 놓아 외치고 있었다.

그뿐만이 아니었다. 이번에 콘서트를 하게 된 웸블리 스타디움(Wembley Stadium) 주변에는 적지 않은 사람들이 좀비처럼 서성이고 있었다.

그들이 이 주변을 서성거리고 있는 이유는 단 하나였다. 바로 암표를 구하기 위해서였다. 하지만 암표상들도 암표를 구하지 못해 쩔쩔매고 있을 정도였다. 심지어 어떤 스타는 이번 콘서트 티켓 값으로 10만 파운드를 내겠다고 SNS에 올려 화제가 됐을 정도였다.

그럴수록 점점 콘서트 시간이 가까워 오기 시작했다.

사람들은 숨을 죽인 채 그 시간이 조금이라도 더 빨리 오기를 간절히 바라고 있었다.

런던 시간으로 오후 6시.

잉글랜드 국가 대표팀의 홈구장이기도 한 웸블리 스타디움에서 노엘 갤러거 밴드의 영국에서의 첫 콘서트가 시작됐다.

화려한 불꽃이 폭죽처럼 터졌다.

어두컴컴하기만 하던 웸블리 스타디움이 환하게 밝아졌다.

그리고 조명이 무대 위에 서 있는 사람들을 하나씩 내리쬐었다.

강렬한 기타음과 함께 제일 먼저 스포트라이트를 받은 앤디가 포문을 열었다.

그런 다음 베이시스트 찰리도 자신의 존재감을 드러냈다.

거기에 노엘 갤러거가 새로 세션으로 들여온 드러머도 스틱을 들며 환호성을 내질렀다.

그는 선택받은 사람이었다.

무명이었지만 노엘 갤러거의 선택을 받고 이 자리에 서게 되었다.

뉴욕 메트라이프 스타디움에서 콘서트를 하며 드러머가 없다는 게 아쉬웠기에 인맥을 총동원해 찾아낸 드러머였다.

노엘 갤러거가 그를 발탁한 조건은 단 하나였다.

오아시스에 미쳐 있을 것. 그는 거기 가장 적합했다.

그렇게 기타리스트와 베이시스트, 드러머에게 각각 쏟아졌던 스포트라이트가 사그라들었다.

이제 남은 선 두 명. 이 콘서트를 열게 만든 장본인.

동시에 스포트라이트 두 개가 무대 중심에 별처럼 쏟아져 내렸다.

그리고 별빛을 받으며 두 명이 목소리를 크게 높였다.

"모두 반가워!"

"우리 공연에 온 걸 환영한다. 이 새끼들아!"

기타를 매고 있는 건 노엘 갤러거였고 마이크를 앞에 둔 채서 있는 건 한수였다.

동시에 웸블리 스타디움을 가득 메운 9만 명이 환호성을 내지르기 시작했다.

일부는 오아시스를, 일부는 리암 갤러거를 연호하기도 했다. 오아시스는 해체되었지만, 그들은 영원히 사람들 기억 속에 남아 있을 것만 같았다.

그리고 정말 많은 수가 노엘과 한수의 이름을 목청껏 소리질렀다.

"노엘!"

"노엘!"

"노엘!"

노엘을 외치는 소리와 한수를 외치는 소리가 이곳을 가득 메우며 천둥처럼 울리는 중이었다.

메트라이프 스타디움도 8만 명이 넘는 관중들을 수용할 수있었기에 그들이 주는 위압감이 엄청났지만, 웸블리 스타디움에 비할 바는 아니었다.

브릿팝은 그 이름에서도 알 수 있듯이 영국 태생의 음악이다.

그 본고장에 와서 콘서트를, 그것도 오아시스의 대장(The

Chief)이라고 불리는 노엘 갤러거가 콘서트를 열고 있는 것이다.

여기 모인 대부분의 관중들은 90년대에 브릿팝을 듣고 자랐으며 지금도 그때의 향수를 그리고 있었다. 그들에게 노엘 갤러거는 신이었고 한수는 그런 노엘 갤러거를 보좌하는 천사였다.

실제로 몇몇 타블로이드 신문사에서는 한수를 가리켜 천사의 목소리라고 부르고도 있었다. 비꼬는 의미일 수도 있지만 그만큼 한수가 갖는 영향력은 노엘 갤러거 못지않았다.

노엘 갤러거는 오아시스의 치프라고 불렸던 사내답게 단숨에 콘서트장을 장악하기 시작했다.

"이 빌어먹을 새끼들아! 좀 닥치라고! 너희가 떠들어대니까 내가 말할 수가 없잖아! F***!"

거칠기만 한 노엘 갤러거의 욕설에도 이곳을 가득 메운 관중들의 반응은 열광적이기만 했다.

오히려 그들 모두 마조히스트라고 생각될 만큼 기뻐하고 즐거워하고 있었다.

애초에 노엘 갤러거와 리암 갤러거, 이들 두 형제는 입이 거친 것으로 유명했고 욕설은 그들의 시그니처나 다름없었다.

그래도 웸블리 스타디움이 조금씩 진정되기 시작했다.

노엘 갤러거가 그제야 마이크를 잡고 소리쳤다.

"모두 반갑다. 개자식들아! 내가 돌아왔다. 바로 이곳에!"

와아아아-

꺄아~

이미 노엘은 쉰이 넘었고 결혼까지 해서 자식들도 두고 있
는데도 불구하고 여자들은 여전히 그를 향해 열광적인 반응
을 보이고 있었다.

"일단 우리 멤버들을 소개하기 전에 노래부터 한 곡 불러보
자고."

강렬한 전자기타음이 폭포수처럼 쏟아지기 시작했다.

첫 음만 들어도 여기 모인 사람들은 이 노래가 어떤 노래인
지 알 수 있었다.

그들이 첫 곡으로 선정한 건 오아시스의 명곡 가운데 하나
「Rock 'n' Roll Star」였다.

I live my life in the city.
난 도시 속에서 살아가지.

한수의 밝고 청아한 목소리가 9만 명이 넘게 들어차 있는
이곳 웸블리 스타디움을 가득 메우기 시작했다.

풍부한 성량은 9만 명의 관중이 내지르는 아우성을 한줄기
별빛처럼 꿰뚫으며 쏟아져 내렸다.

이곳에 모인 어마어마한 수의 관중들은 시작부터 일어서서

한수의 노래에 맞춰 몸을 흔들어댔다.

열광적인 분위기에 맞춰 한수의 노래가 계속 이어졌다.

그 어마어마한 성량과 사람의 마음을 훔치는 음색이 계속 이어졌고 그가 부르는 노래를 들으며 사람들은 연신 비명을 내지르고 있었다.

웸블리 스타디움 곳곳에는 구급차가 배치된 상태였다.

혹시 모를 상황을 대비하기 위해서였다. 그러는 동안 두 번째 구절에서 드러머가 하이햇을 쳤다. 하이햇은 드럼에 달린 발로 치는 심벌즈를 이야기하는데 드러머가 이 하이햇을 킨 건 노래를 더 좋아지게 만들기 위함이었다.

이는 인디 레이블사였던 크리에이션 레코드의 사장 앨런 맥기(Alan McGee)의 조언이기도 했다.

그러는 동안 계속해서 연주가 이어지다가 천천히 그 연주가 끝을 매듭지었다.

동시에 노엘이 소리쳤다.

"오늘 하루는 다 함께 로큰롤 스타가 되어서 날뛰어보자고! 달릴 준비는 됐냐?"

"예아(Yeah!)"

9만 명의 관중들이 일제히 소리 질렀고 연달아 두 번째 노래가 이어졌다.

두 번째 노래는 「라일라(Lyla)」였다.

Caling on the stars to fall.
별들이 떨어지길 소원을 빌고.

이번 노래 역시 오아시스의 노래였다.

6집 「Don't Believe The Truth」에 수록된 곡으로 오아시스의 노래 가운데 「Roll With It」 이후 가장 팝적인 노래이기도 했다.

이번에도 역시 관중들의 떼창이 이어졌다.

열광적인 무대는 계속해서 불타올랐고 식을 줄은 몰랐다.

그러는 사이 두 번째 노래도 끝이 나고 이번에는 노엘이 새로 발매한 앨범의 수록곡이 흘러나오기 시작했다.

한수는 설마 이번 노래마저 떼창이 이어질까 하는 생각이 들었다.

나온 지 아주 오래된 노래도 아니었고 앨범의 타이틀곡이 아닌 수록곡이었기 때문이다.

그것도 잠시 첫 가사를 불렀을 때 한수는 자신의 마이크 소리를 잡아먹을 것처럼 커다랗게 울려 퍼지는 사람들의 목소리, 떼창을 들으며 혀를 내둘렀다.

여기 모인 이 사람들은 진짜였다. 왠지 모르게 노엘이 부러웠다.

한수는 텔레비전을 통해 특별한 능력을 얻고 난 뒤 누군가를 부러워해 본 적이 없었다. 원하는 것은 뭐든지 이뤄낼 수 있는 한수의 능력으로 보건대 누군가를 시기하거나 질투한다는 게 애초에 말이 되지 않기 때문이다.

그렇지만 오늘만큼은 노엘이 부러웠다.

아무리 텔레비전을 봐도 따라 할 수 없는 그의 작곡 실력이 부러운 게 아니었다.

지금 한수가 부러워하는 건 여기 모인 이 열광적인 사람들이었다.

발매된 지 얼마 안 된 앨범의 수록곡도 따라 부르며 이렇게 뜨거운 분위기를 만들어낸다는 것이 부러웠다.

그렇게 연달아 다섯 곡을 부른 뒤 잠깐 쉬는 시간이 되었다.

그들은 대기실로 와서 목을 축이며 땀에 흠뻑 젖은 옷을 갈아입었다.

그것도 잠시 또다시 무대 위로 올라가야 했다. 아직도 부를 노래가 많이 남아 있었다.

쌩쌩해 보이는 한수와 달리 벌써 지쳐 보이는 드러머와 제2 기타리스트인 앤디를 보며 노엘 갤러거가 소리쳤다.

"어이, 애송이들. 벌써부터 지치면 어떻게 하자는 거야! 이럴수록 더 힘을 내야 할 거 아니야!"

드러머가 칭얼거렸다.

"죄송해요. 미스터 갤러거. 이렇게 많은 관중 앞에서 콘서트를 하는 건 이번이 처음이라고요. 아니, 애초에 이렇게 콘서트를 해본 적이 없다고요!"

노엘이 인상을 구겼다.

"프로는 어느 무대든 준비가 되어 있어야 하는 거야! 그렇게 징징댈 거면 애초에 여기에 끼질 말았어야지!"

노엘 갤러거의 독설에 앤디는 언제 지쳐 있었냐는 듯 벌떡 자리에서 일어섰다.

"노엘! 빨리 가요! 사람들이 기다리잖아요!"

"하여간 눈치 빠른 자식 같으니라고. 자, 가자! 무대 위에서 죽자고!"

그들은 다시 무대로 향했다. 그들은 여기 모인 사람들에게 최고의 무대를 선사해야 할 의무가 있었다.

한편 지정석에 앉아 콘서트를 지켜보고 있는 사람이 있었다.

그들은 세계 3대 기타리스트로 손꼽히는 에릭 클랩튼, 지미 페이지 그리고 제프 벡이었다.

이들이 여기 모인 이유는 하나였다.

한수의 노래를 듣기 위해서였다.

노엘 갤러거는 익히 알고 있었다. 그랬기에 그가 새로운 앨범을 발매한다고 했을 때도 잘 될 거라고 생각했다.

　하지만 그 앨범에 한수가 참여한 뒤 그들은 돌변하고 말았다.

　왠지 모르게 한수를 노엘 갤러거에게 빼앗긴 것만 같았다.

　실제로 가장 큰 상실감을 느끼고 있는 건 에릭 클랩튼이었다.

　그는 노엘 갤러거가 직접 한수를 만나려고 서울까지 찾아갔다는 소문을 뒤늦게 접하고는 분통을 터뜨렸다.

　이럴 줄 알았으면 노엘보다 한발 앞서 서울로 향했을 텐데 그렇게 하지 않은 그 당시의 선택이 아쉬웠다.

　그렇지만 이렇게 여기 앉아 그들이 부르는 노래를 들으며 공연을 본다는 건 정말 즐거운 일이었다.

　특히 한수가 부르는 노래는 엄청났다. 사람의 마음을 홀리게 하는 특별한 재주가 있었다. 그의 노래를 들을 때마다 마음이 치유되는 느낌이었다.

　그때였다.

　또 다른 곡이 끝나고 이번에는 한수의 솔로 무대가 이어졌다.

　한수가 쥔 건 에릭 클랩튼이 그에게 선물로 건넸던 바로 그 기타였다. 그리고 그가 연주를 시작했다.

　건조한 듯 담백한 목소리와 함께 기교 없는 깔끔한 기타 연주가 이어졌다. 에릭 클랩튼의 「원더풀 투나잇(Wonderful Tonight)」

이었다.

It's late in the eveing, she's wondering what clothes to wear.
늦은 저녁, 그녀의 어떤 옷을 입을까 걱정하고 있네.

에릭 클랩튼은 그것을 보며 감탄을 토해냈다.

자신의 기타를 가지고 연주를 하고 있는데 또 그 노래가 자신이 사랑해 마지않는 노래였다.

그가 옆에 앉아 있는 두 거장을 보며 아이처럼 천진난만하게 웃어 보였다.

"이거 봐! 내 노래를 부르고 있다고. 내가 선물한 기타로 말이야! 그만큼 저 녀석이 나를 마음속 깊이 존경하고 있다는 의미지. 하하."

'주책바가지 같으니라고.'

지미 페이지가 눈살을 찌푸렸지만 아무 말도 하지 않았다.

괜히 말다툼을 하고 싶진 않았다.

그보다는 한수가 부르는 저 노랫말에 귀를 기울이고 싶었다.

실제로 아까 전까지만 해도 이곳 웸블리 스타디움이 무너질 것처럼 목청을 높이며 노래를 부르던 관중들은 쥐 죽은 듯 조용해져 있었다.

한수의 노래를 듣기 위해서였다. 그렇게 노래가 끝나갈 무렵 한수는 에릭 클랩튼의 「원더풀 투나잇(Wonderful Tonight)」가사 가운데 'My darling, you were wonderful tonight에서 you를 you guys로 고쳐 불렀다.

그것은 이 노래 「원더풀 투나잇(Wonderful Tonight)」이 이곳 관중들에게 한수가 보내는 노래였기 때문이다.

그렇게 연주가 끝이 났다.

그리고 그 노래에 감동받은 에릭 클랩튼이 자리에 일어나서 박수갈채를 보내기 시작했다.

지미 페이지와 제프 벡은 그 모습을 보며 얼굴을 붉혔다.

괜히 함께 이곳에 온 게 아닌가 하는 생각이 들었다. 그렇게 열광의 밤이 지나가고 있었다.

콘서트는 순조롭게 이어졌고 콘서트가 끝나갈 무렵 영국의 국가라고 불리는 「원더월(Wonderwall)」이 불리기 시작했다.

그리고 이곳에 모인 모든 사람이 한목소리가 되어 노래를 불렀다.

You're gonna be the one that saves me.
당신은 나를 구원해 줄 사람일 거라고.

그리고 런던에서의 첫 공연이 그 끝을 맺어가고 있었다.

런던 웸블리 스타디움에서 열린 콘서트가 끝이 났다.

그리고 다음 날 각종 매체가 떠들썩해졌다. 그들 모두 어제 있었던 웸블리 스타디움에서의 공연을 1면에 주요 소식으로 다루고 있었다.

「위대한 치프(Chief) 노엘 갤러거가 돌아왔다!」

「왕의 귀환! 노엘 갤러거가 9만 명을 사로잡다.」

「제2의 오아시스? 오아시스의 영혼은 노엘 갤러거였다.」

「최고의 무대! 오아시스여 영원하라!」

언론 대부분은 오아시스와 노엘 갤러거를 연관지어 다뤘다.

노엘 갤러거가 영국인인 데다가 오아시스의 노래가 셋리스트의 다수를 차지한 덕분이다.

그러나 개중에는 노엘 갤러거보다 보컬리스트였던 한수를 더욱더 높게 평가하는 기자들도 있었다.

「천상의 목소리. 프로메테우스가 제우스로부터 불을 훔쳤다면 그는 9만 명의 관중에게서 영혼을 빼앗아갔다.」

「마음을 사로잡는 목소리, 영혼을 옥죄다.」

「노엘 갤러거의 새로운 뮤즈, 한스 신드롬(Hans Syndrome)은 무엇인가.」

그렇게 여러 기사가 뜨는 가운데 한수는 흥미로운 얼굴로 기사 하나를 클릭했다.

기사 제목부터 사람들의 호기심을 자극할 만큼 매력적이었다.

「단독 인터뷰 : 에릭 클랩튼이 말하는 한스는?」

한수는 토스트를 하나 입에 문 채 기사를 읽기 시작했다.

에릭 클랩튼 : 솔직히 말해서 여전히 나는 그를 정의내리기 어렵다.

처음 그를 본 건 코벤트 가든이었다. 그때까지만 해도 나는 그를 대수롭지 않게 생각했다. 그리고 그것이 어리석은 일이었다는 건 뒤늦게 알게 되었다.

그제야 난 코트를 챙기고 그를 만나러 향했다.

이미 그는 수많은 인파에 둘러싸여 있었다.

하지만 그는 별처럼 빛나고 있었다. 많은 사람이 그의 노래를 들으며 즐거워했다. 거기에는 리암도 있었다. 처음 한수를 발견한 건 리암이었다.

그리고 처음 그를 만났을 때 나는 호기심이 일었다.

더불어 옛 추억을 회상하고 싶어졌다.

그래서 나는 그에게 주문했다.

이루어질 수 없는 걸 알면서도 염치없는 부탁을 할 수밖에 없었다. 그때 그는 숱한 전설들을 그대로 카피해내는 능력을 보였었기 때문이다.

그런 그에게 내가 요구한 건 지미 헨드릭스의 기타 연주였다. 나는 70세 기념 콘서트 때 연주했던 내 기타를 내밀며 말했다.

"내가 보고 싶은 건 지미 헨드릭스의 연주야. 「Purple Haze」를 들려줄 수 있겠나?"

그는 대수롭지 않다는 얼굴로 연주를 해주겠다고 말했다. 그리고 몇 곡을 부른 뒤 버스킹이 끝나갈 무렵 연주를 시작했다.

그것을 보며 나는 내 귀를 의심할 수밖에 없었다. 또 내 눈을 의심했다.

스물네 살밖에 안 된 젊은 동양인이 어느 순간 처음 만났을 때 그 지미 헨드릭스로 변해 있었다.

그가 소름 돋는 연주를 내게 보이고 있었다. 지금 그는 노엘 갤러거의 밴드에서 보컬리스트를 맡고 있다. 그리고 이번에 웸블리 스타디움에서 열린 콘서트를 보고 듣고 내가 느낀 건 그의 보컬 실력은 정말 더할 나위 없이 매우 훌륭하다는 것이다.

퀸(Queen)의 프레디 머큐리를 보는 것처럼 음역대가 넓으며 어떨 때는 청아하다가 어떨 때는 굵은 중저음까지 다채로운 목소리를 소화한다.

그러나 그들은 아직 모르고 있다. 그의 기타 실력 역시 보컬에 준한다는 것을.

왜 그렇게 놀라나? 내 말이 믿기지 않는다고? 실제로 오늘도 내 노래를 멋지게 연주하지 않았던가?

그는 특별한 재능을 갖고 태어난 사람이다. 그리고 그는 충분히 1인 밴드도 소화해낼 수 있다.

그의 노래를 들을 수 있게 되어 정말 행복하다.

(하략)

한수가 기사를 거의 다 읽어갈 무렵 토스트를 입에 문 채 걸어온 노엘 갤러거가 한수를 보며 퉁명스러운 목소리로 물었다.

"아침부터 뭘 보는 거야?"

"아, 기사요. 어제 우리 콘서트에 관해서 기사들이 꽤 많이 떴더라고요."

"그놈들이 뭘 알겠어. 그 녀석들은 칭찬만 하면 된다고."

"하하, 예. 대부분 극찬 위주던 데요? 노엘이 제2의 오아시스를 만드는 게 아닌가 하는 이야기도 있더라고요."

"뭐? bullshit! 제2의 오아시스는 있을 수 없어. 그래서 그 거지 같은 놈도 비디 아이(Beady Eye)로 새로 밴드를 꾸린 거고."

"그냥 그런 이야기가 있다는 거예요. 아, 감사합니다. 잘 먹을게요."

"차린 건 없지만 편하게 먹어요."

한수가 어색하게 웃어 보였다.

그는 지금 노엘 갤러거의 집에 와 있었다. 내일 있을 맨체스터 공연을 앞두고 이곳에서 하룻밤 휴식을 취하게 된 것이다.

그에게 아침을 차려준 건 노엘 갤러거의 아내였다.

집에는 그녀 말고 노엘 갤러거의 두 아들도 있었는데 아직은 귀엽기만 한 꼬마애들이었다.

그뿐만 아니라 딸도 있었는데 그녀는 좀처럼 한수에게 다가오지 않고 있었다. 실제로 어젯밤 노엘이 한수를 데려왔을 때 그녀는 인사만 건넨 뒤 후다닥 방으로 도망치듯 들어가 버렸다.

그 때문에 한수는 그녀의 얼굴도 제대로 못 본 상태였다.

"앤디하고 찰리는 잘 있겠죠?"

"걱정하지 마. 파파라치들이 걔네를 신경 쓰겠냐?"

노엘이 툴툴거리며 말했다.

한수가 노엘의 집으로 오게 된 건 파파라치 때문이었다.

어젯밤 콘서트가 끝난 뒤 그들은 원래 호텔에 머무를 예정이었다.

그러나 호텔에 머무를 수 없는 게 기자들이 그 앞에 장사진을 치고 있었다. 시끌벅적한 소리에 잠도 제대로 못 이룰 거 같자, 노엘이 한수에게 제의를 해왔다.

그래서 그는 노엘과 함께 차를 타고 맨체스터로 이동하게 된 것이었다.

노엘은 오아시스 활동을 통해 벌어들인 막대한 수입 덕분에 곳곳에 자신의 저택을 갖고 있었다.

물론 맨체스터에도 그의 집이 있었고 거기엔 그의 가족들이 함께 사는 중이었다.

앤디와 찰리는 아마 조용해진 호텔에서 늘어지게 자고 있을 터였다. 그들은 오늘 오후에 비행기를 타고 맨체스터에 합류할 예정이었다.

한수가 스크램블을 먹으며 노엘에게 물었다.

"맨체스터 콘서트 이후에 일정 또 잡혀 있어요?"

"어. 인터뷰 몇 개 예약되어 있어. 그런 다음 서울로 가게 될 거야. 콘서트 끝나고 관광도 할 건데 가이드 정도는 해주겠지?"

한수가 웃으며 말했다.

"물론이죠. 오늘은 뭐 할 거예요?"

"멍청하긴. 오늘은 아주 중요한 날이야."

"예? 왜요? 무슨 일 있어요?"

"너 프리미어리그 경기를 즐겨본다고 하지 않았냐? 오늘이
무슨 날인지도 몰라?"

노엘 갤러거가 탐탁하지 않은 얼굴로 한수를 쳐다봤다.

졸지에 축알못(축구를 알지도 못하면서 아는 척하는 사람)이 되어
버린 한수가 머리를 긁적였다.

노엘 갤러거가 한숨을 내쉬며 말했다.

"오늘은 맨체스터 더비가 있는 날이다."

"……정말이에요?"

한수는 뒤늦게 스마트폰을 확인했다. 그리고 그는 내일 새
벽 1시 중계가 잡혀 있는 걸 뒤늦게 알 수 있었다.

그 이야기인즉슨 이곳 현지 시간으로는 오늘 오후 5시에 경
기가 있다는 의미였다.

"혼자 보러 갈 건 아니겠죠?"

"당연히 혼자 갈 수는 없지."

한수가 눈을 빛냈다.

그 모습에 노엘 갤러거가 코웃음을 쳤다.

"우리 가족 모두 시즌권이 있으니까 함께 보러 가야겠지?
하하."

한수가 눈살을 찌푸렸다. 가족이 우선일 수 있다. 그렇다면

지금이라도 티켓을 구해야 했다.

이곳 맨체스터까지 왔는데 맨체스터 더비를 안 보고 갈 수는 없는 일이었다.

그것은 파리에 관광을 갔는데 정작 에펠탑은 안 보고 왔다는 이야기와 다를 게 없었다.

그렇지만 오늘 오후에 있는 경기였다. 게다가 하위권 팀과의 경기도 아니고 맨체스터 더비였다.

이제 와서 표를 구할 수 있을 리가 없었다. 노엘 갤러거는 패닉에 질린 한수를 보며 킬킬거렸다.

그러나 한편으로는 그런 한수가 안쓰럽기도 했다. 그렇지만 맨체스터 더비인 만큼 표를 구하긴 쉽지 않을 게 분명했다.

노엘 갤러거가 히죽 웃으며 한수에게 물었다.

"너는 어떻게 할 거냐?"

"음, 어쩌면 방법이 있을지도 모르겠네요."

"뭐? 진짜? 암표라도 구하려고?"

노엘 갤러거가 당혹스러운 얼굴로 물었다. 한수가 고개를 저었다.

"아뇨, 암표는 살 게 못 돼요. 애초에 그거 위법이잖아요."

"그래? 그럼 잘 구해보라고. 나는 맥주를 마시면서 즐겁게 맨체스터 더비를 구경할 테니까. 흐흐."

"그런데 콘서트 일정, 일부러 이렇게 잡은 거예요?"

"당연하지. 공연 기획자 녀석은 토요일, 일요일 이렇게 붙여서 하자고 했지만 내가 단칼에 거절했지. 그래서 토요일은 웸블리 스타디움에서 하고 월요일은 맨체스터 아레나에서 하기로 한 거야. 축구, 그것도 맨체스터 더비인데 그걸 어떻게 놓칠 수 있겠냐고! 멍청한 놈들 같으니라고."

"노엘, 욕 좀 그만하고 식기 전에 아침부터 먹어요."

사라 말에 노엘은 군말 없이 아침을 재차 먹기 시작했다. 그때 노엘의 딸이 주방으로 걸어왔다.

그녀는 한수를 보고는 당황한 듯 얼굴을 붉혔다가 그들 가족이 식사 중인 곳으로 다가왔다. 그리고 한수와 대각선으로 떨어진 곳에 앉은 뒤 스크램블 에그와 토스트를 깨작이며 먹었다.

노엘이 그녀를 보며 물었다.

"왜 그래? 어색해?"

"그냥 그게……."

잠시 머뭇거리던 그녀가 앨범을 꺼냈다. 노엘이 이번에 새로 발매한 앨범이었다. 그리고 그녀가 한수에게 앨범을 내밀었다.

한수가 고개를 갸웃거리며 그 앨범을 받았다. 그녀가 수줍은 얼굴로 말했다.

"사인 좀 해주세요."

"아…… 네."

한수는 앨범과 함께 건넨 볼펜으로 사인을 해서 건넸다.

꾸벅- 고개를 숙인 뒤 그녀가 재빠르게 주방을 빠져나갔다. 얼빠진 얼굴로 그 모습을 보던 노엘이 갑자기 으르렁거리기 시작했다.

그가 한수를 노려보며 경고했다.

"한스, 내가 너를 마음에 들어 하긴 하지만 내 딸은 안 된다. 절대 건드리지 말 것. 무슨 뜻인지 알겠지?"

노엘의 목소리에 진득하니 느껴지는 살의에 한수는 말없이 고개를 끄덕였다.

딸 가진 아빠는 딸의 남자친구에게는 어쩔 수 없이 적대적이게 된다더니 노엘도 예외는 없었다.

괜히 그 곁에라도 갔다가는 곤죽이 될 것 같은 분위기에 한수는 계속해서 캐묻는 노엘을 보며 연거푸 다짐할 수밖에 없었다.

노엘이 토스트를 다 먹고 떠난 뒤 사라가 웃으며 말했다.

"그이가 워낙 아나이스를 아껴서 그런 거니까 한스가 이해해요. 호호."

한수가 그 말에 멋쩍게 웃었다. 그러나 방금 느낀 살의는 진짜배기였다.

오후 4시 40분.

노엘 갤러거는 가족들과 함께 에티하드 스타디움에 와 있었다. 그들이 지금 머무르고 있는 곳은 체어맨스 클럽(The Chairman's Club)이었다. VIP를 위한 연회장 같은 곳이었다.

애초에 그는 맨체스터 시티의 시즌권을 갖고 있을뿐더러 맨체스터 시티의 앰버서더이자 VIP이기도 했다.

그렇다 보니 필요로 한다면 표를 구하는 것도 충분히 가능한 일이었다.

하지만 아나이스 때문에 미처 그 이야기를 꺼내지 못했고 아침을 먹은 뒤 한수는 어디론가 사라져서 그에게 물어볼 수도 없었다.

"뭐, 알아서 하겠지."

노엘 갤러거는 투덜거리며 맥주를 한 병 꺼냈다. 그런 다음 연회장 바깥으로 나와 경기장을 둘러봤다.

경기 시작 전 양 팀 선수들이 나와서 몸을 풀고 있었다.

오늘은 중요한 경기였다. 맨체스터 더비, 그 이름 하나만으로도 주목도가 있었다.

게다가 양 팀 감독은 프리메라리가에서 레알 마드리드와 바르셀로나를 이끌며 여러 차례 부딪친 적이 있는 앙숙 관계였다.

무리뉴가 바르셀로나에서 일할 때만 해도 두 사람은 친구이긴 했지만, 지금은 서로 탐탁지 않게 생각했다.

그리고 프리미어리그에 온 뒤 그들은 각각 맨체스터 시티와 맨체스터 유나이티드의 사령탑이 되어 또다시 맞붙게 되었다.

경기 내적으로나 외적으로나 충분히 볼 만한 가치가 있었다.

그때였다. 자신의 어깨를 두드리는 사람이 있었다.

귀찮게 구는 인물을 확인하기 위해 노엘 갤러거가 고개를 돌렸다.

그리고 그는 뜻밖의 얼굴을 보고는 눈을 휘둥그레 떴다.

"네가 왜 여기 있냐?"

그는 한수였다. 한수가 웃으며 입을 열었다.

"아, 그게 만수르한테 부탁했더니 VIP 티켓을 바로 보내주더라고요."

이 모든 게 바로 한수가 후원자를 잘 둔 덕분이었다.

노엘은 VIP룸 안에서 한수의 이야기를 듣고는 어처구니없는 표정을 지어 보였다.

"그래서 만수르하고 직접 통화를 한 거야? VIP 티켓을 얻으려고?"

"아뇨. 만수르하고 통화한 건 아니고 그의 보좌관하고 통화했어요. 그랬더니 얼마 지나지 않아서 어디 있냐고 묻더니

VIP 티켓을 가져다주더라고요."

"대단하네. 대단해. 그래. 이왕 온 거 경기나 같이 볼까?"

"저야 좋죠."

한수가 웃었다. 노엘이 한수에게 병맥주를 건넸다.

그가 건넨 건 런던 프라이드(London Pride)라는 병맥주였다. 이는 국내에서 잘 팔리는 라거(Lager) 스타일이 아닌 영국의 전통적인 맥주 스타일인 에일(Ale) 스타일의 맥주였다.

노엘은 런던 프라이드를 파인트 잔에 따른 다음 한수에게도 파인트잔을 건넸다.

"맥주는 전용잔에 마셔야 진짜 맛을 느낄 수 있지. 자, 마셔보라고. 진짜 맛있을 거야. 장담하지."

한수는 파인트잔에 런던 프라이드를 따랐다. 그리고 그대로 맥주를 들이켰다.

에일 맥주 특유의 깊고 풍부한 향과 바디감이 목을 적셨다.

"좋네요."

라거 맥주가 갖는 청량감과 톡 쏘는 맛은 없었지만 에일 맥주의 깊고 풍부한 맛 역시 그 나름의 매력이 있었다.

그러는 동안 경기가 시작되기에 앞서 호텔식 코스요리가 준비되기 시작했다.

그뿐만 아니라 오늘 경기에서 선발로 뛰게 될 선수들의 라인업 리스트도 확인해 볼 수 있었다.

한수는 지난번 연습경기에서 같이 뛴 케빈 더 브라이너와 다비드 실바, 세르히오 쿤 아게로 등이 선발명단에 든 것을 보고는 고개를 끄덕였다.

그들 모두 맨체스터 시티의 핵심 선수들이었다.

오늘같이 중요한 경기에 나오지 않는다는 게 이상한 일이었다.

반면에 맨체스터 유나이티드도 중량감이 대단했다.

폴 포그바(Paul Pogba)를 포함해서 에버턴에서 역대 두 번째로 높은 이적료인 7,500만 파운드를 받고 이적해 온 로멜로 루카쿠(Romelu Mename Lukaku)도 선발명단에 포함되어 있었다.

쟁쟁한 매치가 예상되는 중이었다.

그때 직원 한 명이 연회장에 있는 사람들에게 종이 한 장씩을 나눠줬다.

QR코드가 찍혀 있는 종이였는데 「DO YOU HAVE THE WINNING KEY?」라는 설명과 함께 QR코드를 찍어서 당첨되면 스포츠카 한 대를 경품으로 주는 이벤트였다.

한수도 종이 한 장을 건네받고는 일단 재킷에 그것을 꽂아 뒀다. 바코드는 경기가 끝난 뒤 찍어도 늦지 않았다.

반면에 노엘은 곧장 바코드를 찍었는데 꽝이 뜬 모양이었다. 노엘 갤러거가 얼굴을 찌푸렸다.

그러는 동안 만찬이 이어졌고 식사 도중 맨체스터 시티의 사장이 직접 이곳 연회장을 찾아왔다.

그는 연회장에 모인 VIP 몇몇과 이야기를 나눈 다음 노엘 갤러거와 그의 가족 그리고 한수에게도 다가와서 인사를 나눴다.

아마도 만수르가 직접 지시를 내린 게 아닌가 싶었다.

그렇게 시간을 보낼 무렵 서서히 하늘색 의자가 사람들로 차오르기 시작했다.

객석을 돌아다니고 있는 문체스터와 문빔도 보였다. 문체스터와 문빔은 맨체스터 시티의 마스코트였다.

그리고 경기장에 나온 선수들이 서로 인사를 나눈 뒤 맨체스터 더비가 시작됐다.

한수는 연회장에서 나와 VIP석에서 노엘 갤러거와 함께 경기를 보며 육성으로 그들을 응원하기 시작했다.

어렸을 때는 맨체스터 유나이티드를 응원한 적도 있었지만 노엘 갤러거와 펩 과르디올라 그리고 만수르 덕분에 한수는 어느새 맨체스터 시티의 열혈 서포터즈가 되어 있었다.

물론 한수가 맨체스터 유나이티드를 응원했던 건 어디까지나 박유성이 뛰고 있었을 때였다. 그 이후로는 응원팀을 따로 두지 않은 채 경기만 줄곧 봤기 때문에 한수는 맨체스터 시티의 서포터즈가 된다는 것에 별다른 거부감을 갖고 있지 않았다.

경기가 시작하고 얼마 지나지 않아 로멜로 루카쿠가 신체조건을 활용해서 맨체스터 시티의 수비진을 꿰뚫기 시작했다.

그 엄청난 돌파력을 보며 한수는 혀를 내둘렀다.

만약 자신이 존 스톤스(John Stones) 대신 저 자리에 서 있었다면 루카쿠를 막을 수 있었을까 하는 생각이 들었다.

물론 머릿속에는 존 테리(John Terry), 리오 퍼디난드(Rio Ferdinand), 네마냐 비디치(Nemanja Vidic) 같은 프리미어리그에서 뛴 정상급 수비수들의 경험과 지식이 풍족하게 있었다.

하지만 저 괴물 같은 피지컬을 상대로 버텨낸다는 건 결코 쉬운 일이 아닐 것 같았다.

그때 루카쿠가 한 박자 빠르게 때린 기습적인 슈팅을 클라우디오 브라보가 가까스로 팔을 뻗어 막아냈다.

흥분한 맨체스터 시티 팬들이 소리를 높였다. 곳곳에서 응원가와 함성이 터져 나오고 있었다. 그것들을 보며 한수는 혀를 내둘렀다.

다른 어느 리그보다 프리미어리그가 유독 열광적이라는 말은 들었지만, 이 정도일 줄은 몰랐다.

그러나 막상 와서 직접 보게 되니까 어째서 프리미어리그가 세계 최고의 리그로 불리는지 알 것 같았다.

그러는 동안 양 팀이 치열하게 맞부딪쳤다.

공방전이 오고 갔다.

루카쿠가 치명적인 슈팅을 날리면 이쪽에서는 아게로가 현란한 실력으로 드리블 돌파를 하며 슈팅을 때리곤 했다.

맨체스터 유나이티드에서 폴 포그바가 위력적인 중거리 슈팅을 날리면 맨체스터 시티에서는 케빈 더 브라이너가 날카로운 키 패스를 찔러 넣었다.

어느새 삼십 분이 지나갔다.

노엘 갤러거가 한수를 보며 물었다.

"어때? 화끈하지?"

"이 정도일 줄은 생각도 못 했어요. 와, 엄청난데요?"

"당연하지! 우리 시티의 팬들이라고! 시티의 팬들이면 이 정도는 당연한 거라고."

노엘 갤러거가 어깨를 들썩였다.

그가 맨체스터 시티를 얼마나 사랑하는지 새삼 느낄 수 있었다.

그렇게 전반전이 끝났다.

0 대 0.

양 팀 모두 팽팽한 승부를 가져가고 있었다.

전반전이 끝나고 다시 VIP룸으로 돌아오려 할 때였다.

몇몇 VIP들이 한수를 알아보고는 조심스럽게 다가왔다.

"미스터 강 맞으신가요?"

"아, 예. 누구시죠?"

"호호, 미안해요. 반가운 마음에. 사인 한 장만 해주실 수 있을까요?"

귀부인이 노엘의 앨범을 내밀고 사인을 해달라는 광경은 조금 어색했다.

그러나 한수는 스스럼없이 그녀에게 사인을 해서 건넸다.

그 이후 몇몇 사람들이 한수에게 사인을 요구해 왔다. 이미 한수는 이곳 영국에서 유명 인사가 되어 있었다.

실제로 파파라치들도 몇몇 그를 따라붙고 있었다. 그러나 어차피 한수는 대수롭지 않게 생각하고 있었다.

그는 이방인이었고 며칠 뒤 영국을 떠날 예정이었기 때문이다.

또 언제 영국을 다시 방문하게 될지 모르지만, 파파라치가 붙든 안 붙든 그들이 한국까지 쫓아올 리는 없을 터였다.

그때였다.

한수는 VIP룸에서 익숙한 얼굴을 볼 수 있었다.

"어? 리암!"

"오, 요새 잘 나가는 우리 록스타 아니야! 잘 지냈어?"

그는 리암 갤러거였다.

'그러고 보니 형제 둘 다 맨체스터 시티의 광팬이었지.'

게다가 앙숙인 맨체스터 유나이티드와 치르는 경기다. 리암 갤러거가 없다는 게 말이 안 되는 이야기였다.

"에이, 잘 나가긴요. 그냥저냥 하는 거죠."

"노래 좋았어. 원래 그 감자 새끼가 작곡 하나는 잘했으니까. 네 목소리하고 딱 맞는 거 같더라."

"고마워요, 리암. 리암한테 그런 이야기를 들으니까 뭔가 인정받은 느낌이네요."

"쳇, 인정은 무슨. 에릭이 그렇게 극찬을 했는데 내가 인정 안 한다고 해봤자 바뀌는 게 있겠어?"

"하하, 저도 에릭이 한 인터뷰는 봤어요. 조금 낯 뜨겁더라고요. 뭐, 그래도 좋은 이야기를 해주서서 고맙게 생각 중이에요."

"감자는 어디 갔어? 너하고 같이 왔을 거 아니야."

"가족분들하고 함께 계시지 않을까요?"

"그렇군. 어쨌든 경기 재밌게 봐. 맨체스터 유나이티드 응원만 하지 말고. 무슨 뜻인지 알지? 만약 맨체스터 유나이티드, 저 더러운 놈들을 응원했다가는 내가 널 가만두지 않을 거야."

"그 전에 내가 이 녀석을 가만두지 않을걸?"

그때였다. 또 한 명의 갤러거가 이 자리에 합류했다.

노엘이었다.

"홍. 얼굴 보기 싫어서 피해 다녔는데 뭐 하러 그 더러운 얼굴을 들이미는 거야?"

"이 새끼야. 내가 네 형인 건 그새 까먹었냐? 내 얼굴에 욕해 봤자 네 얼굴 욕하는 거랑 뭐가 달라?"

"당연히 다르지. 내가 너보다 잘생겼잖아."

"뭐? 이 자식이!"

졸지에 VIP룸에서 싸움이 벌어지게 된 상황.

그래도 사라와 아나이스가 개입하며 두 사람은 조금씩 진정하고 있었다.

"리암, 언제 한번 찾아와요."

"……생각해 보지."

리암은 그 말을 끝으로 다시 객석으로 빠져나갔다.

노엘이 인상을 구겼다. 한수는 이 두 형제를 보며 한숨을 내쉬었다.

그 역시 오아시스를 좋아했던 팬으로 두 사람이 다시 뭉치면 어떨까 하는 생각이 수십 번 들었던 게 사실이다.

지금도 그들을 하나로 뭉치고 싶었다. 하지만 그게 가능할지는 미지수였다. 이미 두 사람 사이엔 감정의 골이 깊게 나 있었으니.

"노엘, 경기나 보러 가요."

"그래. 가자."

그들은 다시 VIP석으로 나왔다.

곧 있으면 후반전이 시작할 시간이었다.

윤환 역시 프리미어리그 팬이다.

한류스타인 그는 종종 유럽에서도 콘서트를 열곤 했는데 그럴 때마다 해외축구도 종종 직관하고 오긴 했다.

물론 투어 때는 상대적으로 시간이 없다 보니 경기를 못 보는 경우도 있었다. 그럴 때면 휴가 때마다 경기를 보고 오긴 했다.

그렇지만 최근 들어 계속 바쁘다 보니 상대적으로 축구를 보러 갈 기회가 없었다.

윤환은 집에서 커다란 텔레비전으로 위안을 삼으며 맨체스터 더비를 보고 있었다.

맨체스터 유나이티드의 광팬인 그는 그 누구보다 열정적으로 맨체스터 유나이티드를 응원 중이었다.

한편 그의 집에는 몇몇 스타들도 와 있었는데 개중에는 권지연도 있었고 이승준도 있었다.

또, 김서현도 있었다.

다들 한수와 촬영 경험이 있는 스타들이기도 했다.

"오빠, 여기가 누구 홈구장인 거예요?"

"맨체스터 시티 홈구장이야. 이번에는 반드시 이겨야 하는데."

승준이 웃으며 말했다.

"루카쿠가 골 넣어주지 않을까요?"

"그래 줘야지. 하, 진짜 돈 무진장 썼잖아. 이번에야말로 프리미어리그 우승에 챔피언스리그 우승까지 해줘야 하지 않겠냐?"

"거기에 FA컵 우승까지 하면 최고죠."

"트레블이네? 그래, 무리뉴면 그 정도는 해주지 않을까?"

후반전이 슬슬 시작할 시간이 되었다.

그들은 미리 사다 둔 치킨을 뜯으며 소파에 앉았다.

그때 현지 카메라가 빙글빙글 돌아가다가 VIP석을 비추기 시작했다.

[어, 낯익은 얼굴이 보이는데요? 저분 강한수 씨 맞으시죠?]

[예. 맞는 거 같네요. 그 옆은 노엘 갤러거 같고요. 노엘 갤러거 가족도 함께 온 모양이군요.]

[아, 그러고 보니 강한수 씨가 어제 막 런넌 웸블리 스타니움에서 콘서트를 마친 걸로 아는데요. 노엘 갤러거와 함께 맨체스터 더비를 간 모양이죠?]

[예, 노엘 갤러거는 맨체스터 시티의 열혈팬이니까요. 충분히 짐작 가능한 일입니다.]

[내일은 맨체스터 아레나에서 또 한 번 콘서트를 가진다고 하는데 표는 오래전 전석 매진됐다더군요. 아, 후반전 시작이군요. 전반전까지는 0 대 0으로 팽팽한 양상을 보인 두 팀이 후반전에는 어떠한 모습으로 달라졌을지 지켜보시겠습니다.]

쇼파에 앉아 경기를 보고 있던 네 사람이 딱딱하게 얼어붙었다.

그것도 잠시 권지연이 눈을 동그랗게 떴다.

"뭐야? 한수 지금 저 경기장에 있는 거예요?"

오아시스의 팬이었던 김서현이 화들짝 놀라며 연신 손사래를 쳤다.

"완전 대박. 노엘하고 진짜 같이 있었어! 와, 말도 안 돼."

반면에 윤환의 표정은 딱딱하게 굳어져 있었다. 그건 승준도 마찬가지였다.

"이 자식이 혼자 VIP석에서 편안하게 경기를 봐?"

"으아아악! 나도 직관 가고 싶다!"

그들이 절규하는 사이 후반전이 시작되었다.

CHAPTER
3

맨체스터 더비 직관.

프리미어리그 축구 팬이라면 누구나 바랄 수밖에 없는 일이 었다.

한수는 VIP석에 앉아 경기를 지켜봤다.

텔레비전을 통해 보는 것하고 이렇게 실물로 직접 보는 것 은 생각 외로 커다란 차이가 있었다.

특히 이곳 에티하드 스타디움을 가득 메운 수많은 맨체스 터 시티 팬들의 응원가와 함성은 가슴을 떨쳐 울리게 하기에 충분했다.

Blue moon you saw me standing alone.

VIP석에서 응원가를 듣던 노엘 갤러거가 인상을 찌푸렸다.

"쳇, 빌어먹을 놈의 노래군."

한수도 이 노래가 어떤 노래인지 두 음절을 듣자마자 알 수 있었다.

맨체스터 시티의 공식 응원가 중 하나인 「Blue Moon」이었다.

수많은 가수가 「Blue Moon」을 불렀지만 가장 잘 알려진 건 1956년에 발표된 엘비스 프레슬리 버전이었다.

그러나 지금 에티하드 스타디움에 울려 퍼지고 있는 건 2011년 비디아이(Beady Eye)의 리암 갤러거가 부른 버전이었다. 노래를 듣자마자 노엘 갤러거가 투덜거리는 이유가 있었다.

응원가가 에티하드 스타디움을 가득 메웠다.

일부 극성 팬들은 옷을 벗은 채 맨살을 드러내며 응원에 열기를 더했다.

3월이긴 해도 아직 런던의 날씨는 쌀쌀했다.

엎친 데 덮친 격으로 보슬비까지 내리고 있었다.

그렇지만 맨체스터 시티 팬들은 아랑곳하지 않고 목청을 높였다.

그때였다. 그들의 응원 덕분일까.

맨체스터 시티의 주전 공격수 세르히오 쿤 아게로가 케빈 더 브라이너의 키 패스를 건네받은 뒤 반 박자 빠른 슈팅을 때렸다.

철썩-

하늘색 줄무늬가 쳐져 있는 골문이 거칠게 흔들렸다.

"우와아아아아아아아아아!"

엄청난 환호성이 에티하드 스타디움을 가득 메웠다.

노엘 갤러거도 자리에서 일어나 울분을 토해냈다.

"SHIT! 바로 이거야! 이거라고! 아게로오오!"

한수도 여기 모인 수많은 사람의 외침 속에 자신도 모르게 맨체스터 시티와 세르히오 쿤 아게로를 연호하기 시작했다.

1 대 0.

후반전이 시작되자마자 맨체스터 시티가 한 골을 넣으며 우위를 잡았다.

조세 무리뉴 감독의 얼굴에 낭패가 어렸다.

펩 과르디올라 역시 기뻐하기는커녕 더욱더 목소리를 높이며 선수들을 독려하고 있었다.

한때는 엄청 가까웠던 친구였지만 지금은 앙숙이 되어버린 두 감독은 필드 위에서 시선을 떼지 않았다.

경기는 계속해서 이어졌다. 점점 더 빗줄기가 굵어졌다.

선수들의 몸도 무거워졌다. 그때였다.

후반전도 어느새 30분가량 지났을 무렵, 이제 경기 종료까지는 15분 정도 남아 있을 때 이적생이 대형 사고를 터뜨렸다.

에버튼에서 이적해 온 로멜로 루카쿠.

그가 엄청난 피지컬을 우위로 삼으며 맨체스터 시티의 수비진을 무너뜨렸다. 존 스톤스가 루카쿠를 막으려 했지만 소용없는 일이었다.

거친 몸싸움 끝에 존 스톤스를 상대로 압승을 거둔 루카쿠는 그대로 벼락같은 슈팅을 날렸다.

철썩-

이번에는 맨체스터 시티의 골문이 거칠게 흔들거렸다.

지난 시즌 부진하며 16-17시즌 최악의 골키퍼로 손꼽혔던 클라우디오 브라보는 이번 시즌 꽤 좋은 모습을 보여주고 있었다.

그렇지만 이번 루카쿠의 슈팅은 폼이 올라온 브라보도 막아내기 힘든 슈팅이었다.

순식간에 맨체스터 시티가 조용해졌다. 도서관이 되다시피 했다. 그것도 잠시 다시 맨체스터 시티 팬들이 목소리를 높여 응원하기 시작했다.

루카쿠의 개인 능력으로 만들어낸 골이었다. 수비수들이 조금 더 집중했다면 충분히 막아낼 수도 있었다.

점점 더 경기가 열기를 띠기 시작했다. 이곳 경기장에 모인 수많은 맨체스터 시티 팬들이 다시 한번 맨체스터 시티의 응원가를 불렀다.

어느새 후반전도 서서히 끝을 향해 달려갔다.

이제 남은 시간은 1분.

그때 추가 시간이 주어졌다.

추가 시간은 2분.

맨체스터 시티 팬들이 더욱더 목소리를 높였다.

한편 외곽진 곳에서 응원 중이던 맨체스터 유나이티드 원정 팬들도 그에 질세라 목청을 높였다.

그때였다. 기적이 일어났다.

세르히오 쿤 아게로가 상대 수비수의 발에 걸려 넘어졌고 주심은 지체없이 반칙을 불었다.

골대에서 불과 22m 정도 떨어진 거리였다.

무리뉴가 달려 나와 거세게 항의를 했지만, 심판의 태도는 단호했다.

반면에 펩 과르디올라는 침착하게 선수들을 진정시키고 있었다.

프리키커로 나선 건 케빈 더 브라이너였다. 이제 그의 발끝에 모든 게 달려 있었다.

스페인 국가대표팀의 골키퍼 다비드 데 헤아(David De Gea)가 양팔을 벌렸다.

케빈 더 브라이너가 호흡을 가다듬었다. 그가 매서운 눈빛으로 골문 구석을 노렸다.

한수와 노엘 갤러거는 심호흡을 하며 맨체스터 시티에게 주어진 마지막 기회를 바라봤다.

그리고 케빈 더 브라이너가 부드럽게 공을 감아찼다.

아름답게 포물선을 그린 공이 골문 구석을 향해 쇄도해 들어갔다.

모든 맨체스터 시티 팬들이 들어갔다고 생각되는 그 순간!

데 헤아가 길쭉한 팔을 내밀었다. 동시에 그가 거미손으로 케빈 더 브라이너가 차낸 공을 쳐내는 데 성공했다.

"으아아아악!"

"안 돼!"

"제기랄!"

"레알 마드리드가 저놈을 데려갔어야 하는 건데!"

새롭게 맨체스터 유나이티드의 주장이 된 마이클 캐릭이 그런 데 헤아를 벌떡 일으켜 세웠다.

"잘했어, 다비드."

"이 정도야, 가뿐하게 해줘야지."

데 헤아가 미소를 머금었다.

그리고 3분 정도가 지난 뒤 경기가 종료됐다.

1 대 1.

두 팀 모두 아쉬운 무승부였다. 맨체스터 유나이티드는 이적생 루카쿠가 골을 넣긴 했지만 엄청난 이적료를 들이고도 무승부에 그쳤다는 게 아쉬웠고 맨체스터 시티는 홈구장에서 열린 경기인데도 무승부에 그쳤다는 게 아쉬운 일이었다.

경기가 끝났을 때 노엘 갤러거가 아쉬움을 토로했다.

"에이! Shit! 저 더러운 놈들을 못 이기다니. 으, 무조건 이겼어야 하는 건데……."

"아쉽네요."

한수도 아쉽긴 했다.

그래도 얼마 안 되는 시간이었지만 맨체스터 시티 선수들하고 연습경기를 뛰었다고 맨체스터 시티를 졸지에 응원했었다. 이기지 못한 건 아쉬운 일이었지만 상대팀도 잘했기 때문에 어쩔 수 없었다.

특히 다비드 데 헤아, 그의 선방 실력은 엄청난 것이었다.

어째서 레알 마드리드가 그를 영입하려 했는지 실력으로 증명해 보였다.

경기가 끝난 뒤 펩 과르디올라 감독과 조세 무리뉴 감독이 서로 악수를 나눈 뒤 경기장을 빠져나가는 모습이 보였다. 그 모습을 끝으로 노엘 갤러거와 한수도 VIP룸으로 돌아왔다.

"슬슬 돌아가자."

"예, 그래야죠."

한수도 걸어뒀던 외투를 챙겨 입었다.

그러다가 문득 외투 안쪽 주머니에 넣어뒀던 그 QR코드가 적힌 종이가 생각났다.

'그러고 보니 이걸 안 맞춰봤지?'

여태 운이라고는 지지리도 없던 한수다. 그래서 한수는 이런 걸 맹신하지 않았다. 그는 설마 하는 생각으로 QR코드를 확인했다.

스마트폰으로 QR코드를 찍고 당첨 내역을 알아봤을 때였다.

"어?"

한수가 고개를 갸웃거렸다.

지금 자신이 본 게 맞나 하는 생각이 들었다. 그가 노엘 갤러거를 향해 말했다.

"노엘, 이거 잘못 뜬 거 아니죠?"

"뭔데?"

그리고 한수 휴대폰을 본 노엘 갤러거가 눈살을 찌푸렸다.

"미친, 이게 말이 돼? 야. 너 사기 치는 거 아니야?"

"……제가 뭘요? 그냥 저는 있는 그대로 QR코드 찍은 거뿐이라고요."

한수가 투덜거렸다. 그러나 이건 꿈이 아니라 현실이었다. QR코드에 당첨되면 주는 스포츠카.

한수가 그 스포츠카에 당첨된 것이었다.

"……휴, 진짜 살다 살다 별일을 다 겪네. 어떻게 그런 것까지 운이 다 겹치냐?"

"하하, 글쎄요."

한수는 VIP룸 직원에게 다가가서 스마트폰을 확인시켰다.

스마트폰을 확인한 직원이 화들짝 놀라더니 다급히 어디론가 전화를 걸었다.

얼마 지나지 않아 좀 더 직급이 높아 보이는 직원이 나타났다.

"늦어서 죄송합니다. 경품에 당첨되셨다고 해서 왔습니다."

"아, 예. 이건데 경품에 당첨된 게 맞나요?"

스마트폰을 확인한 직원이 꼼꼼히 체크를 한 뒤 고개를 끄덕였다.

"예, 맞습니다. 정말 축하드립니다. 여태 당첨자가 나오질 않아서 당첨자가 없는 건가 싶었는데…… 이렇게 당첨자분이 나오셨군요! 그런데 혹시…… 미스터 강, 맞으십니까?"

"아, 제가 미스터 강이 맞습니다."

"영광입니다! 미스터 강에 대한 소문은 많이 들었습니다. 아, 죄송합니다. 일단 수령 절차부터 도와드리겠습니다. 모든 세금은 구단에서 일체 부담합니다. 고객님께서는 상품을 수령하시기만 하면 됩니다."

"그런데 차종이 적혀 있질 않아서요. 스포츠카인 건 알겠는데 어떤 차를 받게 되는 건가요?"

"잠시만 기다려주십시오. 확인해 보겠습니다."

컴퓨터로 VIP 경품 당첨 내역을 확인해 보던 직원이 떨떠름한 얼굴이 되었다.

조금 당황해하던 그가 한수를 보며 말했다.

"……어, 경품이 작년에만 해도 이렇지 않았는데."

"응? 무슨 문제라도 있어?"

노엘 갤러거가 두 사람에게 다가왔다.

직원이 쩔쩔매며 입을 열었다.

"그게 아니라 경품 관련해서 설명을 드리느라……."

"스포츠카라며? 어떤 건데?"

"페, 페라리 812 슈퍼패스트 모델입니다."

"뭐? 잠깐만. 경품으로 뭘 준다고?"

"페라리 812 슈퍼패스트요. 작년까지만 해도 이 차종이 아니었는데…… 올해부터 바뀐 모양입니다."

노엘 갤러거는 어이없는 얼굴로 한수를 바라봤다.

뭘 해도 되는 녀석.

노엘 갤러거의 얼굴에는 그렇게 적혀 있었다.

"음, 고객님. 그럼 배송은 어떻게 도와드릴까요? 그리고 생산 전 고객님의 취향에 맞춰 옵션을 넣게 될 겁니다. 그 이후 제작에 들어가게 되니까 배송까지는 대략 3개월 정도 소요가 예상됩니다. 보통 6개월 이상 소요되는 것에 비해 최대한 빨리 진행하는 것인 만큼 양해 부탁드립니다."

"좋습니다. 어, 받는 곳은 한국으로 했으면 하는데 가능할까요?"

"물론입니다. 그럼 주소하고 연락처를 알려주시면 제가 페라리 한국지사 쪽으로 연락을 해두겠습니다. 귀국하시는 대로 그쪽에서 사람이 찾아올 겁니다."

"……감사합니다."

얼떨떨한 행운에 한수가 머리를 긁적였다.

돈 한 푼 안 들이고 공짜로 얻은 VIP 티켓에 그걸로 페라리 812 슈퍼패스트까지 얻게 되다니.

누가 들으면 웬 말도 안 되는 개소리를 지껄이냐고 했을 것이다. 하지만 이게 현실이었다.

한수는 여전히 부러운 눈빛을 보내는 노엘 갤러거와 함께 그의 집으로 돌아왔다.

이제 내일 있을 콘서트에 집중해야 했다.

"어떻게, 그가 경품에 당첨됐나?"

"예. 당첨되었습니다, 그리고 왕자님께서 명령하신 대로 페라리 812 슈퍼패스트 모델로 경품을 바꿔놓았습니다."

"잘했네."

"왕자님, 질문 하나만 드려도 될까요?"

오랜 시간 자신을 보필해 온 집사다. 만수르가 흔쾌히 대답했다.

"말하게."

"……굳이 이렇게 번거롭게 하셔야 합니까? 그냥 한 대 주신다고 했어도 미스터 강은 기분 좋게 받았을 겁니다."

"기분 좋게 받았을지는 모르지만 그만큼 내게 부담감을 느꼈을 거야. 나는 그의 후원자이자 친구가 되고 싶은 걸세. 그에게 부담감을 지우고 싶진 않아."

"죄송합니다. 제가 왕자님 뜻을 전부 다 헤아리질 못했습니다."

"페라리 사장 이름이 루카였던가? 그에게 연락을 해두게. 내 특별한 친구에게 갈 선물이니 최대한 빨리 그러나 정성을 들여 만들어달라고."

집사가 고개를 꾸벅 숙여 보였다.

만수르는 아쉬운 얼굴로 맨체스터 쪽을 바라봤다. 시간만 되었으면 오늘 열린 맨체스터 더비는 물론 내일 있을 콘서트까지 직관했을 것이다.

그러나 만수르에게는 내일 맨체스터 아레나에서 한수의 노래를 듣지 못한다는 게 무엇보다 가장 아쉬운 일이었다.

실제로 이번 맨체스터 아레나에서 하는 콘서트 티켓을 구하지 못해 발을 동동 구르는 사람이 적지 않았다.

맨체스터 아레나(Manchester Arena)는 웸블리 스타디움에 비해 그 규모가 매우 작은 편이었다.

무려 9만 명을 수용 가능한 웸블리 스타디움에 비해 맨체스터 아레나는 최대 2만 명 정도밖에 수용이 불가능했다.

그 덕분에 티켓을 찾는 사람들은 이미 시장에 풀린 티켓보다 더욱더 많았다.

예매는 진즉에 마감됐지만, 암표를 구하는 사람은 넘쳐 흐를 정도였다.

그게 어느 정도였냐면 웸블리 스타디움에서 콘서트를 봤던 사람들도 티켓을 재차 구하고 있었으며 심지어는 프랑스나 스페인, 이탈리아, 독일 등지에서 이번 콘서트를 보기 위해 사람들이 밀려들고 있었다.

한수와 노엘 갤러거도 그 사실을 알고 있었다. 그 때문에 적잖이 당황스러웠다.

"장난 아니네요. 암표값이 지금 어마어마하대요."

원래 이번 맨체스터 아레나 스탠딩 좌석 티켓값은 100파운드였다. 한화로는 17만 원 정도 되는 돈이다.

그러나 지금 암표로 팔리고 있는 스탠딩 좌석 티켓값은 무려 3,000파운드를 호가하고 있었다. 한화로는 5백만 원 정도 되는 돈이다.

그런데 그 티켓도 구할 수 없어서 난리가 났다고 하는 걸 보면 정작 콘서트를 하는 두 사람도 당혹스러워할 수밖에 없 었다.

아무래도 콘서트를 1회 더 늘리던가 해야 할 듯싶었다.

영국에 한정된 거면 상관없는데 암표 한 장을 구하려고 스 페인, 이탈리아, 독일, 심지어는 저 먼 러시아에서까지 사람들 이 이곳 맨체스터로 모여들고 있다고 들었을 정도였다.

"어떻게 할까?"

"글쎄요. 일단 저는 스케줄은 문제없어요."

이번 주는 방송 스케줄이 잡혀 있지 않다.

몇몇 대기업에서 광고 모델로 섭외가 들어오며 CF 촬영이 예정되어 있지만, 그것은 일정을 뒤로 미룰 수가 있었다.

"흠, 그러면 이틀 정도 쉬었다가 여기서 록 페스티벌 비슷하 게 열어볼까?"

노엘 갤러거가 흥미로운 제안을 해왔다. 영국에서는 매년 6월 말 주말에 3일 동안 축제가 열린다.

글래스톤베리 페스티벌(Glastonbury Festival)이 바로 그것이 다.

록, 일렉트로닉, 레게, 댄스 등 가릴 것 없이 서머싯 피턴에서 축제가 열리는데 매년 약 15만 명의 방문객이 이곳에 방문하곤 한다.

노엘 갤러거나 리암 갤러거도 오아시스 활동일 때 그리고 그 이후 솔로 또는 밴드로 나누어 활동할 때도 이곳에 종종 참여한 적이 있었다.

지금 노엘 갤러거가 제의한 건 글래스톤베리 페스티벌처럼 아예 축제를 열자고 제안한 것이었다.

"어때? 음, 이름은 맨체스터 시티 페스티벌로 부르면 되겠어."

노엘 갤러거가 음흉한 웃음을 흘렸다. 맨체스터 페스티벌로 부르면 그만인 걸 굳이 시티를 붙이겠다는 건 그만큼 맨체스터 유나이티드를 엿 먹이고 싶다는 의도가 분명했다.

"근데 페스티벌이면 하루만으로 끝내지 않고 좀 더 이어서 하려고요?"

"글래스톤베리 페스티벌처럼 못해도 사흘은 해야지. 왜? 힘들 거 같아?"

"아뇨, 저야 문제는 없지만 앤디하고 찰리가 걱정이죠. 두 사람이 버틸 수 있을지 모르겠어요."

"괜찮아. 극한의 정신력을 발휘하면 충분히 가능할 거야. 할 거야?"

한수가 곰곰이 생각을 정리했다.

내일 월요일 맨체스터 아레나에서 콘서트를 한 뒤 목요일부터 토요일까지 맨체스터 시티 페스티벌을 연다.

일요일 귀국한다고 가정했을 때 특별히 문제는 없을 것 같았다.

시차로 인해 월요일 오후쯤 도착하겠지만 「쉐프의 비법」 출연을 1회 미루면 되는 일이다.

문제 될 건 없었다.

그래도 구름나무 엔터테인먼트에 연락은 해줘야 할 것 같다.

그런데 하나 마음에 걸리는 게 있었다.

"노엘, 물어볼 게 하나 있어요."

"뭔데?"

"페스티벌이잖아요. 우리만 한다고 페스티벌이 될까요? 누구 아는 사람 없어요?"

노엘이 그 말에 꿀 먹은 벙어리가 됐다.

한수가 그런 노엘을 보며 한숨을 내쉬었다.

개차반 같은 노엘 성격에 친하게 지낸 가수가 있을 리 없다.

그때 노엘이 웃으며 말했다.

"일단 밴드 하나는 섭외가 가능할 거야."

"……노엘한테 친구가 있었어요?"

"뭐, 인마? 나를 뭐로 보는 거야? F***!"

그것도 잠시 노엘이 음흉한 눈빛으로 한수를 쳐다보며 물었다.

"좋아. 너는 누구를 부를 거지?"

"글쎄요. 저는 부를 사람이 많죠. 전부 다 헤드라이너급이라서…… 걱정이긴 하지만요."

노엘도 그 말에 고개를 끄덕였다.

그 역시 헤드라이너급 거물을 초청할 생각이었기 때문이다. 그것도 잠시 노엘 갤러거가 입을 열었다.

"어차피 페스티벌이잖아. 그런 거 구애받지 말고 죄다 부르자고. 오케이?"

"예. 알았어요. 그런데 맨체스터 주변에 공연할 만한 곳은 있어요?"

"물론이지. 그보다 사람 많이 몰릴 걸 걱정해야 하지 않을까 싶은데. 아무래도 이건 시장하고도 이야기를 해봐야 할 거 같아."

"예? 왜요?"

"올해는 글래스톤베리 페스티벌이 열리지 않는 걸로 알고 있거든."

노엘 갤러거 말대로였다. 2018년 올해 글래스톤베리 페스티벌은 휴식을 갖는다.

그 덕분에 사람들은 아쉬움을 토로하며 내년 페스티벌에 더 큰 기대감을 품고 있었다.

그렇게 공백이 생긴 와중에 노엘 갤러거와 한수가 사고를 치겠다고 나선 것이니만큼 야단법석일 게 분명했다.

그들은 에티하드 스타디움에서 차를 타고 집으로 돌아왔다. 그리고 그 와중에 노엘은 맨체스터시의 시장과 직접 통화를 나눴다.

노엘 갤러거의 제안에 맨체스터시 시장은 흔쾌히 수락 의사를 드러냈다.

매년 6월 3일 열리는 글래스톤베리 페스티벌이 창출하는 유·무형적인 수익이 얼마나 큰지 익히 잘 알고 있는 시장이다.

그 입장에서 노엘 갤러거 정도 되는 거물이 귀찮음을 무릅쓰고 페스티벌을 열겠다는데 거부할 이유가 없었다.

그는 페스티벌 기간 동안 경찰과 소방관, 응급차 등 최대한의 인력을 기용해서 축제 안전에 문제가 없게 하겠다고 적극적으로 동참할 의사를 밝혔다. 그리고 축제는 맨체스터시 인근에 있는 커다란 농장에서 열리기로 하였고 그 비용은 시에서 전적으로 부담하기로 하였다.

그때 맨체스터 시장은 노엘 갤러거에게 넌지시 제안을 해왔다.

「맨체스터 시티 페스티벌(Manchester City Festival)」이라는 이름을 「맨체스터 페스티벌」로 바꾸면 안 되냐는 것이었다.

노엘 갤러거가 고안한 제목은 맨체스터시 경제의 주축을

이루고 있는 두 구단 중 한 곳을 엿 먹이는 게 명백했기 때문이다.

결국, 노엘 갤러거도 시장의 설득에 뜻을 굽힐 수밖에 없었다.

「맨체스터 시티 페스티벌」이 아니라 「맨체스터 페스티벌」로 할 경우 맨체스터 시티뿐만 아니라 맨체스터 유나이티드의 도움도 기대할 수 있기 때문이었다.

결국 「맨체스터 페스티벌」로 최종 결정이 떨어졌다.

노엘 갤러거는 통화를 끊은 이후 연거푸 아쉬워하는 모습을 보였지만 대의를 위해서는 어쩔 수 없는 일이었다.

그렇게 결정이 내려진 뒤 맨체스터시의 도움을 받아 맨체스터 인근에 있는 농가에 협조를 구한 다음 세트장이 차곡차곡 준비되기 시작했다.

한편 맨체스터 유나이티드와 맨체스터 시티, 그리고 각 구단에 소속되어 있는 선수들까지 그들은 SNS을 통해 이번 주 목요일부터 토요일까지 맨체스터에서 글래스톤베리 페스티벌에 버금가는 페스티벌이 열릴 것임을 홍보하기 시작했다.

SNS을 통해 그 소식은 빛처럼 빠르게 퍼져 나갔고 그 날 이후 맨체스터로 향하는 모든 비행기와 기차 등 교통편과 맨체스터 시내에 있는 숙박시설 등이 모조리 동나기 시작했다.

바람 잘 날 없던 구름나무 엔터테인먼트는 그래도 요즘 나름 조용해진 상태였다.

1팀은 여전히 잘 나가고 있었다.

물론 할리우드에 진출하려다가 연거푸 실패하며 거기서 타격을 입긴 했지만 그래도 국내에는 굵직굵직한 A급 배우들이 곳곳에 포진되어 있었다.

2팀도 사정은 비슷했다.

최근 런칭한 보이그룹이 기대 이하로 부진하며 우려가 있었지만 그래도 다른 그룹들은 여전히 효자 효녀 역할을 톡톡히 해내는 중이었다.

3팀?

3팀에 소속되어 있는 건 단 두 명이었다. 윤환과 강한수. 그러나 그 두 명만으로도 3팀장은 어깨를 활짝 펴고 다닐 수 있었다.

물론 그런 3팀장도 한 곳을 지날 때면 어깨가 저절로 움츠러들곤 했다.

홍보팀이었다.

홍보팀은 곳곳에서 원형 탈모 환자가 발생할 만큼 한수 한 명 때문에 지독한 야근에 시달리고 있었다.

특히 한수가 벌인 대부분의 일이 외국에서 일어난 일인 만큼 그것을 수습하려다 보면 보통 날밤을 새우기 일쑤였다.

오늘도 잔뜩 움츠러든 채 홍보팀 앞을 지나던 그때 휴대폰이 요란스럽게 울리기 시작했다.

3팀장이 다급히 발신자를 확인했다. 전화를 건 사람은 한수였다.

'이 자식은 왜 하필이면 이 타이밍에……'

3팀장이 부랴부랴 자리를 뜬 다음 전화를 받으려 했다. 그때 3팀장을 알아본 홍보팀장이 그를 불렀다.

"박 팀장님! 어디를 그렇게 급히 가세요?"

"……하하, 김 팀장님. 급한 전화가 와서요."

"누군데요? 윤환 씨예요?"

"예, 윤환……."

"윤환 씨는 조금 전 일본 팬미팅 간다고 비행기 탄 걸로 아는데요? 그래서 저희가 기사까지 다 올렸는데…… 박 팀장님이 저를 그렇게 속이시면 안 되죠!"

"죄, 죄송합니다. 한수예요."

"마침 잘됐네요. 우리 이야기 좀 해요."

"일단 전화부터 받겠습니다."

"그러세요."

3팀장은 홍보팀장의 손에 얽매인 채 전화를 받았다.

"이 자식아! 무슨 일이야? 뭐, 잠깐만. 뭐라고?"

3팀장이 눈을 휘둥그레 떴다. 그것도 잠시 그가 홍보팀장을 슬쩍 처다봤다. 그녀는 단단히 화난 얼굴이었다.

　'아, 미친. 왜 하필 이 타이밍에······.'

　말을 해야 하나 말아야 하나 고민이 됐다.

　맨체스터 페스티벌이라니. 그것도 회사에 미리 말을 한 것도 아니고 일을 벌여둔 다음 뒤늦게 이야기를 하다니.

　욕지거리가 나올 것 같았지만 참아야 했다. 이미 한수는 월드 스타였다.

　회사에서도 한수에게 거액의 계약금을 얹혀주고 추가계약을 하자는 이야기까지 나올 정도였다.

　이미 유수의 소속사에서 한수를 노리고 있었다. 국내만이라면 다행이었다.

　세계 곳곳의 기획사들도 한수에게 군침을 흘리는 중이었다. 개중에는 일본의 소니 뮤직 그룹도 있었다. 그러나 한수의 이야기는 계속해서 이어졌다.

　"잠깐만. 너 뭐라고? 페라리를 받았다고? 누구한테? 경품이라고?"

　3팀장은 혀를 찼다. 경품으로 페라리 812 슈퍼패스트 모델을 받게 됐다고 했다.

　세상에 맙소사! 믿어지지 않는 일투성이었다.

　왠지 모르게 한수가 다른 물에서 놀고 있는 것 같다는 생각이 들었다. 그렇지만 맨체스터 페스티벌에 비할 바는 아니었다.

올해 열리지 않는 글래스톤베리 페스티벌 대신 열리게 된 페스티벌.

얼마나 많은 사람이 몰려들지 가히 납득이 갔다. 그렇게 3팀장이 홍보팀장의 눈치를 보고 있을 때였다.

홍보팀 직원 한 명이 국내 최대 규모의 포탈사이트를 둘러보다가 눈을 휘둥그레 떴다. 그녀가 홍보팀장을 바라보며 소리쳤다.

"팀장님! 분위기가 이상한데요? SNS 버즈량이 자꾸 늘고 있어요."

"누군데?"

"하, 한수 씨요!"

"뭐? 또 왜?"

홍보팀장이 3팀장 손목을 놓고 그녀에게 달려갔다. 실제 그녀 말대로였다. SNS 버즈량이 크게 늘어나고 있었다.

그뿐만이 아니었다.

몇 분 지나지 않아 강한수 이름이 실시간 검색어 순위에 오르기 시작했다.

"또 무슨 사고 친 건데! 빨리 알아봐!"

홍보팀장이 인상을 구겼다.

"3팀장님! 3팀장님?"

그녀가 눈을 휘둥그레 떴다.

방금 전까지만 해도 옆에 있던 3팀장이 온데간데없이 사라지고 없었다.

그때였다. 아까 전 SNS 버즈량을 체크하던 홍보팀 여직원이 잔뜩 성나 있는 홍보팀장을 바라보다가 머뭇거리면서 입을 열었다.

"맨체스터 페스티벌…… 이라는데요?"

"으아아아악! 강한수!"

홍보팀장이 비명을 내질렀다. 그리고 그건 절규에 가까웠다.

구름나무 엔터테인먼트가 잔뜩 뒤집혔듯이 한국도 난리가 났다.

특히 글래스톤베리 페스티벌 같은 이런 페스티벌을 놓치지 않는 사람들은 몸이 달아올라 있었다.

그것 때문에 몇몇 회사는 때아닌 연차 행렬로 인해 시끌벅적해졌다.

게다가 비수기인데도 불구하고 이번 주 화요일과 수요일 비행기 표가 속속 매진되기 시작했다.

그 비행기 표 대부분 런던행이었고 일부는 유로스타를 타고 런던으로 바로 이동이 가능한 파리 혹은 암스테르담으로 우회해서 비행기 표를 찾는 사람도 있었다.

"아, 런던행 비행기 죄다 매진인데? 대기자로 걸어둬야 한다고 떴어."

"미친. 파리는?"

"파리도 마찬가지야. 진짜 다들 돈이 남아도나. 무슨 해외여행을 이렇게 많이 가지?"

"해외여행이겠냐? 당장 그다음 주 스케줄 봐봐. 완전 프리잖아. 이거 그거 때문이야. 맨체스터 페스티벌."

"어떻게 하지? 암스테르담이라도 노려볼까?"

"암스테르담에 직항으로 가는 비행기가 있어?"

"어, 스키폴공항까지 직항으로 가는 것도 있긴 있는데……
망했다. 여기도 매진이야. 잠깐만. 수요일 비행기 표는 있다는데 어쩔래?"

맨체스터 페스티벌은 목요일부터 토요일까지 열린다.

이동시간까지 생각하면 현지 시간으로는 수요일까지 도착해야 한다.

그 말인즉슨 국내에서는 화요일 비행기를 타는 게 가장 합리적이라는 의미. 수요일 비행기를 타도 시차 덕분에 수요일에 도착할 수는 있겠지만 런던에 갈 기차표 혹은 버스표가 없을 경우도 생각해야 했다.

왜냐하면 지금 유럽도 맨체스터 페스티벌 때문에 난리가

난 것으로 알고 있어서였다.

갑작스러운 돌발 이벤트처럼 나타난 것이다 보니 유럽 사람들도 급하게 서두를 정도로 야단법석이라고 했다.

게다가 라인업이 욕 소리가 나올 정도로 화려했다.

이야기를 들어보니 2017년 5월 22일 맨체스터 아레나에서 있었던 폭탄 테러 때문에 희생당한 피해자들을 추모하기 위한 자선 행사의 성격을 갖고 있는 것이기 때문에 그런 것이라는 의미도 있었다.

그것 때문에 참가자의 면면이 화려했다.

일단 노엘 갤러거와 강한수가 주축이 된 밴드는 첫 째날과 셋 째날에 무대에 오르기로 되어 있었다.

그들뿐만 아니라 콜드플레이(Coldplay), 뮤즈(Muse), U2, 라디오헤드(Radiohead), 메탈리카(Metallica), 아델(Adele), 롤링스톤스(The Rollling Stones) 등 내로라하는 밴드들과 에릭 클랩튼, 지미 페이지, 제프 벡, 폴 매카트니 등 전설적인 기타리스트들 그밖에는 에드 시런, 마룬5, 그리고 당시 폭탄 테러로 인해 정신적으로 가장 큰 충격을 받았던 아리아나 그란데(Ariana Grande)까지도 참가하기로 예정되어 있었다.

그밖에도 여러 가수가 참가하기로 되어 있었으나 이들 명단만 봐도 가히 충격적이라고 할 수밖에 없었다.

그들 모두 헤드라이너로 서도 충분할 만큼 명성 있는 밴드 혹은 기타리스트였기 때문이다.

실제로 폴 매카트니나 뮤즈, U2, 콜드플레이, 아델, 에드 시런, 라디오헤드, 롤링스톤스는 글래스톤베리 페스티벌에서 헤드라이너를 맡아본 경험이 있었다.

평소였으면 자존심 강한 이들이 다른 밴드나 기타리스트에 밀려 헤드라이너 역할을 맡지 못한다는 것에 불만을 토로할 수도 있었지만, 이들이 여기 모인 이유는 단 하나였다.

음악으로 세상을 치유하자는 그런 생각에서였다.

이번 맨체스터 페스티벌이 갖는 궁극적인 목적은 작년 자폭 테러로 인해 숨진 19명의 희생자를 기리는 성격이 짙었기 때문이다.

그런 숭고한 목적을 앞두고 헤드라이너가 될 수 없어서 참가를 못 한다느니 그럴 수는 없는 것이었다.

그것 때문에 노엘 갤러거는 이번 맨체스터 페스티벌에서는 헤드라이너를 내세우지 않기로 했다.

여기 모이는 가수 모두가 다 그날의 헤드라이너가 될 자격이 있는 사람들이었다.

그것 때문에 맨체스터시는 맨체스터 페스티벌이 열릴 농장에 실외무대 여덟 개를 설치하고 있었다.

"이번 페스티벌은 무조건 가야 돼. 매일 헤드라이너급 밴드가 두 개는 나온다고. 게다가 폴 매카트니와 에릭 클랩튼, 지미 페이지, 제프 벡까지! 이들의 공연은 지금 꼭 들어둬야 돼."

"알았어. 그러니까 내가 연차 내고 비행기 표 알아보고 있는 거잖아. 일단 암스테르담으로 끊는다?"

"런던하고 파리 둘 다 매진인데 별수 없지. 유로스타는?"

"유로스타 표도 끊어둬야지. 쩝, 가격이 꽤 비싸긴 하네."

"한 번밖에 없을 페스티벌일 수도 있어. 돈 생각하지 말고 가자."

"그래. 인생 한 방이지! 지른다!"

"런던에 도착한 뒤에는 맨체스터까지 어떻게 가지? 저가항공은 이미 다 매진됐던데……."

"버스는?"

"버스도 비슷해."

"렌트카를 이용하자. 마침 내가 국제면허증이 있거든. 캠핑카는 안 돼도 렌트카를 빌려서 가는 게 나을 거 같아. 거기 잘 곳도 없을 거 아니야."

글래스톤베리 페스티벌을 생각해 보건대 그럴 가능성이 상당히 농후했다.

사내가 친구를 보며 물었다.

"얼마나 올까?"

"십만 명? 십오만 명? 어쩌면 더 올지도 모르지."

"하긴, 티켓값이 없었지. 근데 어떻게 자선 행사를 한다는 거야?"

"맨체스터 시티와 맨체스터 유나이티드에서 돕기로 했대. 그리고 관중 중에서 콘서트가 마음에 들었으면 기금 사이트에 들어와서 기금 하면 된다고 하더라고. 전적으로 관중들한테 자유 재량권을 주겠다는 거지."

"……솔직히 저 정도 라인업이면 무조건 돈 줘야 맞는 거 아니냐?"

"그러니까 이렇게 사람들이 미친 것처럼 몰려드는 거잖아. 우리도 서둘러야 돼. 안 그랬다가는 렌트카도 동날 수 있어."

그리고 그들의 우려는 현실이 되었다.

암스테르담에 있는 스키폴 국제공항에 도착한 뒤 유로스타를 타고 런던으로 달렸지만 이미 렌트카는 동난 상태였다.

어디를 가도 상황이 비슷했다.

결국, 이곳까지 거액을 들여 한국에서 온 두 형제는 한숨을 길게 내쉬었다.

이대로 맨체스터에 못 간 채 포기해야 하나 생각됐다.

그때였다.

"한국에서 오셨어요?"

귀에 익은 목소리가 들렸다. 고개를 돌려보니 낯익은 로고가 있었다. 그건 IBC 로고였다.

"예, 맞는데……."

"맨체스터 가시는 거죠?"

"예, 맞아요."

"타세요. 우리하고 같이 가요. 아마 렌트카 없어서 그러신 모양인데 맨체스터까지는 태워드리죠."

그들은 주저앉아 환호성을 내질렀다.

이대로 아무것도 못 하고 돌아갈 줄 알았는데 구사일생으로 한국 방송국 차량을 만나서 도움을 얻게 된 것이다.

방송국 차량을 타고 가던 도중 사내가 방송국 관계자를 보며 물었다.

"맨체스터 페스티벌 때문에 오신 거예요?"

"예, 맞아요. 다큐멘터리 촬영 때문에 온 거예요. 두 분, 인터뷰 가능하세요?"

"예? 인터뷰요?"

"그럼요. 공짜는 없죠. 인터뷰 따려고 여러분 태운 거예요."

방송국 관계자가 단도직입적으로 이야기했다. 그들은 고개를 끄덕였다. 어쨌거나 그들은 을(乙) 신세였다.

"맨체스터 페스티벌에 가려고 여기까지 오신 거죠?"

"예. 런던하고 파리행 비행기 표가 둘 다 없어서 암스테르담을 경유해서 오게 됐습니다."

"누구 때문에 온 건가요?"

"저는 뮤즈요! 어렸을 때부터 뮤즈 팬이었거든요."

"저는…… 아, 저는 강한수 보러 왔어요. 세계적인 거물들하고 함께 무대에 서게 된 거잖아요. 그게 되게 자랑스럽더라고요."

앞에 앉아 있는 피디 눈치에 그가 재빨리 말을 바꿨다. 그리고 계속해서 인터뷰가 이어졌다.

그렇게 한 시간가량 인터뷰를 딴 뒤에야 피디가 미소를 지었다.

"고마워요. 인터뷰 한 컷 따고 싶었는데 잘됐네요. 맨체스터까지 태워다 주는 답례라고 생각해 줘요."

"별말씀을요."

"그건 그렇고 이번 맨체스터 페스티벌에 몇 명이나 모였다고 하던가요?"

IBC 피디가 대답했다.

"못해도 삼십만 명은 될 거라는 게 현재 추산 숫자예요. 물론 더 늘어날 수도 있을 테고요."

"하, 진짜 빨리 보고 싶네요."

"무엇보다 강한수 씨에 대한 기대감이 제일 높은 편이에요."

"예? 정말요? 뮤즈가 아니라요?"

"저는 콜드플레이일 줄 알았는데…… 정말인가요?"

"제가 아까 인터뷰할 때 한수 씨 언급해달라고 해서 그런 표정 짓는 거 같은데 진짜예요. 괜히 BBC에 한수 씨가 메인으로 떴겠어요?"

그가 신문 하나를 건넸다. 화요일자 신문이었다.

대문에는 큼지막하게 한수 얼굴이 걸려 있었고 헤드라인으로는 「맨체스터 아레나를 정복해 버린 HANS SYNDROME」이라 되어 있었다.

둘 다 눈을 휘둥그레 떴다.

설마하니 강한수에 대한 평가가 이 정도로 높을지는 예상 못 한 일이었다.

한국에도 한수에 대한 평가가 점점 올라가고 있긴 했지만, 이 정도는 아니었다.

그러나 외국에서는 노엘 갤러거가 작곡을 했고 밴드의 영혼을 맡고 있는 게 맞지만, 실질적으로 이 밴드의 중추적인 역할을 수행하고 있는 건 한수라고 못을 박고 있었다.

두 사람은 썩 훌륭하지 않은 영어 실력으로 계속해서 기사를 읽어 내려갔다.

이 기사를 쓴 기자는 한수의 목소리를 극찬하며 신이 내린 목소리라고 평가하고 있었다.

어째서 이런 사람이 이십 년 넘게 무명이었던 건지 이해할 수 없다는 평가를 내리기도 했다.

그렇게 두 사람이 한수에 대해 더 자세히 알아갈 무렵 IBC

방송국 차량이 맨체스터에 도착했다. 그리고 그때부터 지옥 같은 정체가 이어졌다.

고속도로의 나가는 길부터 국도까지 엄청난 차량 정체가 끝없이 늘어져 있었다.

"상상 이상이네."

IBC 피디가 카메라 감독을 시켜서 이 현장을 찍게 하는 동안 IBC 방송국 차량을 얻어타고 온 두 사람이 렌트카에서 내렸다.

그들은 배낭을 짊어진 채 페스티벌이 열리기로 한 맨체스터 외곽 지역의 농장을 향해 발걸음을 바쁘게 옮기기 시작했다.

"진짜 걸어가려고요?"

피디가 두 사람을 보며 물었다. 그들이 고개를 끄덕였다.

한시라도 정체할 수 없었다. 언제 정체 현상이 풀릴지 알 수 없는 일이었다. 지금은 걷는 게 더 빠를 게 분명했다.

맨체스터 아레나에서의 공연은 환상적이었다.

관중은 2만 명밖에 안 됐지만, 그들이 보내는 환호성은 웸블리 스타디움 못지않게 열광적이었다.

게다가 한수와 노엘 갤러거가 맨체스터 인근 농장에서 맨체스터 아레나에서 있었던 자폭테러를 추모하기 위한 페스티벌을 열게 됐다는 말을 듣고 난 이후로는 광란의 분위기가 이어지고 있었다.

결국, 한수와 노엘은 2시간이 아닌 3시간이 넘는 콘서트를 진행한 뒤에야 무대를 빠져나올 수 있었다.

그러나 그들이 떠난 뒤에도 여전히 무대에는 앵콜을 외치는 함성이 망령처럼 계속 남아 있었다.

가만히 그 앵콜 소리를 듣던 한수가 이번 공연을 책임지고 있는 팀을 향해 물었다.

"혹시 그랜드 피아노 좀 공수해 줄 수 있나요?"

"예? 그랜드 피아노요? 어, 문제없을 거 같습니다."

"다행이네요. 그러면 무대 정리하고 그랜드 피아노 세팅 좀 부탁드릴게요."

노엘 갤러거가 한수를 바라보며 물었다.

"또 무슨 꿍꿍이야?"

"관중들이 다들 흥분한 거 같아서요. 진정 좀 시켜주려고요. 그래야 집에 돌아가지 않겠어요?"

"그래서 피아노를 치겠다고?"

"예. 걱정 마요. 마음을 잔잔하게 만드는 그런 연주곡이에요."

그러는 사이 공연 기획팀이 어디선가 구해온 그랜드 피아노를 무대에 세팅해놓았다.

한수는 호흡을 가다듬으며 무대 위로 향했다.

노엘 갤러거는 무대 뒤에서 그런 한수 모습을 지긋이 바라봤다.

그가 이번에는 또 어떤 기적을 만들어낼지 지켜보는 것이었다.

그리고 한수가 양손을 피아노 건반 위에 올렸다.

피아노는 몇 차례 연습해 본 적은 있지만 처음 쳐보는 것이었다. 그러나 문제 될 거 같진 않았다.

음악적인 한계를 뛰어넘기 위해 그동안 꾸준히 노력했고 계속해서 주어지는 명성을 통해 더 다양한 채널을 확보했다.

개중에는 클래식 음악을 다룬 채널도 존재했다. 자신이 갖고 있는 이 능력에 한계는 존재하지 않았다.

그리고 스포트라이트가 한수를 향해 비쳤다. 동시에 익숙한 피아노 소리가 여전히 환호성을 내질러 대는 2만 명 관중의 귀를 사로잡았다.

너무나도 유명해서 클래식의 'ㅋ'자도 모르는 사람도 알 수 있는 그런 연주곡.

베토벤의 피아노 소나타 14번 「월광(Moonlight)」이 한수의 손에서 아름답게 빛나며 사람들의 마음에 녹아들어 가기 시작했다.

그와 함께 한수를 비추고 있는 스포트라이트가 한수를 내리쬐는 달빛처럼 처연하게 빛나고 있었다.

베토벤의 피아노 소나타 14번 「월광(Moonlight)」.

「월광(Moonlight)」이라는 명칭은 비평가 루드비히 렐슈타프(Ludwig Rellstab)가 붙였다.

그는 이 작품의 제1악장을 듣고 나서는 스위스 루체른 호반의 달빛이 물결에 흔들리는 조각배와 같다고 비유하였다.

1악장은 자유로운 환상곡풍으로 세도막 형식에 2/2박자를 취하고 있다.

소나타이지만 소나타 형식을 버리고 빠른 악장 대신 느린 악장으로 구성하였는데 이는 베토벤이 궁극적으로 표현하고자 한 3악장을 더 두드러지게 부각시키기 위함이다.

환상적이면서 부드러운 서정성을 가진 1악장은 「월광(Moonlight)」이라는 이름 그대로 아름다운 가락이 고요한 호수 위에 창백한 달빛이 반짝이는 것처럼 처연한 빛을 뿜어내는 듯했다.

노엘 갤러거는 무대 뒤에 주저앉은 채 그 연주를 귀담아듣기 시작했다.

그건 다른 관계자들도 마찬가지였다.

그들 역시 짐을 정리하다가 말고 집중해서 한수의 피아노 연주를 듣고 있었다.

환호성을 내지르던 청중들도, 슬슬 짐을 싸 돌아가려 하던 청중들도 쥐죽은 듯 숨을 죽였다.

실내인데도 불구하고 고요한 가운데 한줄기 내리비친 스포트라이트는 진짜 달빛을 보는 것만 같았다.

그렇게 1악장이 끝났다. 한수는 잠시 호흡을 토해냈다.

미숙한 부분이 많았다. 아직 「클래식(Classic)」 분야에 대한 경험치는 그렇게 많이 쌓여 있지 않았기 때문이다.

그래도 15%는 넘긴 덕분에 어느 정도 체면치레는 했다는 게 다행이었다.

잠시 2악장으로 넘어가기 전 한수는 깍지 낀 손으로 맨체스터 아레나를 둘러봤다.

그런데 사람들이 떠나기는커녕 자리를 잡고 앉아 있었다.

그것은 2만 명의 청중뿐만 아니라 무대 관계자 및 노엘 갤러거와 앤디, 찰리도 마찬가지였다.

그들도 어딘가에 앉거나 혹은 기댄 채 한수의 피아노 연주에 귀를 기울이고 있었다.

"……."

한수가 머뭇거렸다.

어디까지나 그는 사람들을 진정시키기 위해 피아노 소나타를 연주한 것이었다.

그런데 사람들이 그것마저 귀담아들을 줄은 생각지도 못했다.

한수 본인은 아직 미숙하게 생각했기 때문에 더욱더 의아해할 수밖에 없었다.

결국, 한수가 피아노에서 일어나려 했다.

마이크를 붙잡고 왜 돌아가지 않냐고 물어볼 생각이었다.

그러나 청중들이 자신을 빤히 바라보는 그 눈빛이 느껴졌다.

원래대로라면 그것을 통해 무언가를 느낀다는 게 말이 안 되는 일이다.

하지만 한수는 이 순간 무슨 강렬한 텔레파시가 통하는 것 같은 느낌을 받았다.

그들 모두 간절히 바라고 있었다. 이 피아노 소나타가 이대로 끝나지 않기를.

그 순간 한수는 아직도 빼지 않았던 인이어로 노엘 갤러거의 목소리를 들을 수 있었다.

-이 멍청아! 뭐 하는 짓이야! 빨리 마저 연주하라고! 다들 기다리고 있잖아!

당혹스러워하던 한수는 다시 한번 맨체스터 아레나에 모인 청중들을 바라보다가 다시금 연주를 이어나갔다.

2악장은 1악장과는 그 분위기가 사뭇 달랐다.

스케르초풍의 3/4박자로 1악장의 분위기가 바뀌며 유머러

스하고 경쾌한 맛이 감도는 곡이다.

연주가 계속되면 계속될수록 청중들도 집중을 기울였다.

그렇게 2악장이 끝나고 3악장이 이어졌다.

3악장은 이 피아노 소나타 14번 「월광(Moonlight)」의 중심악장이라 할 수 있다.

템포는 Presto Agitato, 매우 빠르고 민첩하게다.

무겁게 흐르는 어둠 속에서 섬광을 일으키는 것처럼 격한 분위기가 힘차게 전개되면서 베토벤이 지니고 있던 괴로움과 정열이 폭발적으로 뿜어져 나오는 악장이다.

한수는 이 연주곡을 「클래식(Classic)」 채널을 통해 익혔다.

당시에 그가 참고한 피아니스트는 건반 위의 검투사라고 불리는 발렌티나 리시차(Valentina Lisitsa)의 연주곡이었다.

그녀는 여성인데도 불구하고 웬만한 남자 피아니스트 못지 않게 끝까지 힘과 속도를 잃지 않는다.

거의 7분 넘는 시간 동안 쉴 새 없이 건반을 두드려야 할 뿐만 아니라 기술적으로 상당히 어렵기 때문에 이 악장은 연주하기 대단히 까다롭다.

특정 음을 강하게 타건해야 하는 스포르찬도(Sforzando, sf) 지시어가 많고 패시지마다 강약이 자주 바뀌기 때문에 그 표현에도 주의를 기울여야 하기 때문이다.

한수는 계속해서 건반을 두드렸고 그의 손가락이 하얗고

검은 건반 사이를 자유자재로 왔다 갔다 하기 시작했다.

연주가 계속되면 계속될수록 여기 모인 청중들이 웅성거렸다.

"wow! F***!"

"저건 말도 안 돼!"

"피아노까지 저렇게 잘 친다고?"

"한스가 원래 클래식 가이(Classic Guy)였어?"

"믿을 수 없어."

"찍자마자 유튜브에 올려야겠어. 조회 수가 대박 날 게 분명해."

웅성거림이 커졌다. 그리고 연주가 끝났을 무렵 박수갈채가 객석에서 터져 나오기 시작했다.

엄청난 박수 소리에 한수가 입가에 미소를 지은 채 고개를 숙였다. 그리고 한수가 무대 뒤로 걸어갈 때 그들이 재차 박수 갈채를 보냈다.

그렇게 여섯 번이나 더 박수갈채가 이어진 뒤에야 한수는 무대를 빠져나올 수 있었다.

그제야 사람들은 만족한 얼굴로 맨체스터 아레나를 빠져나가기 시작했다.

한수가 한숨을 돌렸다. 노엘 갤러거가 그런 한수를 보며 입술을 떼었다.

"괴물 같은 자식. 피아노는 언제 배운 거야?"

"……어렸을 때 조금 배웠어요."

피아노를 배운 건 몇 주 전이지만 곧이곧대로 이야기할 수는 없었다.

맨체스터 아레나에서의 콘서트는 그렇게 끝을 맺었고 유튜브에 한수의 피아노 소나타 연주 동영상이 올라온 건 맨체스터 페스티벌이 시작하기 불과 여섯 시간 전의 일이었다.

IBC 피디는 맨체스터 페스티벌이 열리는 맨체스터 외곽 지역으로 가기 위해 차량 정체 사이에 껴있었다.

좀처럼 움직이지 않는 자동차는 수만 대에 달했고 그들 모두 맨체스터 외곽으로 가기 위해 안간힘을 쓰고 있었다.

그러나 정체 현상은 좀처럼 끝날 기미를 보이지 않았다.

빠앙-빼앙

경적음이 요란하게 울려냈다.

경찰관이 교통을 통제하고 있었지만 소용없는 일이었다.

IBC 피디가 한숨을 내쉬었다.

촬영 장비를 생각하면 자동차를 타고 반드시 이동해야 했다.

그러나 맨체스터 페스티벌이 시작하기까지는 두 시간 남짓 남아 있었다.

목요일 오후 1시에 첫 포문을 연다고 들었기 때문이다.

이번 맨체스터 페스티벌의 포문을 열 밴드는 뮤즈(Muse)였다. 그들뿐만 아니라 또 다른 대공연장에서는 한수와 노엘 갤러거가, 다른 대공연장에서는 에드 시런이 연주를 준비 중이었다.

일단 첫 무대인데도 불구하고 그 라인업이 화려하기 그지없었다.

누가 들었으면 이게 말이 되냐고 할 정도로 그 면면이 엄청났다.

뮤즈나 에드 시런, 둘 다 세계적인 스타들이었고 단독 콘서트만 열어도 수만 명을 끌어모을 수 있는 톱스타들이었기 때문이다.

공연을 시작하기에 앞서 커다란 대기실에는 몇몇 스타들이 모여 있었다.

오늘 포문을 열 뮤즈의 멤버들과 에드 시런 그리고 한수와 노엘 갤러거가 이곳에서 대기 중이었다.

한수가 귀국할 때 히드로 공항까지 직접 배웅을 나온 적 있는 에드 시런은 처음부터 한수에게 말을 건네며 친근하게 굴고 있었다.

"나를 불러줘서 고마워. 덕분에 이런 곳에서 연주하게 됐어."

"당연한 거죠. 에드는 무조건 초대할 생각이었다고요. 그래도 흔쾌히 응해줘서 고마워요. 개런티가 없는데도 선뜻 응해줄 줄은 몰랐어요."

"당연하지. 그 날 일은 내 머릿속에도 생생히 남아 있다고. 이렇게 도울 수 있다는 것만으로도 고마울 뿐이야."

맨체스터 아레나에서 일어난 자폭테러.

범인을 포함해서 23명이 사망했고 64명이 부상당한 이 테러는 2017년 5월 22일 일어났다.

테러 이후 맨체스터 시민들은 대단한 반응을 보였는데 택시 기사들은 무료로 피해자들을 택시로 태워줬고 맨체스터 주민들 역시 집으로 가지 못하는 사람들을 위해 자신의 집을 내어주는 모습을 보이기도 했다.

그뿐만 아니라 헌혈을 위해 많은 사람이 줄을 서서 기다리기도 했다.

그 이후 아리아나 그란데가 맨체스터 돌아와서 자선 콘서트를 가지게 됐고 그 날 정말 많은 스타가 이 공연에 참여했으며 희생자들의 넋을 위로했다.

그때 콘서트를 통해 2백만 파운드 이상이 모금되었는데 이번 콘서트를 통해서 더 많은 모금액이 모일 것으로 예상되고 있었다.

이 모든 후원금은 맨체스터 아레나 테러 사건으로 피해를 입은 사람들을 위해 쓰일 예정이었다.

그렇게 에드 시런과 대화를 하는 사이 뮤즈의 리드 보컬 매튜 벨라미(Matt Bellamy)가 한수에게 성큼성큼 걸어왔다.

"실물로 보는 건 처음이지? 생각했던 것보다 더 어려 보이는 걸? 너무 어려 보여서 네가 코벤트 가든하고 피카딜리 서커스에서 그 멋진 공연을 보여준 동양인이라고는 믿기지 않을 정도야."

"그러나 둘 다 제가 한 게 맞아요."

"그렇겠지. 우리 밴드의 음악 중에서는 어떤 걸 할 수 있지?"

"뭐든지 가능하죠."

매튜 벨라미가 자신만만한 한수 말에 눈을 반짝였다. 지금 당장에라도 한수를 시험해 보고 싶은 것 같았다.

사실 그 생각은 에드 시런도 하고 있었다. 게다가 그는 코벤트 가든에서 한수가 자신의 연주를 따라 한 것도 알고 있었다.

화질이 구린 유튜브 영상이긴 했지만 그걸 두 눈으로 똑똑히 봤기 때문에 에드 시런 역시 여러모로 궁금해하는 중이었다.

어쩌면 한수가 어떤 트릭을 쓴 게 아닌가 하는 그런 생각.

물론 노엘 갤러거와 지금 밴드 활동을 하는 모습을 보면 전혀 그렇지 않겠지만 그래도 일말의 의구심이라는 게 생길 수밖에 없었다.

"흠, 이따가 공연 도중 우리 쪽으로 넘어오는 거 어때? 내가 마이크를 건네줄 테니까 우리 노래를 한 곡 불러달라고."

매튜 벨라미가 한수를 보며 넌지시 제안을 건넸다. 노엘 갤러거가 눈썹을 꿈틀거렸다.

"그럼 우리 노래는 누가 하라는 건데?"

"노엘도 노래 잘하잖아. 어쿠스틱풍으로 하나 연주해 주면 되지. 아, 진짜 못 참겠어서 그렇다니까. 사실 내가 여기 온 것도 한스 신드롬을 제대로 보고 싶어서였다고. 아마 여기 모인 사람 중 절반은 한스 신드롬 때문일걸?"

뭐든지 그 사람을 카피한 것처럼 거의 완벽하게 따라 할 수 있다고 해서 논란이 일었고 실제로 그것을 확인한 사람들은 한수의 그 특별한 재능에 기겁할 수밖에 없었다.

대표적인 게 에릭 클랩튼, 폴 매카트니, 노엘 갤러거 같은 유명 인사들이었다.

그들은 한수의 재능에 매료됐고 그것 때문에 한수를 쫓고 있었다.

실제로 노엘 갤러거는 한수와 함께 앨범을 내기도 했다.

그러나 그뿐만이 아니었다.

한수와 앨범을 내고자 하는 사람들은 정말 한 트럭이라고 표현할 만큼 수두룩했다.

한수의 특별한 재능 때문이었다.

비단 살아 있는 사람뿐만 아니라 이미 세상을 떠난 사람까지 그는 그 능력을 따라 할 수 있었으니까.

그뿐만 아니라 그는 그것을 또 자신만의 것으로 체화해서 더 발전시켰다는 점에서 높은 점수를 얻기도 했다.

아직 기타나 베이스, 드럼 등은 아니지만 보컬만큼은 그의 역량이 어마어마하다는 게 대부분의 레전드들이 내놓은 평가였다.

그것은 한수의 경험치가 보컬 같은 경우는 100% 모두 쌓였지만 다른 것은 아직 100%가 완벽하게 쌓이지 않은 것도 적잖은 영향을 미쳤다.

한수는 계속되는 매튜 벨라미의 부탁에 하는 수 없이 고개를 끄덕였다.

그들이 여기까지 오게 된 게 자신 때문이라고 하나 그래도 적절한 친분 관계를 쌓아두는 게 여러모로 좋았다.

특히 뮤즈 같은 세계적인 밴드라면 두말할 필요 없을 터였다. 그러는 사이 시간이 쏜살같이 지나갔다.

어느덧 맨체스터 페스티벌 첫날이 되었다.

아직은 유명하지 않은 몇몇 밴드들은 대규모 무대에서 그들의 노래를 부르며 기다리는 사람들을 적적하지 않게 만들고 있었다.

그러나 개중에는 조만간 헤드라이너로 올라올 것이 유력시

되는 밴드들도 있었다.

2014년에 데뷔한 신인밴드 로열 블러드(Royal Blood)도 개중 하나였다. 특이하게 이 밴드는 2인조로 이루어져 있었는데 베이스 겸 보컬인 마이크 커(Mike Kerr)와 드럼을 맡고 있는 벤 대처(Ben Thatcher)가 그 멤버였다.

실제로 이들은 1집 앨범이 영국 차트 1위를 차지하며 인기몰이를 했으며 레드 제플린의 지미 페이지도 대기실에 들러 이들을 격려한 적도 있었다.

이들을 초대한 건 바로 Muse의 보컬 매튜 벨라미였다.

그렇게 몇몇 밴드들이 이곳 열기를 뜨겁게 달궈놓는 동안 헤드라이너를 맡게 된 밴드들의 무대가 코앞으로 다가왔다.

한수는 이곳 바깥에 있을 수많은 사람을 생각하며 가슴을 진정시켰다.

과연 몇 명이나 여기 모였을까? 깜짝 이벤트임에도 불구하고 가슴이 두근거리고 있었다.

더 이상 기다릴 수 없었다.

그들은 대기실에서 나왔다. 그리고 각자의 무대로 향하기 시작했다. 뮤즈와 에드 시런이 먼저 자리를 빠져나갔다.

이제 남은 건 노엘 갤러거와 한수, 앤디, 찰리, 그리고 드러머 잭 이렇게 네 명뿐이었다.

노엘 갤러거가 얼어붙은 앤디, 찰리, 드러머 잭을 바라보며
물었다.

"다들 긴장되냐?"

"……휴, 떨리죠. 노엘은 모를 거예요. 진짜 심장이 터질 거
같다고요!"

영국뿐만 아니라 세계 전역에 생방송 될 무대다. 세계가 그
들을 보게 된다는 의미다. 긴장할 수밖에 없다.

노엘이 그들의 긴장을 풀었다.

"릴렉스해. 이건 너희들한테 기회야. 이 천금 같은 기회를 날
려버릴 생각은 아니겠지?"

"예? 기회요? 무슨 기회요?"

멍한 얼굴로 묻는 앤디를 보며 노엘 갤러거가 혀를 찼다.

옆에 있던 한수가 웃으며 말했다.

"세계가 본다는 건 여러 밴드의 치프들도 이 페스티벌을 볼
거라는 의미예요. 개중에는 제작자나 프로듀서도 있을 테고
요. 눈도장을 찍기 한결 편하다는 뜻이죠."

"아……."

"그러니까 긴장하지 말고 잘하시면 돼요."

한수가 웃으며 말했다.

노엘 갤러거가 툴툴거렸다.

"뭐하러 그렇게 친절하게 설명하냐? 줘도 못 먹는 놈들이면

그게 그놈들 한계인 거지."

"하하, 노엘. 그래도 우리 밴드 세션인데 잘 좀 대해줘요."

"애초에 될 놈이면 알아서 잘해. 그러니까 너도 그만 신경 꺼. 그보다 이따 진짜 매튜한테 가볼 거야?"

"예. 그래야죠. 뭐, 뮤즈하고 한번 같이 공연해 보고 싶기도 했어요."

"뭐, 네놈은 네가 알아서 잘하겠지. 마무리할 무렵 갔다 오면 될 거야."

"알았어요. 그런데 내일은 누가 오기로 했어요? 노엘 친구가 오는 거예요?"

"어. 그럴 거야. 온다고 해놓고 안 올 녀석은 아니니까 걱정하지 말라고."

그러는 사이 그들도 무대에 오를 시간이 되었다. 그들은 떨리는 마음을 억누른 채 무대 위로 향했다.

벌써부터 이곳에 모인 수많은 사람의 함성이 들리는 듯했다. 그리고 무대에 올라섰을 때 그들은 볼 수 있었다.

무대 주변을 가득 메우고 있는 엄청나게 많은 사람이 그들을 향해 귀가 떨어질 것처럼 함성을 내지르고 있었다.

IBC 김 피디는 예능국이 아닌 교양국 피디였다.

그는 주로 음악 관련 프로그램을 연출하곤 했는데 이번에 그가 맨체스터까지 오게 된 건 강한수와 노엘 갤러거가 맨체스터에서 말도 안 되는 짓을 저질렀다는 걸 뒤늦게 전해 들은 뒤였다.

교양 국장에게서 엄명이 떨어졌고 그는 곧장 촬영팀을 꾸린 뒤 런던으로 출국해야 했다.

다행히 그가 표를 구할 때는 아직 비행기 티켓이 남아 있어서 다른 도시를 경유하지 않고 올 수 있었다.

런던에 오기 전까지만 해도 IBC 김 피디는 한수를 썩 높게 평가하지 않고 있었다.

원래 그가 담당하던 건 음악, 개중에서도 클래식이었다.

클래식에 심취한 그에게 대중음악을 하는 한수는 애초부터 높게 평가할 수 없는 대상이었다.

순수문학이 장르문학을 폄하하는 것처럼 일부 클래식 우월론자들은 늘 대중음악을 쓰레기로 폄하하는 걸 주저하지 않았다.

김 피디는 그 정도까지는 아니지만 그래도 클래식과 대중음악 사이에는 넘을 수 없는 경계선이 있다고 생각했다.

그래서 교양 국장이 직접 지시를 내렸을 때도 탐탁지 않아 했다. 그런 건 예능국에 떠넘기고 자신은 올해 10월에 있을 쇼팽 콩쿠르나 퀸엘리자베스 콩쿠르 같은 걸 미리 준비해 두고 싶었다.

그러나 밥벌이는 해오라는 국장 명령에 등 떠밀리어 오게 된 맨체스터는 대단히 이질적인 분위기였다.

몇십만 명은 됨직한 인파가 이곳 맨체스터를 휩쓸고 있었다. 이 시끌벅적하고 정리정돈 안 된 분위기에 맨체스터 시민들이 불만을 토로할 법했지만, 오히려 그들의 얼굴은 밝아 보였다.

이번 페스티벌이 돈을 벌기 위한 게 아니라 맨체스터 아레나에서 일어난 자폭테러를 추모하는 행사로 열렸기 때문이다.

그뿐만 아니라 지역 경제도 활성화되니 맨체스터 시민들에게는 더할 나위 없이 좋은 일이었다.

"와, 진짜 엄청나네요."

"이게 사람이야, 개미야."

꽉 막히던 고속도로 정체가 조금씩 풀리며 IBC 방송국 취재 차량도 페스티벌 현장을 향해 나아가기 시작했다. 그리고 그들은 페스티벌을 가득 메우고 있는 어마어마한 인파를 보며 고개를 절레절레 흔들 수밖에 없었다.

그것은 클래식 애호가인 김 피디도 마찬가지였다.

진짜 눈으로 봐도 헤아릴 수 없을 만큼 많은 사람이 이곳을 가득 메운 상태였다.

애초에 입장료가 전무했던 만큼 많은 사람이 몰릴 것으로 예상되었지만 이렇게 많은 사람이 찾아올 줄은 주최 측도 예상 못 한 것이었다.

그 때문에 맨체스터시에 있는 모든 경찰이 총동원됐음에도 인력난을 겪고 있었다. 그래서 직접 영국 총리가 맨체스터 주변에 있는 대도시인 리버풀에서도 경찰 인력을 지원할 것을 이야기해 둔 상태였다.

카메라 감독이 연신 카메라를 돌려가며 이곳에 모인 수많은 사람을 찍기 시작했다.

김 피디는 여기 모인 수많은 사람을 둘러보다가 며칠 전 있었던 맨체스터 아레나에서의 공연을 생각했다.

그도 우연히 본 것이었다.

유튜브를 둘러보며 쓸 만한 소스가 없나 둘러보다가 몇십 분 전쯤 올라온 따끈따끈한 영상을 볼 수 있었다.

올라온 지 얼마 안 됐지만 조회 수는 벌써 10만 건을 넘어가고 있었고 댓글도 빠른 속도로 달리는 중이었다.

김 피디는 호기심을 주체하지 못하고 그 영상을 확인했다.

그리고 십 분 동안 그는 정신없이 유튜브 영상 속 연주에 빠져들었다.

물 흐르는 듯한 기교, 건반을 누르는 정확하고 강렬한 터치, 거기에 쉴 새 없이 천둥과 번개가 터지는 것 같은 폭발력까지.

클래식 애호가인 김 피디는 그 연주를 보자마자 단숨에 한 사람을 떠올렸다.

유튜브에 자신이 연주한 피아노 동영상을 올렸다가 일약 스타덤에 오르며 세계적인 피아니스트 반열에 오른, 건반 위의 검투사라고 불리는 발렌티나 리시차.

그녀 모습이 겹쳐 보이고 있었다.

그리고 뒤늦게 연주자를 확인한 김 피디는 입술을 깨물 수밖에 없었다.

바로 이 곡 피아노 소나타 14번 「월광(Moonlight)」을 연주한 게 한수였기 때문이다.

그동안 한수를 대중음악의 뉴스타 정도로 알고 있던 김 피디에게는 신선한 충격이었다.

그것 때문에 김 피디는 설렁설렁하려는 생각을 버린 채 최대한 집중해서 지금 이곳 페스티벌 영상을 담으려 하고 있었다.

그리고 강한수라는 인물은 누군지 어떤 사람인지 그에 대해 더 자세히 알고 싶어졌다.

한수는 노엘 갤러거를 비롯한 밴드 세션들과 함께 무대 위에 올라섰다. 그리고 그들은 순간 이곳을 가득 메우고 있는, 끝을 모를 인파에 압도당하는 기분을 느꼈다.

한수와 노엘 갤러거는 금방 정신을 차렸다.

노엘 갤러거는 96년 넵워스(Knebworth)에서 비슷한 경험을 해본 적이 있었다.

당시 하루에 12만 5천 명씩 약 25만 명의 관객을 끌어모은 적이 있었다.

그것 덕분에 이 공연은 영국 야외 단독 콘서트 사상 로비 윌리엄스(Robbie Williams)의 3일간 37만 5천 명의 뒤를 이어 2위를 기록하였다.

이번 맨체스터 페스티벌은 여러 밴드가 모이는 것이다 보니 단독 공연은 아니어서 그 기록에 포함될 수는 없겠지만 지금 이곳에 모인 관객 수는 정말 많았다.

넵워스에서 그런 경험을 한 노엘 갤러거도 혀를 내두를 정도였으니 다른 세 명은 오죽했을까.

딱딱하게 얼어붙은 세 명을 보며 한수가 한숨을 내쉬었다.

이러다가 제대로 된 공연은 해보지도 못할 것 같았다.

그들의 긴장을 풀어줄 필요가 있었다. 한수가 마이크를 붙잡았다. 수많은 눈동자가 자신을 바라보고 있었다.

"모두 반갑습니다. 한수 강입니다. 그러나 한스가 더 불리기 편하겠죠?"

"한스!"

한스를 연호하는 목소리 속에 한수가 계속해서 입술을 떼었다.

"이렇게 많은 사람은 정말 처음이네요. 와우! 못해도 몇십만 명은 모였겠어요. 그래도 여러분이 여기 앞에 서 있다는 건 오아시스 팬들이라는 의미겠죠? 음, 환호성을 들어보니 제 짐작이 맞는 거 같군요. 좋아요. 그런 의미에서 노엘이 어쿠스틱 기타로 연주를 한 곡 해줄 겁니다. 다들 릴렉스하며 오늘 페스티벌을 즐기도록 하죠."

갑자기 자신에게 쏟아진 화살에 노엘 갤러거가 눈을 휘둥그레 뜨며 자신을 가리켰다.

"내가?"

"뒤 좀 봐요. 다들 얼어붙어 있잖아요."

"휴, 하여간 이래서 애송이들은 안 된다니까."

절레절레 고개를 젓던 노엘 갤러거가 어쿠스틱 기타를 스태프에게 받아들었다.

그가 꺼낸 건 넥 조인트 바로 위에 아디다스 스티커가 붙어 있고 클래식 깁슨 '블록' 타입 프렛마커가 있는 깁슨 SJ-200이었다.

노엘이 한수를 바라보며 물었다.

"보컬은 네가 해라."

"네? 노엘이 전부 다 하려는 거 아니었어요?"

"뭔 소리야. 네가 해야지. 이 자식이! 얼렁뚱땅 나한테 다 떠넘기려고?"

"알았어요. 그럼 제가 보컬을 맡죠."

노엘 갤러거가 기타 연주를 시작했다.

잔잔한 연주가 물 흐르듯 이어지며 리듬감이 돋보이는 기타 연주가 본색을 드러냈다.

그에 발맞춰서 한수도 천천히 감미로운 음색을 바탕으로 한 노래를 부르기 시작했다.

There's something in the way she moves me to distraction.
그녀의 움직임에는 나를 이끄는 무언가가 있어.

노엘 갤러거가 오아시스 해체 이후 솔로 활동을 하며 낸 두 번째 솔로 앨범 「Chasing Yesterday」에 수록된 곡이었다.

이 앨범은 2015년 상반기에 가장 많이, 가장 빨리 팔린 앨범이었고 영국 정규 앨범 차트 1위를 기록하기도 했다.

거기 수록된 이 곡 「리버맨(Riveman)」은 노엘 갤러거 스스로 베스트로 꼽은 곡이었다.

그렇게 잔잔한 기타 연주가 계속되는 가운데 그 위에 덮여진 부드러운 목소리가 관객뿐만 아니라 얼어붙어 있던 세션들을 감싸 안았다.

그리고 연주가 끝났을 무렵 앤디와 찰리, 잭 모두 조금은 정신을 차릴 수 있었다.

"이제 준비됐냐? 애송이들."

"휴, 예. 달릴 준비는 됐어요."

"저도요."

드러머 잭이 먼저 스틱을 두드렸다.

투박하지만 그래도 정열이 담긴 소리가 퍼져 나갔다.

그와 함께 노엘 갤러거는 시작부터 오아시스의 명곡 중 하나인 「원더월(Wonderwall)」의 연주를 시작했다.

"What the F***!"

시작부터 명곡으로 포문을 열어젖혔고 노엘 갤러거는 그들이 여기 모인 헤드라이너 중 가장 잘났다고 사람들을 끌어모으기 시작했다.

열광적인 분위기를 느끼며 뮤즈의 보컬리스드 매튜 밸라미가 눈을 빛냈다.

"저거 봐. 함성 소리가 어마어마한데?"

"「원더월(Wonderwall)」이군. 다들 따라 부르는 것 좀 봐. 시작부터 극성이군."

"후, 우리도 질 수 없겠지?"

"당연하지. 시작해 볼까?"

뮤즈 역시 포문을 열었다.

그들이 첫 곡으로 선정한 것은 「Time Is Running Out」이었다.

이 곡 역시 뮤즈를 대표하는 명곡 중 하나였다.

야단법석인 가운데 여기 모인 삼십만 명이 넘는 관객들이 열광적으로 환호하기 시작했다.

"X발! 여긴 천국이야!"

"그렇지. 이곳이 진짜 천국이지!"

관객들도 그들에 환호성을 보내며 함께 하기 시작했다.

에드 시런도 자신의 대표곡을 부르며 이 분위기에 어울렸다.

IBC 촬영팀이 도착한 건 한창 광란의 분위기가 이어질 때였다.

그리고 어느 정도 공연이 중반쯤으로 접어들었을 무렵 한수가 노엘에게 말했다.

"노엘, 저 매튜한테 갔다 올게요."

"오케이, 적당히 놀고 오라고."

"물론이죠, 그럼 이따 봐요."

한수는 매튜에게 향했다.

그가 매튜의 무대에 올라서자 관객들이 야단법석이 되었다.

한수가 이곳에 온 것이었다.

매튜가 한수를 보며 물었다.

"어떤 노래 부를 건지 결정했어?"

"뮤즈하면 「Starlight」 아니겠어요?"

한수가 고른 노래는 뮤즈의 명곡 가운데 하나인 「Starlight」였다.

매튜가 한수를 보며 물었다.

"한 키 낮출 거지?"

매튜도 라이브에서는 한 키를 낮춰 부른다. 그러나 한수가 고개를 저으며 말했다.

"원곡 그대로 갈게요."

패기 넘치는 그 말에 매튜가 눈매를 좁혔다.

드디어 오늘 한수의 보컬 실력을 알아볼 수 있을 터였다.

CHAPTER
4

매튜가 밴드 멤버들을 쳐다보며 말했다.

"어이, 크리스! 도미닉! 다음 곡은 「Starlight」다. 대신 이번 곡은 빠질 거야. 오케이?"

"뭐? 「Starlight」를 부르겠다고? 한 키 낮출 거지?"

"아니. 한스가 원곡 그대로 가겠다는데?"

"……정말이야? 하하, 저 녀석이 프레디 머큐리의 환생이라고 불린다던데 그게 사실인지 알아볼 수 있겠어."

밴드 뮤즈(Muse)에서 드럼을 맡고 있는 도미닉 하워드(Dominic James Howard)가 웃음을 흘렸다.

크리스 볼첸홈(Christopher "Chris" Wolstenholme) 역시 그 말에 눈을 빛냈다.

매튜 벨라미가 눈앞을 메우고 있는 관객들을 바라보며 외쳤다.

"모두 잘 들어! 이번 곡은 「Starlight」야. 이 노래를 모르는 놈은 없을 거야. 그렇겠지?"

"예스!"

"예아!"

"그러나 이번 곡은 내가 안 부를 거야. 대신 한스가 이 노래를 부르게 될 거야. 원곡 그대로 부른다고 하니까 한번 어떻게 부를지 기대해 보자고. 만약 음정이 틀리거나 박자가 어긋나면 그때는 내가 이 녀석 엉덩이를 걷어차 버릴 테니까 걱정하지 말라고."

매튜 벨라미 말에 사람들이 왁자지껄 웃음을 터뜨렸다.

그들의 시선이 한수에게 쏠렸다. 이제 적지 않은 부담감을 느낄 터. 매튜 벨라미는 흥미로운 눈빛으로 한수를 바라봤다.

그가 과연 어떤 노래를 불러줄지 기대가 됐다.

현란한 비트음이 1-2-1-3의 박자를 가져가며 무대를 메워가기 시작했다.

드럼과 베이스가 춤을 추고 있을 무렵 드디어 한수가 마이크를 붙잡고 입술을 떼었다.

Far away The ship is taking me far away.
저 멀리 나를 태운 배는 저 멀리.

원곡 그대로 한수가 라이브 무대를 소화하기 시작했다.

의자에 기대어 앉은 채 노래를 듣던 매튜 벨라미가 눈을 휘둥그레 떴다.

그것도 잠시 그는 입가에 미소를 그리며 그 노래를 귀담아 들었다.

'역시 괴물은 괴물이야. 하하.'

매튜 벨라미가 슬쩍 밴드 멤버들을 쳐다봤다.

그들 모두 당황한 기색이 역력했다. 하지만 한수의 보컬은 전혀 문제없었다. 오히려 어마어마하다는 평가가 어울릴 만큼 빼어났다.

사람의 폐부를 찢고 그 심장을 집어삼키는 듯한 목소리였다.

누구라도 영혼을 저당 잡히게 만들 것 같은 아름다우면서도 사람의 감정을 잡아끄는 그런 음색이었다.

매튜 벨라미는 혀를 내둘렀다.

지 나이에 저 정도 실력을 갖췄다는 게 믿어지지 않았다.

그는 단순히 노래를 부르는 게 아니라 적절한 순간 완급 조절을 하고 있었고 그것뿐만 아니라 여기 모인 관객들을 열광시키게 만드는 능력도 갖추고 있었다.

그것은 한두 번 라이브 무대를 소화한 앳된 가수에게서는 절대 볼 수 없는 모습이기도 했다.

'그렇다는 건 적어도 몇백 번 이상 라이브 무대를 경험해 봤다는 건데 어떻게 그게 가능할 수 있지?'

매튜 벨라미가 머리를 헝클어뜨렸다.

아무리 생각해 봐도 이해가 되지 않는 일이었다.

그러는 사이 4분 4초가 순식간에 지나갔다.

한수의 노래가 끝이 났다.

땅을 흔들리게 하는 발을 동동 구르는 엄청난 소리와 함께 사람들이 너나 할 것 없이 박수갈채를 보내며 환호성을 내지르기 시작했다.

그때였다. 「Starlight」를 끝낸 뒤 깜짝 놀랄 일이 일어났다.

드러머 도미닉 하워드가 연주를 끝내자마자 벌떡 일어나더니 한수에게 달려든 것이다.

그가 한수를 강하게 끌어안으며 말했다.

"엄청났어! 엄청났다고! Shit!"

크리스 볼첸홈도 혀를 내둘렀다.

"대단한데? 크, 보컬이 진짜 장난 아니었어."

매튜 벨라미가 졸지에 당황한 표정이 되었다.

뮤즈는 자신의 밴드였다. 그런데 지금 반응을 보아하니 졸지에 굴러온 돌에 자신이 밀려날 듯한 그런 모습이었다.

"너희들……"

"크큭, 방금 표정 봤어?"

"완전 죽여줬지."

"아, 이런 건 카메라로 찍어뒀어야 하는 건데."

"걱정하지 마. 방송국에서 생방송으로 내보내는 거 잊었어?"

도미닉 하워드와 크리스 볼첸홈의 심술궂은 목소리에 매튜 벨라미가 얼굴을 붉혔다.

한수가 멋쩍게 웃었다.

"하하, 매튜를 놀리고자 한 의도는 알겠지만 그렇게 급작스럽게 끌어안을 줄은 몰랐다고요."

"그런데 방금 말은 진심이었어. 진짜 대단했다니까? 도대체 너는 어떻게 되어 먹은 거냐? 휴, 아직도 믿어지질 않는다."

매튜 벨라미도 몇 차례고 묻고 싶은 질문이었다.

저 젊은 나이에 어떻게 그렇게 많은 재능을 갖고 있는 걸까?

게다가 며칠 전에는 맨체스터 아레나에서 피아노 소나타 14번 「월광(Moonlight)」를 연주하며 소란스럽던 관중들의 마음을 일시에 녹여 버렸다고 들었다.

그가 갖고 있는 재능이 두려워질 정도였다.

"매튜 초대해 줘서 고마워요. 그리고 초대를 받아줘서 고맙고요. 다음에 또 봐요."

"어, 어어."

매튜가 손을 흔들어 보였다.

그리고 그들은 다섯 시가 될 때까지 쉴 새 없이 공연을 내달렸다.

관중들의 반응은 그 어떤 곳보다 열광적이었고 아직도 수많은 사람이 이곳으로 몰려들고 있었다. 이미 이곳 맨체스터는 미쳐 돌아가고 있었다.

첫 째날 맨체스터 공연이 끝났다.

암스테르담의 스키폴 공항으로 입국해서 유로스타를 타고 런던에 넘어왔다가 렌트카를 빌리지 못해 아우성치던 중 IBC 방송국 차량을 얻어 타고 이곳에 온 남자 두 명은 오늘 무대를 누구보다 열정적으로 즐길 수 있었다.

첫날 축제가 모두 끝난 뒤 발이 저릴 만큼 힘들었지만 그런 건 대수롭지 않은 일이었다.

두 사람은 이곳저곳에 텐트를 치고 잘 준비를 하는 사람들을 지켜보다가 그들 역시 텐트를 칠 준비를 하기 시작했다.

두 사람은 만반의 준비를 갖추고 이곳으로 넘어왔고 개중에는 텐트도 포함되어 있었다.

렌트카를 빌리지 못할 것이라는 건 생각지도 못한 실수였지만 그밖에는 완벽하게 준비가 된 상태였다.

텐트를 치고 그들은 불이 꺼진 공연장을 다시 한번 바라봤다.

남자 한 명이 친구를 보며 물었다.

"오늘 어땠냐?"

"최고였지. 죽여줬지. 끝내주. 이 말 빼고 또 무슨 말을 할수 있을까 싶다."

"근데 강한수라고 했지? 진짜 대단하긴 대단하더라. 어떻게 그렇게 노래를 잘하지? 특히 나 강한수가 「Starlight」 부를 때살짝 지릴 뻔했잖아."

"에이 씨! 더러운 새끼! 너 씻고 와."

"야! 여기서 씻을 수 있는 곳이 어디 있어?"

"없긴 왜 없어. 저쪽에 간이 화장실하고 간이 샤워실 마련해 뒀던데? 거기 가서 씻고 와! 이 자식아!"

사내는 투덜거리며 발걸음을 떼었다. 그리고 그는 간이 샤워실을 찾을 수 있었다.

이번 페스티벌을 후원하는 기업들이 자발적으로 마련한 것이었다.

간이 샤워실이 여러 개 있긴 했지만, 대기자들로 바글거리고 있었다.

그도 줄을 선 채 자신의 차례가 오길 기다릴 때였다.

그러다가 문득 하늘을 올려다봤다. 밤하늘에 별이 반짝거리며 빛나고 있었다.

취업 준비 도중 면접도 때려치우고 친구를 쫓아 달려온 이곳.

처음에는 막연한 불안감이 가득 했다. 이래도 되나 하는 생각이 많았다. 하지만 지금 그는 후회하지 않을 자신이 있었다.

그리고 아직도 축제는 이틀 더 남아 있었다.

맨체스터 페스티벌 이틀째 되는 날.

오늘도 역시 화려한 라인업이 구성되어 있었다.

여성 디바 중에서는 가장 압도적인 퍼포먼스를 보이고 있는 아델(Adele)과 80년대 헤비메탈의 아이콘이라 불리는 메탈리카(Metallica), 그리고 콜드플레이(Coldplay)가 바로 두 번째 날 헤드라이너 역할을 맡아줄 뮤지션들이었다.

노엘 갤러거가 초대한 친구는 콜드 플레이의 리더이자 프론트맨이며 리드 보컬이기도 한 크리스 마틴(Christopher Anthony John Martin)이었다.

또 한 번 모인 쟁쟁한 톱스타들을 보며 한수는 입가에 미소를 그렸다.

텔레비전에서나 봤던 그 스타들을 이렇게 볼 수 있게 됐다는 것이 한수 입장에서는 경이로울 수밖에 없었다.

하지만 역으로 이런 톱스타들도 한수를 보며 대단히 흥미로워하고 있었다.

특히 어제 한수와 함께 공연했던 매튜 벨라미가 어젯밤 콜드플레이와 메탈리카가 도착했을 때 한수를 가리켜 괴물 같은 보컬리스트라고 한 것 때문에 그들의 관심은 더욱더 배가되어 있었다.

그들이 아는 매튜 벨라미도 최정상급 보컬리스트인데 그 매튜 벨라미가 한수를 가리켜 괴물 같은 보컬리스트라고 평가했기 때문이다.

"만나서 반가워. 크리스 마틴이야. 크리스라고 불러."

"반가워요. 한스에요."

"이름은 많이 들었어. 노엘이 네 칭찬을 그렇게 많이 하더라고."

"정말요? 노엘이 그럴 사람이 아닌데……."

"하하, 욕설이 꽤 많이 섞여 있어서 그렇지 칭찬은 맞아. 네 노래가 그 정도로 대단하다던데? 나보고도 한번 들어보라고 하더라고. 깜짝 놀랄 거라면서."

"감사합니다. 제가 노래는 꽤 잘 부르죠. 다른 악기도 어느 정도 다룰 줄 알지만요."

"……동양인은 대부분 겸손하다던데 너는 아닌가 봐."

"뭐, 실력이 구린데 허풍 섞인 이야기를 하는 것보다는 이게 낫지 않겠어요?"

"음, 그건 그렇긴 하지. 어쨌든 오늘은 쉰다며?"

"예. 아델하고 메탈리카, 여기에 콜드플레이까지 있는데 저희까지 나설 필요는 없을 듯해서요. 오늘 하루는 푹 쉬어두려고요. 앤디하고 찰리, 잭도 꽤 힘들어하고 있어요."

"앤디? 찰리?"

"아, 노엘이 이번에 새로 데려온 세션들이에요."

"아쉽네. 네 공연도 한번 라이브로 보고 싶었는데 말이야."

"원하면 언제든지 불러주세요. 한번 놀러 갈게요."

"좋아, 연락할게."

한수는 페스티벌 내내 공연을 할 예정이었지만 노엘 갤러거와 상의한 끝에 그들은 둘째 날 공연은 하지 않기로 결정했다.

그들 두 명은 상관없지만 다른 세 명의 체력이 문제였기 때문이다.

그들에게 적당한 휴식을 줄 필요가 있었다.

게다가 그들이 나서지 않는다고 해도 헤드라이너급 뮤지션은 넘칠 만큼 많았다.

실제로 이번 페스티벌을 통한 모금액도 벌써 400만 파운드 이상 모인 상태였다.

첫째 날이 그 정도였으니 시간이 지나면 지날수록 더 많은 모금액이 모일 것으로 예상되고 있었다.

그러는 동안 축제의 두 번째 날이 시작됐다. 각자 무대를 향해 나아갔다. 한수도 개인 시간을 얻었다.

그는 선글라스를 낀 채 대기실을 나와서 축제 현장을 둘러보기 시작했다.

곳곳에 모인 수많은 사람이 열광적으로 이 무대를 즐기고 있었다.

또 한편에는 각양각색의 국기들이 매달려 있었는데 개중에는 특이한 깃발도 몇 개 눈에 띄었다.

정처 없이 발걸음을 옮기던 도중 한수의 귀를 사로잡은 무대가 있었다.

아델이었다.

21세기 최고의 소울 디바이자 이 세대 가장 훌륭한 가수 중 한 명으로 손꼽히는 아델은 첫 곡으로 「헬로(Hello)」를 부르고 있었다.

2015년 「스카이폴(Skyfall)」 이후 3년 만에 내놓은 신곡으로 어마어마한 흥행 기록을 쌓아 올린 아델의 대표곡 중 하나였다.

Hello, it's me.
안녕, 저예요.

폐부를 찌르는 듯 가슴을 울리는 그 아델 특유의 홍성에 순식간에 관객들은 그 무대에 집중하기 시작했다.

한수도 그녀 노래를 귀담아들었다.

쉽게 들을 수 없는 라이브였다. 그녀는 무대 공포증을 갖고 있기 때문이다.

하지만 그런데도 불구하고 이곳까지 직접 찾아와 노 개런티로 이렇게 완벽한 무대를 보여주고 있는 그녀를 보며 한수는 감탄할 수밖에 없었다.

역시 왜 그녀가 지금 현존하는 최고의 디바로 손꼽히는지 이해가 갔다.

그렇게 첫 곡,「헬로(Hello)」가 끝나고 아델이 호흡을 다듬을 때였다.

한수는 또 다른 무대를 보러 가기 위해 발걸음을 떼었다.

그리고 한수가 주변을 서성거릴 때였다.

한수 옆을 스쳐 지나가던 남자가 뒤늦게 한수를 알아봤다.

"어? 강한수 아니에요? 맞죠?"

그는 IBC 방송국 차량을 타고 이곳까지 온 두 남자 중 한 명이었다.

"아, 그게……."

"한스!"

그때 한스라는 말에 사람들이 아비규환이 되었다.

우와아아아-

뒤늦게 한수 주변을 돌던 경호원들이 한수를 보호하려 들며 사람들의 접근을 막아섰다.

한수는 그것을 보며 새삼 깨달을 수 있었다.

길을 스쳐 지나가도 누구나 알아볼 수 있을 만큼 자신은 이미 슈퍼스타가 되어버렸다는 것을.

한수는 자신을 둘러싼 경호원들을 바라봤다. 이들은 얼마 전부터 자신을 경호하기 시작했는데 구름나무 엔터테인먼트에서 고용한 사람들이었다.

아무래도 한수가 외국 활동이 많다 보니 혹시 모를 사고를 대비해서 붙여둔 것이었다.

한수는 경호원을 뒤로 물렀다.

"괜찮아요. 사인만 좀 해줄게요."

이들 팀장이 한수를 보며 입을 열었다.

"그래도 안전상……."

"괜찮아요. 다들 록을 사랑해서 모인 팬들이에요. 안전상 문제는 없을 거예요."

여기 모인 사람들 모두 록을 사랑해서 이곳까지 달려왔다.

한수는 그들을 믿었다.

또 자신을 보호하고 있는 경호원들을 믿었다.

그래도 경호원들이 한수를 둘러싼 가운데 한수는 자신 주변에 몰려든 팬들을 향해 사인을 해주기 시작했다.

그들 모두 격렬하게 환호하며 사인을 받아갔다.

못해도 사오십 명 정도 사인을 해줬을 무렵 슬슬 힘에 부치기 시작했다. 그리고 휴대폰이 계속해서 울리고 있었다.

전화를 받아보니 노엘이었다.

-야! 너 어디 있는 거야?

"왜요? 무슨 일 있어요?"

-무슨 일이긴. 다시 연습해야지. 내일은 무대에 올라가야 할 거 아니야.

"……바로 갈게요."

한수는 계속해서 사인해 달라는 팬들을 보며 입을 열었다.

"죄송합니다. 방금 노엘과 통화를 했는데요. 내일 무대 준비를 위해 이만 가봐야 할 거 같습니다. 죄송합니다. 내일 무대에서 봬요."

한수는 아쉬움을 뒤로 한 채 경호원들의 호위를 받으며 콘서트장을 빠져나왔다. 그리고 그는 대기실로 향했다.

노엘이 한수를 반겼다.

"팬들한테 둘러싸였다며?"

"어떻게 알아요?"

"이거. SNS. 트위터에 계속해서 뜨더라고. 나까지 태그돼서 말이야."

노엘 갤러거가 휴대폰을 들어 보였다.

실제로 트위터에는 한수가 팬들에게 둘러싸여 있는 모습이 실시간으로 올라오고 있었다.

"연습은요?"

"연습은 무슨. 너 빼 오려고 그런 거야. 됐고, 쉬어둬. 공연을 정 보고 싶으면 좀 더 완벽하게 분장을 하던가."

"……고마워요, 노엘."

"고마울 거야. 네가 그러다가 어디 다치기라도 하면 내일 공연에 지장 생길 거 아니야. 그래서 그런 거니까 부담가질 거 없어. 아, 그건 그렇고 크리스 공연은 봤어?"

"콜드플레이요? 아직이요. 아델 봤다가 보러 가려 했는데 중간에 팬들한테 둘러싸이는 바람에……."

"흠, 그래? 그럼 크리스나 보러 가자고. 어차피 할 것도 없잖아."

"그건 그렇긴 하죠."

"자, 가자."

노엘이 한수를 잡아끌었다. 그리고 두 사람은 뒷길로 향했다.

스태프만 출입 가능한 길로 돌아서 콜드플레이가 공연 중인 장소에 도착할 수 있었다.

콜드플레이는 U2와 더불어 공연 수입이 가장 많은 뮤지션 중 하나로 상업적으로 최고의 흥행 수익을 거두는 밴드다.

앨범보다 라이브 무대에서 더 놀라운 역량을 발휘하는 밴드 인데 실제로 글래스톤베리 페스티벌에서 라디오헤드, 블러 등 을 제치고 최고의 라이브를 선보인 밴드로 손꼽히고 있다.

무대 뒤편으로 돌아서 도착한 뒤 그들은 콜드플레이의 무대 를 바라보기 시작했다.

한창 콜드플레이는 역대 최고의 영국 음반으로 손꼽히는 2 집 앨범 「A Rush of Blood to the Head」에 수록된 곡 중 하나 인 「Warning Sign」이었다.

남녀 간의 관계에 대해 노래하는 이 곡은 콜드플레이가 내 한 공연 이틀째 되는 날 어쿠스틱으로 연주했던 곡으로 2012 년 이후 4년 만에 라이브를 선보였던 곡이기도 했다.

그런데 이번에 2년 만에 또다시 라이브를 선보이고 있는 것 이었다.

한수는 쌀쌀하고 살짝 비가 오는 이곳 영국 날씨에 어울리 는 이 노래를 들으며 눈을 감았다.

눈시울이 붉어지며 촉촉이 눈가가 젖는 것 같았다.

어째서 이들이 현재 활동 중인 모든 밴드 가운데 최고의 인 지도를 가졌으며 최고의 라이브 공연을 선보이는 밴드인지 알

것 같았다.

「Warning Sign」이 끝난 뒤 크리스 마틴이 계속해서 노래를 이어갔다.

그다음 부른 노래는 「Something Just Like This」였다.

이는 브릿 어워즈(BRIT Awards) 2017 시상식에서 체인스모커스(The Chainsmokers)와 함께 콜라보레이션으로 불렀던 노래였다.

EDM이 배경음으로 깔리고 크리스 마틴이 무대 위를 종횡무진 누비기 시작했다.

그때였다.

한수는 생각지도 못한 일이 일어났다.

크리스 마틴이 노래를 부르던 도중 관객들에게 뛰어든 것이다.

관객들은 미친 듯 열광하며 크리스 마틴을 에워쌌다. 휴대폰 카메라가 사방에서 터져 나왔다.

그러나 크리스 마틴은 아랑곳하지 않은 채 오히려 목소리를 높였다.

오히려 크리스 마틴은 오히려 자신을 둘러싼 관객에게 마이크를 가져가며 노래를 부르게 했다.

"와……."

그야말로 이곳에 광란이 일어났다. 다들 난리가 났다.

그 모습을 보며 한수는 혀를 내둘렀다.

"진짜 미쳤네요."

"크큭, 그렇지? 원래 크리스는 좀 또라이 기질이 있긴 해. 하하."

노엘이 웃음을 터뜨렸다.

크리스 마틴은 그런 사내였다.

그랬기에 역설적으로 팬들로부터 더 많은 사랑을 받는 것이기도 하지만. 그렇게 「Something Just Like This」이 끝났다.

그러다가 주변을 둘러보던 크리스 마틴이 한수와 노엘을 발견했다.

"뭐야? 왔으면 올라와야지! 거기서 농땡이 부릴 거야?"

크리스 마틴이 냉큼 대기석으로 내려왔다. 그리고 두 사람을 붙잡아 억지로 끌고 올라왔다.

노엘이 한숨을 내쉬었다. 그렇지만 이게 크리스 마틴이었고 그는 오히려 이런 크리스를 좋아했다.

반면에 리암 갤러거는 크리스를 싫어했지만.

그와 별개로 두 사람은 크리스 마틴을 쫓아 무대 위로 올라왔다.

크리스 마틴이 관객들을 쳐다보며 입을 열었다.

"어제 흥미로운 이야기를 들었어요. 여기 계신 분들은 어제도 있었을 테니까 사실대로 말해주시길 바라요. 어제 뮤즈가 공연했었죠?"

"맞아요!"

"어젠 뮤즈가 왔었어요!"

"매튜가 한스하고 재미있는 내기를 했다더군요. 뮤즈의 노래를 불러 보라고 했고 한스가 「Starlight」를 원곡 그대로 불렀다던데 사실인가요?"

"사실이에요!"

"진짜 어메이징(Amazing)했어요. 환상적이었죠."

"대단했어요!"

크리스 마틴은 한수를 빤히 바라봤다.

어제 매튜 벨라미한테 이야기를 듣긴 했지만, 여전히 믿어지지 않긴 했다.

"일단 두 사람을 초대했으니 두 사람과 함께 이 페스티벌을 즐겨보도록 하죠. 노엘, 기타 가능하겠지?"

"어떤 곡 하려고?"

"네가 기타 솔로 맡았던 노래 있잖아. 그거 하자고."

크리스 마틴이 이야기한 곡은 「Up&Up」이있다.

"노래는 1절은 한스가 부르고 2절은 내가 부를게. 괜찮겠지?"

한수가 흔쾌히 고개를 끄덕였다.

"좋아요. 그렇게 해요."

드럼 그리고 기타 연주와 함께 한수가 천천히 노래를 시작했다.

Fixing up a car to drive in it again.
다시 달리기 위해 차를 수리해.

가만히 노래를 듣던 크리스 마틴이 눈을 빛냈다.

첫 음을 들은 순간 알 수 있었다.

'확실히 이 녀석은 노래를 잘하는군.'

한수의 노래 실력은 상상 이상이었다. 천재라고 해도 미숙한 점은 보이게 마련이다.

그런데 이 녀석은 그 기준을 초월했다. 노래에 자신의 감정을 담을 줄 알았다. 그것만으로도 이 녀석은 초일류라고 불릴 만했다.

그뿐만 아니라 그 감정으로 다른 사람을 자극할 줄 알았다. 어째서 매튜 벨라미가 그런 이야기를 했는지 알 것 같았다.

그렇게 노래가 중반에 이르렀을 때 노엘의 기타 솔로 연주가 시작됐다.

확실히 노엘은 노엘이었다. 괜히 스타인 게 아니었다.

관객들의 집중도가 차이가 컸다. 스타가 주는 아우라 때문이다. 노엘의 기타 연주가 끝난 뒤 크리스 마틴이 바톤을 넘겨

받았다.

이번에는 한수가 그의 무대를 바라봤다.

조금 떨어진 대기석에서 볼 때도 느꼈지만 이렇게 가까이에서 보는 크리스 마틴은 정말 섹시했다.

타고난 가수였다.

그가 노래를 부를 때마다 관객들이 열광적인 반응을 보이고 있었다.

Don't ever give up.
절대 포기하지 마.

노래가 마무리되었을 때 관객들이 박수갈채를 보냈다.

크리스 마틴이 웃으며 말했다.

"정말, 한스는 대단하네요. 여러분도 그렇게 느끼시죠?"

환호성이 터져 나왔다.

그렇게 깜짝 공연이 끝난 뒤 노엘이 한수를 억지로 대기실로 돌아왔다. 조금은 쉬어둘 필요가 있었다.

"이쯤이면 충분히 즐겼겠지? 호텔로 좀 돌아가서 쉬다올래?"

"예. 그럴게요. 노엘은요?"

"나도 같이 가야지. 자, 쉬러 가자!"

두 사람은 곧장 호텔로 향했다.

내일 최고의 무대를 선보이기 위해서라도 그들은 호텔에 가서 푹 쉴 생각이었다.

맨체스터 페스티벌 마지막 날이 되었다.

오늘 헤드라이너는 아리아나 그란데, 롤링스톤스, U2, 여기에 에릭 클랩튼이었다.

폴 매카트니 경은 조금 늦은 시간에 이번 페스티벌에 참여할 예정이었다.

마지막 무대 역시 화려하기 이를 데 없었다. 대기실에서 한수가 처음 만난 가수는 U2였다.

로큰롤 명예의 전당 헌액자이며 현존하는 록밴드 중 가장 위대한 밴드 가운데 하나일 뿐 아니라 얼터너티브 록의 시발점이기도 한 그들을 본 순간 한수는 그들이 내뿜는 아우라에 순간 질식될 정도로 위압감을 느껴야 했다.

그때 한수를 알아본 U2의 보컬리스트 보노(Bono)가 한수에게 다가와 손을 내밀었다.

"자네가 한스겠군. 반가워. 폴 휴슨일세."

그의 본명 폴 휴슨(Paul Hewson)보다 예명 보노(Bono)로 더 잘 알려진 인물.

그는 아일랜드 출생의 뮤지션으로 록밴드 U2의 리드 보컬이기도 하다.

노엘 갤러거가 퉁명스러운 표정으로 보노를 바라보며 말했다.

"나는 이제 보이지도 않는 겁니까?"

"하하, 그럴 리가. 반가워, 노엘. 그리고 이렇게 뜻있는 무대에 초대해 줘서 고맙네."

"고마울 거까지야. 오지 말라고 했어도 왔을 거 아닙니까?"

"하하, 시간이 된다면 와야지. 어쨌든 우리는 리허설을 위해 잠깐 자리를 비우겠네."

"편하실 대로 하시면 됩니다."

"그리고 오늘 콘서트가 끝나는 대로 술이나 한잔하면서 이야기 좀 하자고. 특히 한스한테 내가 관심이 많거든. 하도 주변에서 야단법석이라서 어떨지 궁금하더라고. 내 노래도 똑같이 따라 부를 수 있을지 알고 싶기도 하고."

"……."

한수가 보노를 보며 어색하게 웃었다.

그렇게 U2가 리허설을 하러 간 사이 포니테일에 고양이 귀 머리띠를 한 가수가 대기실로 들어왔다.

그녀는 작년 맨체스터 아레나에서 폭탄 테러를 경험했던 아리아나 그란데(Ariana Grande)였다. 포니테일을 한 머리카락에 고양이귀 머리띠는 그녀의 시그니처 아이템이기도 했다.

그녀가 환한 얼굴로 그들을 향해 다가왔다. 한수는 그녀를 바라봤다.

까무잡잡한 피부에 커다란 갈색 눈동자가 제일 먼저 눈에 들어왔다.

"다들 반가워요. 그리고 이렇게 초대해 줘서 고마워요."

"또 오기 힘들었을 텐데 이렇게 와줘서 고마워."

"맨체스터 명예시민이 되었는데 안 올 수는 없죠. 호호, 오히려 이런 페스티벌을 열어줘서 고마워요. 아직도 치유 받지 못한 사람들이 이번 페스티벌을 통해 다시 힘을 얻을 수 있게 될 거예요."

노엘 갤러거가 환하게 웃어 보였다.

비극적인 콘서트의 주인공이었던 그녀다.

그래도 그녀는 용기를 내서 다시 맨체스터를 찾은 뒤 자선 콘서트를 가졌다.

많은 사람이 그 용기에 박수를 보냈었다.

게다가 이번에 또 한 번 찾아온 만큼 그녀의 용기에 박수를 보내는 사람들이 더 많이 늘어날 게 분명했다.

그때 아리아나 그란데가 한수를 빤히 바라봤다.

그녀도 알고 있었다.

지금 미국, 영국을 비롯한 전 세계에 널리 퍼져 있는 한스 신드롬의 주인공이 바로 이 젊은 동양인 남자라는 것을.

그녀의 눈빛은 영롱하게 빛나는 중이었다.

아리아나 그란데는 묘한 눈길을 한수에게 보내다가 대기실을 떠났다.

노엘 갤러거가 한수를 보며 말했다.

"너 조심해라."

"예?"

"저 여자애 눈빛 못 봤어?"

"이상한 소리 마요. 이미 그녀는 남자친구가 있다고요."

한수가 눈살을 찌푸렸다.

아리아나 그란데는 맥 밀러하고 연애 중인 것으로 알고 있었다. 그런데 그녀가 자신을 유혹할 이유는 전혀 없었다.

계속해서 3일 차 공연이 이어졌다.

다들 오늘이 페스티벌의 마지막 공연인 것을 아쉬워하고 있었다. 이 페스티벌이 더 길게 유지되길 원했다. 그들 모두 더 많은 노래를 듣고 싶어 했다.

한수는 노엘 갤러거와 함께 마지막 3일 차 공연을 이어나갔다. 관객들은 지칠 때도 되었지만 여전히 목소리를 높이고 있었다.

그들의 열정은 가수들 못지않았다.

한수는 이곳에 모인 수십만 명이 넘는 관객을 바라봤다.

세계 곳곳의 방송국들이 이 열광적인 반응을 취재 중이었다. 그들 추산으로는 못해도 삼십만 명 이상이 모였다고 보고 있었다.

뒤늦게 합류한 사람들까지 포함하면 오십만 명 정도는 될 것 같다는 게 그들이 내놓는 이야기였다.

한수는 노엘과 함께 계속해서 무대 위를 누비기 시작했다.

이번 페스티벌 이후에는 서울에서 콘서트가 예정되어 있었다.

그 콘서트 이후 또다시 콘서트를 하게 될지는 미지수였다.

한수에게도 적잖은 스케줄이 있었고 노엘도 노엘 나름대로 계획이 있을 테니까.

어디까지나 이건 일회용이었다.

그랬기 때문에 앤디나 찰리, 잭을 세션으로 데려온 것이었다. 만약 정식 밴드를 꾸리고자 했으면 그들을 멤버로 영입해서 꾸렸을 것이다.

그러나 여전히 노엘은 밴드 활동을 꺼리고 있었다.

한수는 그가 왜 그러는지 알고 있었다.

오아시스(Oasis).

노엘의 마음속에는 오아시스라는 밴드만 존재하는 것이

었다.

그래서 리암이 오아시스 해체 이후 비디아이를 만들어서 활동했던 것과 달리 노엘은 밴드를 꾸리지 않고 솔로 활동만 했던 것이었다.

그 이유로 한수는 깜짝 무대를 준비하고 있었다.

원래대로라면 둘 다 절대 안 하려 하겠지만 이번 페스티벌은 맨체스터 아레나 자폭테러를 추모하기 위한 무대였다.

그렇기 때문에 그들도 이번에 한해서는 한 번 눈 감고 넘어갈 가능성이 있었다.

그가 오기로 한 건 오후 다섯 시 무렵.

한수는 그 시간을 기다리며 계속해서 열창을 이어나갔다.

IBC에서 이번 맨체스터 페스티벌을 촬영하기 위해 온 김 피디는 지난 이틀 동안 이곳에 모인 수많은 사람과 인터뷰를 하며 그 영상을 차곡차곡 담아뒀다.

그리고 운 좋게 몇몇 밴드 멤버를 만나 그들의 인터뷰로 들을 수 있었다.

뮤즈의 매튜 벨라미하고도 인터뷰할 수 있었는데 그는 한국에서 왔다는 피디 말에 흔쾌히 인터뷰를 수락하며 그를 놀라게 했다.

그때 매튜 벨라미가 김 피디를 향해 한 말은 종합지어 생각해 보면 딱 하나였다. 한수를 칭찬하는 내용뿐이었다.

그 정도로 그는 한수를 대단히 높게 평가하고 있었다.

그뿐만이 아니었다. 여기 모인 대부분의 사람들이 한수의 노래를 듣고 열광했으며 그 노래를 더 많이 듣고 싶어 했다.

처음에만 해도 여기까지 와서 이런 페스티벌을 촬영해야 한다는 것에 불만을 토로했던 김 피디는 한수가 만들어내는 무대를 담아내며 연거푸 놀랄 수밖에 없었다.

정말 그의 재능은 다재다능이라는 말로도 부족했다.

매튜 벨라미 대신 불렀던 「Starlight」나 노엘 갤러거가 기타 솔로 연주를 보여준 「Up&Up」때 1절을 크리스 마틴 대신 완벽하게 소화했던 것이나 그 모든 걸 종합해 볼 때 한수의 무대는 매력 덩어리 그 자체였다.

아마 이 다큐멘터리가 한국에 나가게 되면 우리나라 사람들도 엄청나게 열광할 게 분명했다.

그랬기에 김 피디는 오늘이 아쉬웠다. 이 마지막 날을 이렇게 떠나보내야 한다는 게 서글펐다.

이 페스티벌이 세상이 끝날 때까지 계속해서 유지됐으면 했다.

아쉬움이 많았다. 그러는 동안 마지막 페스티벌 역시 화려하게 꾸며졌다.

특히 U2의 무대가 정말 인상 깊게 다가왔다.

그들은 어째서 자신들이 상업적으로 가장 성공한 밴드로 불리는지 보여주듯 무시무시한 무대를 보여주고 있었다.

그때 김 피디 눈에 잡힌 사람이 한 명 있었다. 그는 고개를 갸웃거렸다.

"그도 초대됐던가?"

그러나 김 피디가 알기로 이번 페스티벌 명단에 그의 이름은 없던 걸로 기억하고 있었다.

'설마……'

김 피디가 침을 꿀꺽 삼켰다.

잘하면 오늘 진짜 레전드 무대를 보게 될지도 몰랐다.

한편 맨체스터 아레나에서 열렸던 콘서트.

그때 한수는 관객들을 진정시키기 위해 피아노 소나타를 쳤었다.

한수가 연주한 피아노는 누군가가 촬영했고 그대로 유튜브에 올렸다.

그리고 그가 올린 유튜브 영상은 이번 페스티벌이 진행되는 동안 계속해서 꾸준히 조회 수가 붙고 있었다.

그러면서 '밴드 보이가 클래식마저 완벽하게 소화해냈다'라는 평가가 이어지고 있었다.

그러나 어느 순간 한 유튜버가 올린 동영상 조회 수가 폭발적으로 붙기 시작했다.

그것은 그 아래 달린 코멘트 때문이었다.

클래식을 즐기는 몇몇 팬이 유튜브 동영상에 악플을 달기 시작했던 것이다.

그들은 한수의 연주 실력에 혹평을 가하며 밴드 음악 따위를 하는 동양인이기에 이딴 연주밖에 안 나온다고 혹평을 쏟아냈다.

그것 때문에 또 로큰롤 팬들이 나서서 옹호하는 댓글을 달았고 이것 때문에 클래식을 즐겨듣는 팬들과 팝 그리고 록을 즐겨듣는 팬들 사이에서 격렬한 논쟁이 일어났다.

그러나 어떻게 보면 이것은 필연적으로 벌어질 수밖에 없는 일이었다.

꽤 예전부터 클래식과 대중음악, 이에 관한 논쟁은 계속해서 있어 왔다.

클래식 팬들은 대중음악을 싸구려 음악이라 폄하하기 일쑤였다. 그들에게 대중음악은 귀를 시끄럽게 하는 소음에 불과했다.

반면에 대중음악 팬들은 클래식을 구닥다리로 표현하곤 했다. 듣기 따분하고 지루한 음악, 그것이 클래식 음악에 대한 대중음악 팬들의 대답이었다.

그렇게 양쪽 논쟁이 뜨겁게 불을 붙었다가 조금씩 가라앉으려 할 때 꽤 유명한 비평가가 댓글로 기름을 부어버렸다.

「대중음악을 하는 보컬리스트치고는 나쁘지 않은 연주였지만 내가 보기에 이 연주는 쓰레기에 가깝다. 이 연주를 듣고 환호성을 내지르는 저 무식한 팬들이 안타깝다. 그가 쇼팽 콩쿠르에 나오면 우승할 수도 있다고 평가하는 얼간이들이 있는데 그는 디비디도 통과하지 못할 게 분명하다.」

비평가가 이야기한 디비디는, DVD 예선을 줄여 이야기한 것이었다.

대부분의 국제 콩쿠르는 단순히 참가를 희망한다고 해서 참가할 수 있는 게 아니고 예비심사를 통해 참가자를 선발하는 Screening Audition에서 합격해야 할 필요가 있었기 때문이다.

물론 쇼팽 콩쿠르는 5년 주기로 열리기 때문에 2020년은 되어야 그 결과를 알 수 있을 테지만 어쨌든 그 비평가의 독설은 기름을 붓기에 충분했다.

그런 상황에서 댓글이 하루에도 몇천 개씩 달리기 시작했고 점점 더 그 여파가 사방으로 퍼져 나가고 있었다.

하지만 한수는 그런 걸 알 리가 없었다.

현재 그는 맨체스터에서 열리는 록 페스티벌에 집중하고 있었기 때문이다.

게다가 신경 쓸 게 한두 가지가 아니었다.

지금 한수에게 가장 중요한 것은 물과 기름이나 다름없는 두 사람을 한 무대에 함께 올려야 한다는 것이었다.

그러는 동안 잠시 쉬는 시간이 되었다.

대기실로 돌아온 뒤 한수가 노엘을 바라보며 말했다.

"노엘, 부탁이 하나 있어요."

"부탁? 갑자기 무슨 부탁?"

"제가 노엘을 위해 함께 앨범을 만들고 콘서트를 돕기도 했잖아요."

"음, 갑자기 그렇게 말하니까 매우 부담스러운데? 대답하기 싫어질 정도로 스산한 기분이야. 휴, 그래도 일단 말해봐."

"좋아요, 리암하고 한 곡만 함께 불렀으면 좋겠어요."

한수 말에 노엘 갤러거의 얼굴이 무시무시해졌다. 마치 악마처럼 그가 인상을 구겼다. 한참 동안 호흡을 다듬던 노엘 갤러거가 숨을 토해냈다.

"후, 일단 욕을 안 하는 건 내가 그만큼 너를 좋아하고 있어서야."

한수는 노엘이 화를 억누르고 있다는 걸 알 수 있었다.

만약 그가 한수가 꺼낸 이야기를 대수롭지 않게 생각했다면 욕설을 퍼부었을 것이다.

그러나 욕설조차 안 한다는 건 그만큼 노엘 갤러거가 분개하고 있다는 의미였다.

"저 또한 오아시스의 팬이었어요. 내한공연에도 가본 적이 있었고요."

한수가 노엘 갤러거를 똑바로 바라보며 말했다. 뜻밖의 이야기에 노엘 갤러거가 눈을 휘둥그레 떴다.

"정말이야?"

"그럼요. 말할 기회가 없어서 말 안 한 거예요."

한수가 노엘 갤러거가 함께 앨범을 만들자고 했을 때 흔쾌히 응한 것도 그런 이유 때문이었다.

"……좋아. 오아시스의 노래를 듣고 싶다는 거지?"

"예. 딱 한 곡이면 돼요. 그 정도는 해줄 수 있잖아요."

노엘이 저울을 머릿속에 그렸다. 그리고 고민 끝에 그가 한수를 보며 말했다.

"좋아. 한 곡 정도면, 빌어먹을! F***! 한 곡이면 해주지. 근데 리암은 어떻게 설득할 생각이지? 나를 설득해도 리암을 설득 못 하면 아무 의미 없는 일인데?"

"이미 리암은 설득했어요."

"뭐? 어, 어떻게?"

노엘 갤러거가 당혹스러운 얼굴로 한수를 쳐다봤다. 리암 갤러거는 한수하고 접점이 없다. 자신은 한수에게 빚진 게 많다.

그 덕분에 그가 머릿속에서 흐르던 선율을 원하던 대로 구체화시켜서 앨범으로 만들 수 있었다.

게다가 뉴욕에서도, 런던에서도, 그리고 이곳 맨체스터에서도 함께 공연할 수 있었다.

솔로 활동 중이었지만 밴드 활동을 그리워했던 적도 적지 않았다. 하지만 오아시스 말고 다른 밴드를 만들어서 활동할 생각은 없었다.

그때 대기실 문이 열리고 리암이 그 안으로 성큼 들어왔다.

노엘이 인상을 찌푸렸다. 그가 퉁명스러운 얼굴로 리암을 쳐다보며 말했다.

"네가 뭐 때문에 여기 온 거지?"

"걱정 마. 딱 한 곡만 부르고 갈 거니까."

"……어떻게 이 녀석이 널 설득한 거지?"

"내가 그걸 말해줘야 하는 이유라도 있어?"

"……말해주면 안 되나?"

"어. 말하기 싫어. 궁금하면 저 녀석한테 물어봐. 왜 나한테 물어보는 건데?"

"빌어먹을!"

"여하튼 딱 한 곡만 부를 거야. 그리고 어떤 노래를 부를지도 이미 정해놨고."

"뭐? 나하고는 상의도 없이 그런 걸 정했다고?"

"어차피 다시 오아시스로 뭉칠 것도 아니잖아. 이제 넌 프론트맨이 아니라고. 솔로 활동 도중 우연히 그냥 뭉친 것뿐이야. 그렇게 받아들이면 속 편하지 않겠어?"

"Shit! 진짜 오늘은 더럽게 운이 없는 날이야."

그러나 노엘은 툴툴거리면서도 무대로 향했다. 해프닝 때문에 꽤 오랜 시간 쉬었기 때문이다.

노엘이 먼저 무대로 올라간 뒤 한수가 리암을 보며 말했다.

"와줘서 고마워요, 리암."

"고마울 거까지야. 이 페스티벌이 어떻게 열리게 된 건지는 알고 있어. 웬만하면 나도 참가할 생각이었어. 저 감자하고 함께 노래를 부르게 될 줄은 몰랐지만 말이야. 그건 그렇고 약속은 지키는 거겠지?"

"그럼요. 언제가 됐든 한 시즌은 꼭 뛸 겁니다. 걱정 마세요."

"좋아. 그거면 충분해."

그때 한수가 리암을 보며 물었다.

"이번 일로 한동안 시끌벅적해질 텐데 괜찮겠어요? 오아시스로 다시 뭉치는 거 아니냐는 이야기도 듣게 될 텐데요?"

"괜찮아. 그런 헛소리는 다 무시해 버리면 그만이니까. 아, 그리고 함께 온 사람들이 있어. 둘 다 흔쾌히 수락하더라고. 오히려 재미있겠다고 데려가 달라고 하기에 데려왔지."

리암 갤러거 뒤로 낯익은 얼굴 두 명이 들어왔다. 그들 두 명은 오아시스의 전 멤버 앤디 벨(Andy Bell)과 겜 아처(Gem Archer)였다.

그들과 가볍게 인사를 나눈 뒤 한수는 뒤늦게 무대 위로 향했다. 일단 지금 하고 있는 콘서트에 집중해야 했다.

그리고 마지막 곡이 끝났다.

준비되었던 이번 맨체스터 페스티벌의 모든 노래가 끝이 났고 이번 축제를 즐긴 팬들이 돌아서려 했다. 그때 노엘 갤러거와 한수가 있던 주공연장에 하나둘 불이 켜지기 시작했다.

그와 함께 익숙한 멜로디가 흘러나왔다.

이번 페스티벌을 마무리하는 곡, 그 곡은 「Live Forever」였다.

「Live Forever」는 노엘 갤러거가 롤링스톤즈의 「Shine A Light」에 영향을 받은 곡이며 오아시스의 모든 노래 가운데 최고의 명곡으로 손꼽히는 노래다.

이 곡의 아름답고 낙관적인 가사 덕분에 최고의 곡으로 손꼽히는 이 노래는 1994년 글래스톤베리 페스티벌에 참가해서 처음 부르기도 했다.

오아시스는 이 노래로 데뷔 이후 처음 영국 차트 탑 텐에 들었으며 1995년 미국 빌보드 차트에서도 모던 락 부문 2위에 오르는 위엄을 보였다.

여기 모여 있던 수많은 관객은 처음에만 해도 이것을 단순한 음향 실수로 여기고 있었다.

그랬기 때문에 그들은 떠나는 발걸음을 돌리질 않았다.

하지만 그들이 태도를 바꾼 건 불이 다 꺼져 있던 무대에 하나둘 조명이 밝혀지면서부터였다.

처음 스포트라이트가 밝혀진 건 베이시스트였다.

앤디 벨, 그가 제일 먼저 모습을 드러냈다. 그때까지만 해도 사람들은 긴가민가하고 있었다. 그러다가 두 번째 스포트라이트가 밝혀졌다.

이번에는 기타리스트 겜 아처였다. 그리고 사람들이 조금 반응을 보였다. 세 번째는 드러머였다.

놀랍게도 한수가 직접 스틱을 잡고 있었다. 웅성거림이 커졌다.

공연을 마치고 하나둘 대기실로 돌아오던 다른 뮤지션들도 뒤늦게 그 상황을 알아차렸다.

네 번째는 동시에 불이 들어왔다. 보컬리스트와 기타리스트, 두 사람을 위한 자리였다.

그리고 그 자리에 서 있던 두 사람을 확인한 순간 사람들은 처음 이 상황을 믿지 못하고 있었다.

철수를 준비하다가 뒤늦게 상황을 파악한 방송국 관계자들도 마찬가지였다.

어느 한 명 예상하지 못한 흐름이 여기 나타나고 있었다. 그러던 도중 귀에 익은 목소리가 천천히 퍼져 나왔다.

Maybe I don't really want to know.
어쩌면 난 정말 알고 싶지 않았을지 몰라.

그들은 그제야 현실을 인정했다.

그리고 환호성을 내지르며 무대에 가까이 달려들기 위해 뛰기 시작했다.

그 엄청난 인파의 흐름에 뒤늦게 경찰들이 그들을 저지하려 했다.

하지만 소용없는 일이었다.

이곳에 모여 있던 사람들이 최대한 무대 가까이 가기 위해 뜀박질 중이었다.

그러다가 자칫 잘못하면 부상자가 나올지도 모르는 상황.

그때였다.

상황을 눈치챈 리암 갤러거가 노래를 끊었다.

노엘 갤러거가 눈살을 찌푸렸다. 노래가 뚝 끊겼다. 사람들
도 멈칫거리며 멈춰 섰다. 혼란이 수습되었다.

"멍청한 놈들아. 그렇게 뛰어오다가 누구 한 명이라도 다치
면 나는 당장 여기를 내려갈 거다."

노엘 갤러거가 투덜거리며 말했다.

"차라리 빨리 뛰어와. 이 무대를 지금이라도 끝마칠 수 있게."

그제야 사람들 발걸음이 눈에 띄게 느려졌다. 그들은 조심
스럽게 무대를 향해 질서를 지키며 걸어가기 시작했다.

누군가 앞서가려 하면 다른 사람들이 그를 막아섰다.

그제야 경찰들이 숨을 돌렸다. 자칫 잘못했다가는 대형 인
명 피해가 날 뻔했었다.

그래도 갤러거 형제가 적절하게 그 상황을 컨트롤한 게 다
행이었다.

엄청 빨리 달리던 사람들 때문에 넘어지거나 조금 밟힌 사람
이 몇 명 있긴 했지만, 다행히 큰 부상을 입은 사람은 없었다.

미리 대기 중이던 앰뷸런스가 부상자를 확인하는 동안 수
십만 명이 넘는 관객들이 무대 앞에 멈춰 섰다.

그들은 노엘 갤러거와 리암 갤러거가 무대에 나란히 서 있
는 걸 보며 입을 다물질 못했다.

"X발, 진짜 여기 온 건 최고의 선택이었어."

"내가 뭐랬냐! 무조건 와야 한다고 했잖아!"

한국에서 온 두 사람은 서로를 얼싸안았다. 게이로 오해될 법한 상황이었지만 아무렇지도 않았다.

재결합한 오아시스를 볼 수 있다는 것 하나만으로도 여기 온 가치가 충분했다. 티켓 값이 전혀 아깝지 않았다.

상황이 진정된 뒤 다시 노래가 시작됐다.

리암 갤러거가 재차 노래를 불렀다. 사람들은 이 무대를 보며 희열을 느꼈다. 생각지도 못한 일이었다.

그동안 봐왔던 그 어떤 공연보다 더욱더 값진 공연이기도 했다. 방송국 관계자들도 연신 카메라를 찍어댔다.

역사적인 순간이었다. 유튜브로 이번 페스티벌이 생중계되고 있는 지금 코멘트 창은 새로고침을 하기 힘들 정도로 계속해서 엄청 많은 코멘트가 실시간으로 쌓이고 있었다.

-젠장! 저길 반드시 가야 했어!

-으아악! 제기랄! 오아시스가 재결합한 모습을 현장에서 봤어야 하는 건데.

-나도 저기에 있고 싶어. 부러운 새끼들. 으아악!

유튜브 댓글창은 난리도 아니었다.

대부분 지금 저 무대에 함께 있지 못하는 걸 억울해하고 있었다. 이럴 줄 알았으면 어떻게 해서든 저기에 갔어야 했다는 게 그들의 공통된 의견이었다.

그때였다.

관객들이 다 함께 떼창을 부르기 시작했다.

오아시스는 해체됐지만, 관객들의 반응은 여전히 열정적이었다.

그러는 사이 순식간에 시간이 지나갔다. 노래가 끝난 뒤 리암 갤러거가 마이크를 내려놓았다.

노엘 갤러거도 손가락에서 기타를 떼었다.

딱 한 곡.

그게 조건이었다. 이게 마지막이었다. 그렇게 그들이 돌아서려 할 때였다.

관객들이 다 함께 목소리를 높였다.

Slip inside the eye of your mind.
너의 마음 한가운데로 들어가 봐.

그들이 목청껏 부르기 시작한 건 「Don't Look Back In Anger」였다.

돌아서려 하던 노엘 갤러거와 리암 갤러거가 멈칫했다.

그들, 오아시스를 대표하는 노래였다.

관객들이 목 놓아 부르는 그 목소리에 그들은 차마 돌아설 수 없었다. 실제로 「Don't Look Back In Anger」는 2017년 맨체스터 아레나에 있었던 테러 사건 때도 불렸던 노래였다.

5월 25일 영국 정부는 테러 피해자들을 위해 1분 동안 애도의 침묵을 가졌는데 그 이후 맨체스터의 세인트 앤스 스퀘어에서 군중들이 「Don't Look Back In Anger」를 즉흥적으로 합창한 적이 있었다.

그들도 그것을 알고 있기 때문에 돌아설 수 없는 것이었다.

노엘 갤러거가 리암 갤러거를 바라봤다.

리암 갤러거도 눈매를 좁힌 채 노엘을 바라봤다. 그리고 그들은 시선을 돌려 드러머를 바라봤다.

한수가 멋쩍게 웃었다. 애초에 약속은 한 곡이었다.

하지만 이런 분위기에서 돌아설 수는 없었다.

결국 리암 갤러거가 다시 마이크를 붙잡았다.

그리고 관객들의 즉흥적인 합창에 입을 맞추어 「Don't Look Back In Anger」를 부르기 시작했다.

그럼에도 떼창은 계속해서 이어졌고 2018년 맨체스터 페스티벌은 전설로 기록된 채 마무리되었다.

페스티벌은 끝났지만, 여전히 이 록 페스티벌은 화제의 중심에 서 있었다.

개중 가장 많은 스포트라이트를 받은 건 역시 한수와 오아시스였다. 특히 기자들은 록 페스티벌이 끝난 뒤 노엘 갤러거와 리암 갤러거를 각각 분담해서 따라붙었는데 그들의 질문은 단 하나뿐이었다.

오아시스의 재결합!

하지만 노엘 갤러거는 그에 대해 가타부타 말을 하지 않았고 리암 갤러거는 그런 일은 절대 없을 것이라고 단호하게 못을 박아 버렸다.

어째서 이번 맨체스터 페스티벌에 참가했냐는 질문에 그들은 한수가 이들을 단 하루 묶어뒀다는 이야기만 했을 뿐이었다.

결국, 그들의 질문 공세가 쏟아지게 된 건 한수였는데 그 시간 한수는 호텔로 피난한 상태였다.

기자들이 두 갤러거 형제를 물어뜯다가 안 되면 자신에게 올 것을 뻔히 눈치채고 있어서였다. 그리고 한수는 호텔에서 기자들을 피해 3팀장과 통화를 하고 있었다.

"저 곧 귀국할 거예요."

-알아. 유튜브로 잘 봤다. 드럼도 되게 잘 치던데?

"그랬어요? 뭐, 그래도 아직은 부족하죠. 조금 더 연습해야 해요."

-됐다. 너무 욕심을 부리면 이도 저도 안 되는 거야.

3팀장이 한수를 타일렀지만 그건 아직 3팀장이 한수를 제대로 파악하지 못하고 있기 때문에 갖고 있는 편견 같은 것이었다.

제대로 집중하지 않고 여러 개를 동시다발적으로 조금씩 건드렸다가는 이도 저도 안 된다는 게 그의 충고였다.

하지만 한수에게는 특별한 능력이 있었고 그렇기 때문에 한수는 부담감이 전혀 없었다.

-그건 그렇고 너 귀국할 때 탈모에 좋은 것 좀 사 와.

뜬금없는 3팀장 말에 한수가 의아한 얼굴로 물었다.

"예? 그게 무슨 말이에요?"

-요새 너 때문에 홍보팀에 탈모 환자가 속출하고 있어. 네가 얼마나 소란을 피워댔으면 그렇겠냐? 어후, 그래도 오아시스가 재결합할지도 모른다는 것 때문에 시선이 돌아가긴 하겠지만…….

한수가 그 말에 멈칫했다. 그들을 이곳에 뭉치게 한 건 자신이었다. 아마도 갤러거 형제는 그것을 언론에 대놓고 이야기할 가능성이 농후했다.

그렇다면 그 화살이 다음에 겨루게 될 건 자신이다.

그래서 U2나 아리아나 그란데 등 페스티벌이 끝난 뒤 자신을 만나고 싶어 한 내로라하는 뮤지션들을 뒤로 한 채 일부러 호텔로 피신하듯 도망쳐온 게 아닌가.

그런데 자신마저 연락이 안 된다면 그다음 이 화살이 겨누어질 곳은 너무나도 뻔한 이야기였다.

바로 구름나무 엔터테인먼트가 그 타겟이 될 게 분명했다.

하지만 이걸 막을 수 있는 방법은 없었다.

한수는 속으로 홍보팀장에게 사과할 수밖에 없었다. 그 대신 탈모에 좋다는 건 무엇이 됐든 잔뜩 사 들고 가야 할 것 같았다.

그때였다. 통화 너머로 3팀장이 머뭇거리는 게 느껴졌다.

한수가 입을 열었다.

"또 무슨 할 말 있으세요?"

-어, 그게…… 흠, 이걸 말해야 하나 말아야 하나 고민이었는데 너도 알아둬야 할 것 같아서.

"뭔데요?"

-너 맨체스터 아레나에서 피아노 소나타 연주한 적 있지?

"예. 베토벤의 피아노 소나타 14번 연주했었어요. 관객들이 안 돌아가려고 하기에 미숙하긴 하지만 그래도 최선을 다하긴 했었죠. 아무래도 그들을 진정시키려면 팝송보다는 피아노 소나타가 나을 것 같았거든요. 나름 효과적이기도 했고요. 그런데 그게 왜요?"

-휴, 그러는 걸 보면 아직 넌 모르나 보구나. 그 날 네가 연주한 걸 누가 유튜브에 올렸어.

"유튜브에 올릴 수도 있죠. 어차피 그건 콘서트에 포함되지 않는 거였으니까요."

유튜브에 올린 것 때문에 3팀장이 심각하게 반응하는 거라고 생각한 한수가 대수롭지 않은 목소리로 말했다.

그러나 3팀장의 목소리는 여전히 무거웠다.

-몇몇 록 팬이 그 유튜브 영상에 댓글을 남긴 거 같아. 요약해 보면 네가 피아노 소나타도 이렇게 훌륭하게 연주할 수 있다는 거였어. 뭐, 그때까지만 해도 별문제는 없었는데 몇몇 클래식 팬이 거기에 딴지를 걸었어. 네 연주가 형편없다는 거였지.

한수가 그 말에 한숨을 내쉬었다.

외국 팝송은 「Pop Nostalgia」 덕분에 꽤 해낼 수 있게 됐지만 「Classic」은 그렇지 않았다.

애초에 「Classic」 채널을 얻은 지 얼마 되지 않았거니와 제대로 연습을 해본 적도 많지 않았기 때문이다. 실제로 「Classic」 채널 가운데 피아노 같은 경우 한수가 이제 막 쌓은 경험치는 27% 남짓이었다. 그래도 그 정도였기에 어느 정도 발렌타나 리시차의 연주를 비슷하게 흉내 내어 칠 수 있었던 것이다.

그녀의 진짜 연주에 비해서는 흠이 많다는 걸 한수도 익히 알고 있었다. 그랬기에 몇몇 사람들이 쓰디쓴 댓글을 남겼다는 것에도 한수는 대수롭지 않게 반응할 수 있었다.

-그러다가 몇몇 네 팬이 과격한 말을 했나 봐. 네가 쇼팽 콩쿠르에 나가면 우승도 가능하다는 이야기였어. 네 팬이 아니라 어그로일지도 모르지만.

"네? 뭐라고요? 콩쿠르요? 쇼팽 콩쿠르?"

한수가 헛기침을 흘렸다. 불가능한 건 아니다. 그러나 한수는 클래식 가이가 아니었다. 쇼팽 콩쿠르는 생각해 본 적도 없었다.

그때 3팀장이 말했다.

-그러다가 어떤 비평가가 너한테 쌍욕을 퍼부었어. 그것 때문에 지금 불이 잔뜩 붙은 상태야. 클래식 팬들은 그 비평가를 옹호하고 있고 네 팬들은 의기소침한 상태야.

"음, 이해했어요."

한수가 눈매를 좁혔다. 자신이 욕먹은 거라면 상관없다.

그때 연주는 어디까지나 팬을 위한 보너스 스테이지였을 뿐이었다. 그러나 자신의 팬들이 자신 때문에 모욕당하는 건 참을 수 없었다.

"잠실 주경기장 콘서트 끝나고 녹음 한번 하죠. 그 비평가가 말했다던 디비디? 거기에 보낼 동영상 하나 찍어요."

……제정신이야?

3팀장이 기겁하며 소리쳤다.

그러나 한수는 자신 있었다. 무엇보다 일면식도 없는 상대에게 욕을 먹었다는 것이 짜증이 났다. 그리고 대중음악을 멸시하는 그들의 태도도 역겨웠다.

그들의 그 높은 콧대를 가볍게 눌러주고 싶었다.

하지만 쇼팽 콩쿠르는 아직 먼일이었다.

쇼팽 콩쿠르는 2020년 10월에 열린다. 그리고 예선, 본선 1차, 본선 2차, 본선 3차, 최종 라운드는 3주에 걸쳐 진행된다.

DVD를 보내거나 유튜브에 업로드할 경우 보통 본선 3개월 전에 예선을 심사하게 되는 만큼 6월까지 마치면 된다.

즉, 한수에게는 아직 2년 3개월 정도의 시간이 남아 있는 셈이었다.

지금 당장 생각하기엔 까마득하게 멀었다.

한수도 호기롭게 말하긴 했지만 잠실 올림픽 주경기장에서의 콘서트 이후 곧장 영상을 찍는 건 불가능했다.

그 전에 앞서 「Classic」 채널에 대한 경험치부터 올려야 하기 때문이다.

그럴 바에는 차라리 축구를 뛰는 게 더 빠를 수도 있었다.

한수는 오아시스가 함께 공연하는 모습을 보기 위해 일부러 리암과 약속을 했다.

오아시스의 순수한 팬으로서 행동한 일이었다.

어차피 딱 한 시즌만 뛰겠다고 했던 만큼 크게 부담될 일도 없었다.

오히려 축구선수로 뛰는 시간 동안 받을 주급을 생각해 보면 단기간에 돈을 벌기에는 최고의 기회가 주어진 셈이었다.

하지만 지금 당장 섣부르게 결정할 수는 없었다.

왜냐하면, 현재 촬영 중인 프로그램 때문이었다.

그 모든 프로그램의 스케줄을 조정할 필요가 있었다.

「자급자족 in 정글」, 「마스크싱어」, 「쉐프의 비법」.

현재 고정으로 출연하고 있는 건 이렇게 3개였다.

여기에 시즌2를 준비 중인 것도 두 개 있었다.

「하루 세끼」와 「무엇이든 만들어드려요」가 바로 그것이었다. 이렇게만 해도 이미 다섯 개인데 이 상황에서 무작정 축구선수를 한다는 건 불가능했다.

협의가 필요했다.

그것 때문에라도 한수는 귀국 이후 황 피디를 비롯한 여러 방송국 관계자들을 만나볼 생각이었다.

어쨌든 한 시즌은 뛰기로 했으니 가급적 이른 시일 내에 약속을 지킬 생각이었다.

한수는 3팀장과 그에 관련해서 이야기를 나눴다.

3팀장은 어떻게 생각하는지 한번 이야기를 듣고 싶었다.

3팀장은 혼자 결정할 사안은 아니라고 이야기하며 오전에 출근하자마자 회의해서 상의해 보겠다고 답변을 내놓았다.

그래도 최대한 한수의 의견을 반영했다고 대답했다. 지금 맨체스터는 자정이었지만 한국은 이제 오전 8시쯤 되었을 터였다. 3팀장도 한창 출근 때문에 바쁠 시간이었다.

한수가 전화를 끊었다.

"알았어요. 이따가 귀국해서 봐요. 그리고 회의 때 잘 좀 이야기해 주세요."

-그래. 조심히 와라. ……아, 맞다. 그리고 선물 꼭 사 와라! 탈모약이든 뭐든 건강에 좋은 건 무조건 사 와.

"예, 고마워요."

한수가 전화를 끊었다.

그리고 그는 침침한 눈을 비비며 잠자리에 빠져들었다.

내일 있을 폭풍은 미처 생각지도 못하고 있었다.

3팀장은 편의점에서 파는 샌드위치를 입에 문 채 회사로 뛰었다. 일요일인데도 불구하고 오늘은 오전부터 회의가 있는 날이었다. 그런데 한수하고 통화하다 보니 출근이 늦어 버렸다.

뒤늦게 회사에 들어온 3팀장이 부지런히 회의실로 향했다.

문을 열고 안으로 들어섰을 때 3팀장이 얼굴을 붉혔다.

비좁은 회의실은 이미 사람들로 가득했다. 본부장이 눈살을 찌푸리며 3팀장을 바라봤다.

평소 3팀장을 못마땅하게 생각하는 2팀장이 신경질적인 목소리로 소리쳤다.

"야! 너는 어떻게 된 게 이 시간까지 늦을 수 있냐! 다들 일요일인데도 나와서 일하는 중인데……"

이형석 대표가 중간에 말을 잘랐다.

"……2팀장, 됐어요. 일단 이야기부터 들어보죠. 박 팀장, 아침부터 안 좋은 일이 있었던 건가요?"

"죄송합니다, 대표님. 한수한테 연락이 와서요."

"한수 씨가요? 무슨 일이 있다던가요?"

"맨체스터 페스티벌을 막 끝내고 귀국할 준비 중이라고 하더군요. 아마 런던 시간으로 오늘 오후에 비행기를 타고 귀국하지 않을까 싶습니다. 노엘 갤러거는 수요일에 따로 입국할 거 같고요."

"좋네요. 미뤄놓은 일이 많긴 하니까요. 그리고 보니 오늘 새벽에 「마스크싱어」 CP님이 연락을 주셨더군요. 내일 한수 씨 녹화하는 거 차질이 없겠냐고 걱정하더군요."

"비행기가 갑자기 못 뜨는 게 아니라면 문제없을 걸로 보임니다."

이형석 대표가 그 말에 고개를 끄덕였다.

그때 홍보팀장이 입을 열었다. 그녀의 얼굴은 꽤 피폐해 보였다. 새벽에도 여러 번 잠을 설친 모양이었다.

"휴, 대표님. 한수 씨 이야기가 나와서 하는 말인데 요즘 홍보팀이 너무 과부하 하고 있는 건 알고 있으시죠?"

"물론이에요. 그런데 또 무슨 문제가 생겼나요?"

"어제 맨체스터 페스티벌이 난리가 아니었던 모양이에요. 새벽녘부터 갑자기 버즈량이 폭발하더니 슬슬 실시간 검색어 순위에 올라올 분위기에요. 하……"

짧은 한숨이었다. 그러나 누구나 그 의미를 짐작할 수 있는 그런 한숨이었다. 그 정도로 홍보팀장이 얼마나 과로에 시달리고 있는지 알 수 있었다.

"맨체스터 페스티벌은 왜……"

3팀장이 부랴부랴 스마트폰을 확인했다. 다른 팀장들도 무슨 일이 있나 하는 생각에 스마트폰을 확인했다. 그렇게 BBC나 TIMES 등을 둘러보던 그들 중 2팀장이 제일 먼저 HOT TOPIC을 찾아냈다.

그가 떨떠름한 얼굴로 중얼거렸다.

"이, 이게 뭐야? OASIS의 재결합? 말이 돼?"

가수 부문 팀장을 맡고 있을 만큼 2팀장은 음악을 대단히 사랑하고 있다.

모던록, 얼터너티브 록 등의 장르가 유행하던 90년대 초 결성되었고 96년 전성기를 구가하였던 대표적인 브릿팝 밴드 오아시스가 재결합할지도 모른다는 이야기에 2팀장은 누구보다 더 경악할 수밖에 없었다.

게다가 그들을 무대 위로 올린 사람이 다른 누구도 아닌 한수라는 말에 2팀장은 기겁하고 말았다.

놀란 건 2팀장뿐만이 아니었다. 다들 당혹스러워하고 있었다. 한수가 영국에서 보여준 모습과 별개로 그게 한국에도 많이 알려져 있느냐, 그 부분에 있어서는 아직 많은 게 알려져있지 못했다.

물론 한수가 노엘 갤러거와 함께 낸 앨범이 UK 싱글 차트 1위뿐만 아니라 빌보드 200에서도 1위를 차지하긴 했다.

그러나 어디까지나 그 앨범은 노엘이 주역이었고 애초에 앨범 이름 자체부터 「Another Oasis」였다.

그렇다 보니 이 음반은 한수보다는 상대적으로 노엘 갤러거에 더 많은 힘이 실려 있을 수밖에 없었다.

그뿐만 아니라 맨체스터 페스티벌이 열린 시간은 한국 시간으로는 새벽녘이었다. 진짜 록을 좋아하는 일부 팬들이 아니라면 실시간으로 시청하기엔 어려움이 많다는 의미이기도 했다.

그렇다 보니 상대적으로 국내에는 덜 알려질 수밖에 없었다.

실제로 영국에서 엄청난 인기를 구가하고 있는 에드 시런 같은 경우 그를 아는 사람이 몇이나 될까 설문해 본다면 얼마 안 되는 게 사실이었다.

　이형석 대표가 웃으며 입을 열었다.

　"괜찮아요. 홍보팀장은 조금 더 고생해요. 그 대신 홍보팀 전체에게 휴가는 넉넉히 주도록 할게요."

　"……감사합니다, 대표님."

　"그리고 3팀장이 하고 싶은 이야기가 있는 모양인데 한번 들어볼까요?"

　3팀장이 머뭇거리다가 입을 열었다.

　"한수가 쇼팽 콩쿠르에 나가보고 싶은 생각이 있는 듯합니다."

　"……뭐라고? 장난쳐? 무슨 쇼팽 콩쿠르는 쇼팽 콩쿠르야. 그게 말이 돼?"

　2팀장이 붉게 달아오른 얼굴로 일갈했다.

　그동안 한수가 벌인 일들이 정말 믿기지 않는 활약상이었던 건 분명한 사실이다. 그러나 쇼팽 콩쿠르는 별개의 영역에 있는 일이다.

　보통 쇼팽 콩쿠르에 출전하는 피아니스트들은 3살, 못해도 6살부터 피아노를 배우게 된다. 그렇게 뼈를 깎는 노력을 해도 우승은커녕 결선 무대에 올라가기 힘든 게 바로 쇼팽 콩쿠르다. 그러나 2팀장을 제외한 다른 사람들은 섣부르게 이야기를 꺼내지 못하고 있었다.

그동안 한수가 보여준 모습을 익히 알고 있는 사람들이다. 모두가 안 된다고 할 때 한수는 말도 안 되는 일을 해냈다.

그것 때문에 인터넷에서는 어떻게 한수가 이렇게 많은 일을 전부 다 잘할 수 있는지 의문이 든다면서 연구기관에 납치당하는 게 아니냐며 우려를 드러낸 적도 있었다.

한수가 일반인도 아니고 이제는 어느 정도 유명 인사인 만큼 그런 일은 일어나지 않겠지만 실제로 한수를 보며 의혹을 갖고 있는 사람들이 적잖게 있었다.

한수가 보여준 모습이 너무 다재다능했기 때문에 그런 것이었다.

"왜? 내 말이 틀렸어? 대표님, 대표님도 한수가 쇼팽 콩쿠르에 나갈 수 있다고 생각하시는 겁니까?"

"그동안 보여준 모습이 있지 않습니까? 충분히 가능성은 있다고 봐야겠죠. 저도 유튜브로 한수 씨가 친 피아노 소나타 14번은 봤습니다. 정말 유려하고 또 아름답더군요. 물론 전문가가 보기엔 아쉬운 점이 있을 수 있겠지만 아마추어라고 하기엔 정말 훌륭한 실력이었습니다."

이형석 대표 말에 2팀장 얼굴이 새빨개졌다. 그러나 3팀장의 말은 아직 끝난 게 아니었다.

"그리고 한수가 후원자를 한 명 만났는데······."

"후원자? 스폰서 같은 건가요?"

이 바닥에서 으레 생각할 수 있는 후원자는 스폰서다.

금전적 지원을 해주는 대신 성상납을 받거나 혹은 사석이나 행사에 동행시키는 형태를 의미한다. 연예계에서 스폰서는 좋지 않은 의미를 가진다.

이형석 대표의 얼굴이 찌푸려졌다. 일단 한수의 외모 같은 경우 엄청 잘생긴 건 아니지만 그렇다고 못난 건 아니다. 중간에서 조금 더 높은 점수를 줄 수 있다.

그러나 한수에게는 그 이상 가는 매력이 있다.

해외 유명 밴드 보컬리스트들이 한수를 세계적인 수준의 보컬리스트라고 평가했듯 그의 목소리는 엄청 높게 평가받고 있었고 지금은 보컬뿐만 아니라 악기를 다루는 수준 역시 높은 수준으로 평가받고 있었다.

게다가 요리, 예능, 어느 방면에서도 팔방미인이라는 수식어가 무색하지 않을 만큼 완벽한 활약을 해주고 있다 보니 시장에서도 한수의 가치는 꾸준히 상승 중이었다.

물론 지금 한수를 가장 탐내는 건 여러 방송국이었다.

한수의 몸은 하나인데 방송국은 지상파와 종합편성채널을 모두 합쳐서 여덟 곳인 데다가 여기에 자글자글한 케이블방송 채널까지 포함하면 엄청 많이 늘어나게 된다.

실제로 그것 때문에 연락 오는 곳이 꽤 많은 상황이었다.

"황 피디도 몸이 달았어요. 진즉에 한수 씨하고 몇 작품 더 재계약해야 했는데 때를 놓쳤다고 난리도 아니에요. 이번에 귀국하는 대로 바로 자리 잡아달라고 하더군요."

이형석 대표가 고개를 절레절레 저었다.

전방위로 들어오고 있는 로비 때문에 이래저래 그도 마음 한구석이 무거운 게 사실이었다. 그리고 지금 그 모든 건 한 사람 때문에 일어난 일이었다.

그렇지만 만약 한수가 스폰서 제의를 받은 게 사실일 경우 이형석 대표 입장에서는 기분이 이래저래 씁쓸할 것 같았다.

이형석 대표가 스폰서 제의받는 걸 탐탁지 않게 생각하는 걸 모르는 3팀장이 아니었다.

3팀장이 다급히 말을 이어 붙였다.

"아닙니다, 대표님. 스폰서가 아니라, 말 그대로 후원자입니다."

"……말장난하는 건가요? 박 팀장?"

"그게 아닙니다. 한수를 후원해 주기로 한 분은 아랍에미리트 아부다비의 왕자이자 맨체스터 시티의 구단주인 만수르 님입니다."

"……자, 잠깐만요. 누구라고요?"

이형석 대표가 눈에 띄게 당황하기 시작했다.

항상 포커페이스를 유지하고 있는 이형석 대표에게도 이번 3팀장 말은 대단히 충격적이었던 모양이다.

1팀장하고 2팀장도 적잖이 놀란 듯했다.

"그게 정말이야? 만수르가 후원한다고 했다고?"

"진짜야? 어떻게 하다가…… 아, 맨체스터 시티에서 이적 제의를 넣은 것도 설마 그것 때문이었어?"

그들 모두 알고 있었다. 맨체스터 시티에서 한수를 영입하는 조건으로 천만 파운드를 제시했다는 것을.

그러나 한수는 축구 선수로 뛸 생각이 없다고 했고 그래서 그 일은 없던 일이 되어 버렸다. 하지만 홍보팀이 그 일 때문에 과로에 시달렸던 건 누구나 알고 있는 사실이기도 했다.

3팀장이 홍보팀장 눈치를 보며 입을 뗐다.

"그건 아니고요. 개인 자격으로 후원하고 싶다고 한 거 같아요. 한수가 웸블리 스타디움에서 공연한 걸 본 거 같은데 공연 이후 호텔에서 그런 이야기가 오고 갔다고 하더라고요."

"어휴, 난리도 아니네."

"뭐, 인복도 많은 녀석인가 봐요. 그렇게 개인 자격으로 후원을 받으면서 한 시즌 정도 맨체스터 시티에서 축구 선수로 뛸 의향이 있다고 밝힌 모양이에요."

"……진짜 축구 선수로 뛴대?"

2팀장이 혀를 내둘렀다. 축구선수를 하다가 연예인이 되는 경우는 몇 차례 봤다.

「쉐프의 비법」에서 메인 MC 중 한 명으로 활약 중인 안용식이 대표적인 경우다. 그러나 연예인을 하다가 축구선수가 되는 건 한 번도 본 적이 없다.

왜냐하면, 쇼팽 콩쿠르에 참가하려는 피아니스트든 혹은 프로 축구 선수든 대부분 어린 나이부터 차곡차곡 준비를 해서 올라가는 경우가 대부분이기 때문이다.

3팀장이 그 말에 대답했다.

"예, 한 시즌 뛸 생각이 있다고 하네요."

갑작스러운 그 선언에 다들 굳어졌다. 뒤늦게 이형석 대표가 3팀장을 보며 물었다.

"한수 씨는 언제 뛰고 싶다고 하던가요?"

그때 3팀장이 입을 열었다.

"아무래도 한수는 다음 시즌에 합류할 생각이 있는 모양입니다."

순식간에 비좁은 회의실이 조용해졌다. 그러나 이 와중에 가장 충격받은 건 바로 홍보팀장이었다.

그녀는 울어야 할지 웃어야 할지 복잡한 표정이었다.

CHAPTER 5

월요일 오전 호텔에서 일어난 한수는 노엘 갤러거를 다시 마주했다. 그는 노엘 갤러거와 조식을 함께 먹으며 대화를 나눴다.

주된 이야기는 역시 리암 갤러거에 관한 것이었다.

노엘이 지금 가장 궁금해하고 있는 건 한수가 어떻게 리암 갤러거를 설득했느냐 하는 점이었다.

"빨리 말해봐. 어떻게 설득한 건데?"

"어떻게 하긴요. 두 사람의 공통점이 뭐죠?"

"뭐? 그딴 놈하고 나하고 공통점이 뭐가 있다고?"

"하나 있긴 하죠. 둘 다 맨체스터 시티의 팬이잖아요."

"너 설마……."

"리암하고 약속했어요. 한 시즌 맨체스터 시티 선수로 뛰겠다고요."

"뭐하러 그딴 짓을 했어? 진짜 맨체스터 시티 선수로 뛰겠다고?"

"예, 괜찮지 않아요? 노엘도 내심 기대하고 있을 줄 알았는데요?"

"아니, 물론 네가 맨체스터 시티에서 선수로 뛴다면 정말 좋긴 할 거야. 그래, 엄청 좋겠지. 근데 굳이 그렇게 하면서까지 리암 녀석을 굳이 데려와야 했냐는 거지."

"제가 오아시스 팬이었다니까요? 팬 입장에서 그 정도는 충분히 할 수 있는 일이죠. 하하. 덕분에 두 사람이 한 곡도 아니고 두 곡이나 불렀으니까요."

노엘 갤러거가 이를 갈며 말했다.

"……아, 그랬지? 그럼 내 부탁도 하나 들어줘야겠네."

"그런 게 어디 있어요? 「Don't Look Back In Anger」는 그냥 두 사람이 자발적으로 부른 거잖아요. 관객들이 그렇게 떼창하고 있는데 무시한다는 거 자체가 애초에 문제인 거 아니에요?"

"후, 그렇게 책임을 회피하겠다는 거지?"

"책임 회피라뇨, 어디까지나 저는 계약에 쫓아 행동하는 것뿐이라고요."

"내 부탁은 별거 없어. 그래도 안 돼?"

"······이야기만 들어보죠. 뭔데요?"

"빅이어. 부탁한다. 가능하겠지?"

"어, 음, 열심히 해보죠."

한수가 멋쩍게 웃었다. 축구는 개인의 스포츠가 아니다. 열한 명이 함께 뛰는 스포츠다.

음악이나 요리 같은 건 개인 한 명이 갖는 힘이 무지막지하다. 하지만 스포츠는 그렇지 않다. 농구든 야구든 축구든 개인보다 단체의 힘이 더 주요시되는 이유가 있다.

그렇기 때문에 확답은 할 수 없었다.

하지만 어떤 분야든 일단 부딪치게 될 경우 최선을 다할 생각이었다.

그 마음에는 변함이 없었다.

한수는 오후 세 시 무렵 공항으로 향했다. 비행기가 뜨는 시간은 오후 6시 반이었다.

그 전에 출국해야 했다. 그것을 가장 아쉬워한 건 노엘이었다.

지금 그들에게는 엄청난 스포트라이트가 몰려 있었다. 실제로 영국 방송국에서 엄청난 인터뷰 요청이 밀려들고 있었다.

특히 오아시스가 다 함께 모여 맨체스터 페스티벌에서 노래를 부른 탓에 오아시스가 재결합하는 게 아니냐는 이야기가 정말 많았다.

리암 갤러거는 트위터에 깜짝 이벤트는 이번 한 번으로 족하다고 남겼지만, 사람들은 여전히 그의 말을 반신반의하고 있었다.

그 정도로 오아시스를 사랑하던 팬들 입장에서 그들이 함께 뭉쳐 「Live Forever」와 「Don't Look Back In Anger」를 부른 건 잊을 수 없는 장면이었던 것이다.

여러 방송국에 인터뷰를 요청하는 것도 그것 때문일 가능성이 농후했다. 그리고 귀국 직전 공항까지 나와서 배웅하겠다는 노엘을 한수가 말렸다.

여기서 노엘 갤러거까지 히드로 공항에 갔다가는 엄청나게 혼잡스러운 상황이 벌어질 게 뻔했다.

그런 상황에는 직면하고 싶지 않은 게 한수의 솔직한 심정이었다.

그것 때문에 한수는 3팀장에게도 최대한 자신의 귀국 일정을 비밀로 해달라고 해둔 상황이었다. 당분간 머리를 식히고 싶었다.

정말 중요한 결정을 내려야만 했기 때문이다.

"그럼 수요일 한국에서 보자고."

"뉴욕하고 런던에서 정말 즐거웠어요, 노엘."

"하하, 그럼 다음에 또 한 번 같이 앨범 작업하자고."

"지금 절 밴드 멤버로 섭외하려는 거예요?"

"너 정도면 내가 만들려는 밴드의 보컬리스트로 충분하지. 아니, 충분하다 못해 넘칠 정도야."

노엘 갤러거의 칭찬에 한수가 멋쩍게 웃었다.

한때 자신이 정말 존경하고 좋아하던 밴드의 치프에게 칭찬을 받았다는 건 이루 말할 수 없을 만큼 상쾌함을 선사하고 있었다.

한수는 공항까지 자신을 태워다줄 리무진에 올라탔다.

리무진 기사가 캐리어를 트렁크에 실은 뒤 출발하려 할 때였다. 한수가 노엘을 향해 말했다.

"노엘, 한 가지 말해줄 게 있어요."

"응? 뭔데?"

"아까 말했잖아요. 한 시즌 맨체스터 시티 선수로 뛰겠다고요."

"어. 그랬지? 그게 왜?"

"잘하면 다음 시즌에 뛰게 될 수도 있어요."

"……미친. 진짜야? F***! 진짜냐고!"

"하하, 아직 확정된 건 아니에요. 만약 그렇게 되면 자주 봐요."

"아나이스도 좋아할 거야."

"예?"

"물론 아나이스한테는 접근 금지야. 알았어?"

"……그럴 생각은 전혀 없으니까 걱정 마요. 그럼 수요일에 다시 봐요."

"SHIT! 이래야지! 만약 진짜 네가 다음 시즌 맨체스터 시티 선수로 뛰면서 빅이어를 가져다주면 내가 널 배다른 형제로 인정해 줄게! 하하하."

리무진을 타고 지하 주차장을 빠져나가며 한수가 머릿속에 빅이어를 그렸다.

노엘 갤러거, 그가 말하고 있는 빅이어는 바로 챔피언스리그 우승컵을 가리키는 말이었다.

공항에 도착했을 때 한수는 적잖게 놀라야 했다.

정말 많은 기자가 자신이 타고 온 리무진을 둘러싸고 있었다.

또, 그들을 다수의 경호원이 막아선 상태였다.

이들 모두 만수르가 한수를 위해 붙여준 경호원들이었다.

또, 이 리무진 역시 만수르가 한수를 위해 대기시켜 놓은 것이었다.

한수가 맨체스터 시티 소속 선수로 뛰겠다고 마음을 먹은 건 며칠 전의 일이었다.

맨체스터 아레나에서 콘서트를 하고 그 이후 맨체스터 페스티벌까지 치르면서 한수는 이곳 맨체스터에 푹 빠지게 되었다.

그러나 그것과 별개로 한수가 마음을 굳히게 된 계기가 있었다.

그것은 바로 맨체스터 더비를 보고 나서였다.

맨체스터 더비를 보며 한수는 에티하드 스타디움을 가득 메운 관객들이 환호성을 내지르는 모습을 보며 이곳에 한 번 서고 싶다는 생각을 하게 됐다. 그들이 내뿜는 그 기묘한 열기 때문이었다.

그러나 굳이 다음 시즌에 한정으로 결심을 굳히게 된 원인은 별개로 있었다.

채널 마스터.

그 궁극적인 목표로 가기 위함이었다. 실제로 한수는 최초로 자신이 나오는 모습을 텔레비전을 통해 본 적이 있었다.

그때 알림이 떠올랐고 채널 마스터로 향하는 길 1단계를 완성하였다고 했다.

당시 한수가 본 채널은 「TBC」였다.

그리고 「TBC」는 오락에 해당하는 채널이었다.

이번에 한수는 「IBC Sports」 채널을 통해 다시 한번 텔레비전에 나올 생각이었다.

그렇게 되면 지난번 「TBC」 채널을 확보한 것처럼 「IBC Sports」 채널도 확보할 수 있게 될 터였다.

그뿐만 아니라 그때 한수는 특별한 보상을 얻었다.

당시 그가 얻었던 보상은 「피로도 유예」였다.

하루에 최대 2의 피로도를 써먹지 못해도 다음 날 써먹을 수 있게 해줄 수 있는 것으로 지금도 그것은 유용하게 사용하고 있었다.

만약 「IBC Sports」 채널을 확보할 경우 또 다른 특별한 능력을 얻게 될지도 몰랐다.

그래서 한수는 맨체스터 시티 소속 선수로 한 시즌 뛰려 하고 있는 것이었다.

「IBC Sports」는 해외 축구 경기만 중계하고 개중에서도 프리미어리그 경기만 중계하고 있기 때문이다.

'채널 마스터라면 모든 채널을 확보하고 있어야 한다는 의미야. 어차피 「IBC Sports」 채널도 확보해야 하는 거라면 가급적 빨리 확보하는 게 나을 거야.'

한수는 생각을 정리했다. 그것도 잠시 일단 지금 닥친 일부터 해결해야 했다.

자신을 둘러싼 수많은 기자를 바라보던 한수는 여유 있게 웃어 보이며 그 사이를 지나치기 시작했다.

리무진 기사에게서 캐리어를 건네받은 뒤 한수는 곧장 출국 수속을 받았다. 퍼스트 클래스다 보니 대기자가 적은 덕분이었다.

그러는 동안 한수는 계속해서 공항에 있는 사람들의 눈빛을 받아야 했다.

그들 모두 한수를 보며 깜짝 놀라거나 혹은 기겁하곤 했다.

텔레비전에서나 볼 법한 유명인이 바로 옆에 있기 때문에 그런 듯했다.

그러나 한수는 대수롭지 않게 생각했다.

그래도 카메라를 들고 자신의 일거수일투족을 촬영하려 하는 파파라치나 사생팬이 없어서 천만다행이었다.

비행기에 타기 전까지 무엇을 할까 고민하던 한수가 향한 곳은 면세점이었다.

3팀장이 했던 조언 때문이었다. 그리고 그는 면세점에서 탈모에 좋은 음식과 샴푸 등을 여러 개 구입했다.

그 모습에 몇몇 면세점 직원이 한수를 힐끗 보며 오인했지만, 한수는 당당했다. 그의 머리카락은 딱 봐도 탈모가 아닌

걸 알 수 있듯이 풍성했기 때문이다.

한수가 귀국하는 동안 구름나무 엔터테인먼트에서는 주말을 잊은 채 계속해서 회의를 거듭했다.

가장 큰 안건은 역시 1년 동안 한수가 자리를 비우는 것에 관한 문제였다.

구름나무 엔터테인먼트에서는 한수 덕분에 유 무형의 이익을 많이 보고 있었다.

원래 한수는 계약 당시 방학에만 일하는 것으로 조건을 설정했고 기한도 2년밖에 되지 않았다.

그 당시에만 해도 다들 한수를 연예인으로 썩 값어치 있게 생각하지 않았기 때문이다.

하지만 반년이 지난 지금 한수에 대한 평가는 롤러코스터를 타듯 급격히 올라간 상태였고 그의 시장 가치는 톱스타 못지않게 점쳐지고 있었다.

게다가 맨체스터 시티에서 천만 파운드를 제시한 이후 한수의 몸값은 부르는 게 값이다, 라는 말까지 나올 정도였다.

그것 때문에 구름나무 엔터테인먼트는 고민이 적지 않았다.

다른 대형 기획사에서 한수를 흔들기 전에 재계약을 맺어야 할 텐데 한수가 계약 기간이나 계약금, 그밖에 어떤 조건을 내걸지 그 여부를 알 수 없었다.

어쩌면 한수가 방송 일을 하루아침에 때려치우고 다시 학업으로 돌아갈 수도 있는 일이었다.

그래서 그것도 염두에 두고 있었는데 설마하니 축구선수가 되겠다고 할 줄은 생각지도 못한 일이었다.

실제로 그 이야기를 듣고 기겁하며 놀란 건 황 피디였다.

황 피디는 한수가 뉴욕과 런던, 맨체스터에서 콘서트를 돌고 있다는 말을 들었을 때부터 불안감을 감추지 못하고 있었다.

그래서 못해도 시즌제 계약을 두 개 정도는 더 해뒀어야 하는 게 아니었나 자책 중이었다.

「하루 세끼」는 그렇다 쳐도 「무엇이든 만들어드려요」는 순전히 한수 한 명의 힘으로 이루어낸 프로그램이었기 때문이다.

「무엇이든 만들어드려요」는 한수가 없이는 돌아갈 수 없었다.

또 한 명 당혹스러워한 건 「마스크싱어」 김명진 피디였다.

그도 한수가 곧 맨체스터 시티에 입단할지도 모른다는 이야기를 들었을 때 깜짝 놀라고 말았다. 그는 아예 이런 상황이라면 한수가 차라리 가왕으로 장기집권했으면 하는 바람을 가지고 있었다.

실제로 대부분의 기성 가수들이 지금 출연하길 꺼려 하고 있었다.

한수는 이미 세계적인 밴드의 보컬리스트들로부터 공공연히 인정받은 상태였다. 뮤즈의 매튜 벨라미나 U2의 보노, 콜드플레이의 크리스 마틴, 그들이 모두 인정한 가수가 바로 한수였다.

심지어 몇몇 네티즌은 한수가 「학교 종이 땡땡땡」을 불러도 가왕이 되는 거 아니냐는 우스갯소리를 했을 정도였다.

그렇다 보니 그럴 바에는 차라리 한수가 장기집권하는 게 더 이득이겠다고 생각하고 있었는데 그가 맨체스터 시티에 입단하게 될 경우 방송 일정을 맞추는 것에서부터 문제가 생길 뿐더러 대체자를 구하는 것도 빠듯해질 가능성이 농후했다.

그런 탓에 월요일 오전부터 구름나무 엔터테인먼트로 온 이들 피디 네 명은 결사 항전의 각오로 소리치고 있었다.

「한수 절대 못 잃어!」

그것이 이들이 지금 공통적으로 주장하는 이야기였다.

구름나무 엔터테인먼트에는 지금 피디 네 명이 올망졸망 앉아 있었다.

황금사단의 황 피디와 유 피디, 「마스크싱어」를 연출 중인 김 피디와 이 피디였다.

가뜩이나 비좁은 회의실 안에 그들 네 피디는 구름나무 엔터테인먼트 본부장과 3팀장, 그리고 홍보팀장 얼굴을 마주하고 있었다.

이 중에서 가장 발언권이 센 황 피디가 먼저 입을 열었다.

"본부장님, 이건 정말 너무합니다. 「하루 세끼」는 그렇다고 쳐도 「무엇이든 만들어드려요」나 「싱 앤 트립」은 한수 씨 없이는 제작이 불가능한 거 아시지 않습니까? 그렇다고 「무엇이든 만들어드려요」가 시청률이 안 나오는 것도 아니지 않습니까? 안 그렇습니까? 지금 「싱 앤 트립」 기대치가 얼마나 높은지 모르십니까? 본부장님도 잘 아시지 않습니까?"

본부장이 한숨을 길게 내쉬며 대답했다.

"그렇죠. 시청률 잘 나오죠. 「싱 앤 트립」도 올해 하반기 기대작인 건 분명한 사실이죠."

「무엇이든 만들어드려요」는 한수의 유명세가 올라간 것과 함께 시청률이 수직상승 중이었다.

이미 시즌2는 언제 제작되냐는 이야기가 나올 만큼 반응이 뜨거웠다.

5월 4일 9부작으로 마무리될 「무엇이든 만들어드려요」는 「하루 세끼」 최고 시청률을 가뿐히 뛰어넘어 2배 넘게 나오지 않을까도 조심스럽게 추측 중이었다.

케이블TV에서 시청률이 20%를 넘긴다는 건 그것 하나만으로도 정말 경이로운 이야기가 아닐 수 없었다.

지금 지상파나 종합편성채널에서 시청률이 20% 넘게 나오는 예능 프로그램은 단 하나도 없었으니까.

게다가 「무엇이든 만들어드려요」 다음에는 「싱 앤 트립」이 출격을 준비하고 있었다.

한수와 권지연, 두 사람이 함께 나왔고 영국에서 버스킹을 한다는 소문이 돌기 시작하면서 이미 기대감은 하늘 끝까지 치솟은 상태였다.

예능계의 블루칩.

괜히 한수가 그렇게 불리는 게 아니다.

황 피디가 가슴을 계속 치며 억울해할 만했다.

"황 피디님, 황 피디님이 억울해하시는 거 저도 이해합니다. 저도 가급적이면 한수 씨가 더 많은 예능에 출연했으면 하는 바람입니다."

"……."

간절함이 묻어나오는 그 목소리에 황 피디 얼굴이 누그러졌다.

본부장이 그것을 놓치지 않고 말을 이었다.

"문제는 지금 이 상황을 제가 컨트롤할 수 없다는 겁니다. 저희도 어제 알았어요. 알자마자 네 분한테 연락을 제일 먼저 드린 거고요. 「자급자족 in 정글」을 연출 중이신 박영식 피디님하고 「쉐프의 비법」을 연출 중인 양홍춘 피디님도 오고 싶어 하셨는데 아쉽게도 못 오셨지만…… 어쨌든 이 문제는 제가 어떻게 도움을 드리고 싶어도 도와드릴 수가 없는 상황입니다."

본부장 말에 네 명 얼굴이 암울해졌다. 그것도 잠시 그들이 3팀장을 쳐다보며 물었다.

"박 팀장님, 박 팀장님은 한수 씨하고 가장 가까이 지내니까 어떻게 도와주실 수 없을까요? 18-19시즌 말고 19-20시즌에 뛰는 건 어떻겠습니까?"

"에, 음, 아무래도 한수는 마음을 굳힌 거 같아요. 그리고 만수르 왕자가 지금 한수를 후원 중인 모양이에요. 아마 그거 때문에 더욱더 마음을 굳힌 거 같고요."

"……만수르 왕자가 한수 씨를 후원한다고요?"

그들 낯빛이 새하얗게 질렸다. 다른 누구도 아닌 만수르 왕자가 한수를 후원한다는 건 이야기가 조금 달랐다.

그가 제시할 수 있는 돈은 가히 천문학적인 액수일 테고 누구라도 마음이 흔들릴 수밖에 없을 터였다.

얼마 전 그들은 인터넷 기사를 통해 본 적 있었다.

맨체스터 시티에서 한수를 천만 파운드를 들여 데려오고 싶어 했다는 것을 말이다.

만약 그게 사실이라면 주급은 얼마를 주겠는가? 방송국에서 그 주급을 맞춰줄 수 있을까? 어불성설(語不成說), 말이 안 되는 이야기다.

"일단 네 분 모두 진정하시고 한수가 귀국하는 대로 한번 이 야기를 나눠보시죠. 그게 나을 거 같습니다."

"흠, 한수 씨는 언제 귀국하죠? 내일 「마스크싱어」 촬영 날 아니던가요?"

"비행기 문제만 없으면 오늘 저녁 다섯 시 무렵에는 회사에 올 겁니다. 인천 국제공항에 오후 세 시쯤 도착한다고 들었으 니까요."

"그렇군요. 그러면 한수 씨하고 저녁이라도 함께 먹으면서 후속작 이야기를 해봐야 할 거 같네요."

황 피디 말에 유 피디가 강하게 고개를 끄덕였다.

그 말에 김명진 피디와 이승수 피디가 눈살을 찌푸렸다.

"저희도 한수 씨하고 해야 할 이야기가 많습니다."

"그럼 합석하시죠."

"좋습니다. 저희도 언제까지 출연 가능한지 그걸 확인해 봐 야 합니다. 가뜩이나 요새 출연하려 하는 기성 가수를 구하기 어려운 상황이라……"

황 피디가 그 마음을 이해한다는 듯 고개를 끄덕였다.

"그럴 수밖에 없죠. 지금 한수 씨는 세계적인 밴드의 보컬리 스트들로부터 실력을 인정받고 있지 않습니까? 누구라도 맞상대하러 나오기 부담스러울 수밖에 없을 겁니다."

그러면서 그들은 시간을 확인했다.

오전 열 시.

한수가 귀국하려면 아직 다섯 시간은 남아 있었다.

그때 황 피디가 본부장과 3팀장을 쳐다보며 물었다.

"인천 국제공항은 난리가 났겠군요."

두 사람은 말없이 고개를 끄덕였다.

일부러 기자들에게 최대한 소식을 숨겼는데도 불구하고 그들 모두 한수가 오늘 세 시 비행기로 귀국한다는 걸 알고 있었다.

한수가 탄 항공사에서 런던-인천 항공편은 딱 하나 존재했기 때문이다.

한수가 탄 비행기가 인천 국제공항에 도착했다.

퍼스트 클래스답게 한수는 제일 먼저 비행기에서 내렸다.

김 실장은 이미 공항에 마중을 나와 있었다. 문제는 사람이었다. 사람, 그것도 엄청 많은 사람.

그 많은 사람이 이곳 인천 국제공항에 나와 있었다.

그들이 여기 나와 있는 이유는 하나였다.

강한수를 보기 위해서였다. 이미 한수는 월드 스타나 다름 없었다. 그가 한류스타라고 불리기엔 모호했다.

그가 한국어로 된 노래를 히트친 건 아니었으니까.

그러나 월드 스타는 맞았다.

월드 스타가 아니고서야 뉴욕, 런던, 맨체스터에서 그 정도 콘서트를 열 수 없고 또 맨체스터 페스티벌 같은 그런 무대를 열 수 없다.

「싱 앤 트립」 출연 전까지만 해도 이제 막 예능계에서 인지도를 알려가며 블루칩으로 떠오르던 강한수가 그 프로그램 하나 때문에 급속도로 유명세를 탔고 그 덕분에 월드 스타가 될 수 있었다.

한수는 공항 경비원들의 호위를 받아가며 공항을 빠져나오기 시작했다.

지상파에서도 취재를 나왔을 만큼 정말 많은 사람이 이곳에 모여 있었다.

한수는 귀청을 떨쳐 울릴 만큼 커다란 소리에 귀를 막았다.

벌써부터 귀가 먹먹해지는 것 같았다.

그들은 조금이라도 자신을 보고 싶어서 가까이 밀려들었고 자신을 붙잡아보고 싶어 했다.

한수는 혀를 내두르며 급히 그 자리를 빠져나왔다.

그리고 단시간에 바뀌어 버린 자신의 처지에 머리를 긁적였다.

그가 맨체스터 시티에 입단하고자 하는 가장 큰 이유가 여기 있었다.

너무 많은 유명세.

한국에 있는 동안 계속해서 이 유명세에 시달릴 게 분명했다.

게다가 언제가 될지 모르지만 「마스크싱어」 가왕 자리에서 내려오고 마스크를 벗고 나면 그때 추가적으로 또 이슈를 탈 게 뻔했다.

그것 때문이라도 1년 반 정도는 조용히 쉬면서 채널을 확보하고 또 평소 갈망하던 축구를 제대로 해보고 싶었다.

실제로 지난번 콘서트 도중 「Pop Nostalgia」를 보며 다양한 재능을 쌓게끔 도와준 수많은 사람이 동시다발적으로 나타난 적이 있었다.

그때는 대수롭지 않게 생각했지만, 단시간에 너무 많은 채널을 확보한 게 이런 식으로 영향을 미친 것일지도 몰랐다.

실제로 한수가 더 많은 채널을 확보하려 했을 때 그게 뇌에 과부하를 줄 수도 있다고 알림이 경고한 적도 있었다.

한수는 복잡한 심정을 한 채 구름나무 엔터테인먼트로 향했다.

자신을 기다리는 손님들이 있다는 말에 집에 들를 시간도 없이 회사에 도착한 한수는 낯익은 얼굴을 볼 수 있었다.

"황 피디님, 잘 지내셨죠?"

"한수 씨 얼굴 보고 싶어 죽는 줄 알았죠."

"유 피디님도 오랜만이에요. 「무엇이든 만들어드려요」 시청률이 되게 잘 나온다고 들었어요."

"그게 다 한수 씨 덕분이죠."

"김 피디님하고 이 피디님도 오셨네요. 「마스크싱어」는 내일 예정대로 녹화할 건데 무슨 문제라도 있으신 건가요?"

"그게……"

그때 한수 눈에 낯선 사람이 보였다. 그녀의 얼굴은 삐쩍 말라서 앙상해 보일 정도였다. 가만히 그녀를 보던 한수가 조심스럽게 물었다.

"혹시…… 홍보팀장님이세요?"

"한수 씨, 진짜 오랜만이에요."

스산한 목소리에 한수가 당혹스러워하며 입을 열었다.

"왜 그렇게 몰골이……"

"왜겠어요. 이게 다 한수 씨 때문…… 일단 그건 손님들 간 뒤 이야기하도록 하고요. 3팀장님 말이 사실이에요? 한수 씨가 맨체스터 시티에 입단할 거라고 했다면서요?"

"예. 맞아요, 그럴 생각이에요."

그 모습에 황 피디와 「마스크싱어」 두 피디가 머리를 감싸

쥐었다.

"말도 안 돼."

"그럴 수 없어."

"한수 씨! 다시 생각해 봅시다. 우리 「무엇이든 만들어드려요」 시즌2도 해야 하고 「싱 앤 트립」 시즌2도 해야 하잖아요. 그런데 이제 와서 갑자기 해외축구선수로 뛰겠다고 하면 어떻게 합니까!"

"딱 1년입니다. 2019년 7월에 은퇴할 생각입니다."

"……."

단호한 한수 말에 그들 얼굴이 굳어졌다.

"……취업비자는 어떻게 하려고요?"

잉글랜드 프리미어리그에서 뛰기 위해서는 영국 노동부에서 발급하는 취업비자(Work Permit)이 꼭 필요하며 취업비자 허가 요건이 대단히 까다롭다.

그것 때문에 비EU 국적 선수를 영입하는 게 어려운 편이다.

실제로 한수도 FM(Football Manager)를 하면서 이것 때문에 애로사항을 겪은 적이 적지 않았다.

황 피디의 질문은 당연한 것이었다.

한수가 그 질문에 대꾸했다.

"만수르가 해결해 준다고 하더군요. 알아보니까 몸값이 1,500만 파운드 이상일 경우에는 예외가 적용돼서 취업비자가 나온다고 하더라고요."

"……그럼 그 몸값은."

"구름나무 엔터테인먼트에게 지불하게 되겠죠."

"단 1년 한수 씨하고 계약하려고 그 정도 돈을……."

말을 하던 황 피디가 입을 닫았다.

만수르의 개인 재산은 일반인에게는 상상을 초월할 정도로 많다.

실제로 맨체스터 시티는 17-18시즌에 좌우 풀백인 카일 워커와 다닐루를 영입하는데 약 7천만 파운드의 이적료를 지불했다.

그들에게 한수의 이적료인 1,500만 파운드는 얼마 안 되는 돈일 수도 있었다.

더군다나 펩 과르디올라와 만수르가 이미 한수에게 푹 빠진 상황이었다.

오히려 한수가 2019년 7월 은퇴하려 하면 더 많은 주급액을 제시하며 그를 붙잡아두려 할지도 몰랐다.

황 피디가 아연실색한 표정을 지어 보이는 가운데 「마스크 싱어」 피디 두 명은 절망적인 표정을 짓고 있었다.

어디까지나 그들은 권지연이 가왕이 될 줄 알고 한수하고는 까다롭게 계약을 맺지 않은 상태였다. 그리고 가왕의 자리에서 내려오기 전까지는 무조건 가왕 방어전을 해야 한다고 명

시해 두지도 않은 상태였다.

그때까지만 해도 한수가 가왕이 될 거라고 그 누구도 그렇게 생각해 보지 않았으니까.

그러나 지금 와서는 그 조항이 없다는 게 뼈저리게 작용하고 있었다.

결국, 그들은 한수를 상대로 내세울 명분이 아무것도 없었다.

가장 애석해한 건 황 피디였다. 그는 한수와 계속해서 예능 프로그램을 만들어나가고 싶은 생각이 있었기 때문이다. 그렇지만 이미 당사자가 마음을 굳힌 상황에서는 뾰족한 방법이 없었다.

그리고 다음 날 「마스크싱어」 녹화 날이 되었다.

10시간에 걸친 「마스크싱어」 녹화 이후 한수는 복잡한 심경을 뒤로 한 채 UBC를 떠났다.

그것도 잠시 수요일에 노엘 갤러거가 입국했고 한수는 그와 함께 잠실 올림픽주경기장에서 이틀 연속 콘서트를 화려하게 마무리 지었다.

관객들의 반응은 환상적이었고 그들이 부르는 떼창은 이곳이 바로 떼창의 원조임을 다시 한번 일깨웠다.

그러나 그 날 이후 한수는 한동안 외부 출입을 삼갔다.

가끔 윤환이나 지연, 서현, 승준 등을 만나며 연예계에서 활동하며 알게 된 인맥들과 소소하게 교류를 할 뿐이었다.

그리고 며칠 뒤 국내 최대 포털 사이트의 연예란이 아닌 스포츠란을 뒤흔든 뉴스가 있었다.

맨체스터 시티 공식 홈페이지에 뜬 오피셜이었다.

[오피셜] 맨체스터 시티, 강한수와 1년 계약.

CHAPTER
6

　4개월.

　어떻게 보면 긴 시간이지만 어떻게 보면 대단히 짧은 시간이었다.

　강한수가 맨체스터 시티와 계약을 맺은 뒤 4개월이 지났다. 선선했던 봄날은 뙤약볕에 되었고 무더운 태양과 습한 날씨가 한반도를 휩쓸었다.

　작년보다 올해가 더 더운 것 같다는 이야기는 여전했고 국지성 호우로 인해 곳곳에서 침수 피해가 일어나곤 했다.

　한수의 이적 발표 이후 국내에서는 많은 일이 있었다.

　가장 충격적인 사건은 역시 「마스크싱어」 가왕이 바뀐 일이었다.

　위풍당당 아수라 백작. 모든 사람이 그가 장기집권할 것으로 예상했다.

그럴 수밖에 없었다.

그는 강한수로 유력시되고 있었으니까.

하지만 그보다 더한 실력자가 「마스크싱어」에 출연했고 그는 아직도 가왕 자리를 유지하고 있었다.

대부분의 사람들은 그가 누군지 알고 있었다.

그렇다 보니 역으로 그가 내려오는 게 쉽지 않았다.

우리 동네 음악대장의 뒤를 이어 9연속 가왕방어전에 성공한 그는 대부분 그 정체를 임태호로 추측 중이었다.

누구도 예상 못 한 사람이었기 때문에 처음에는 오히려 믿질 못했지만, 지금에 이르러서는 그가 계속해서 가왕 자리에 있어 주길 원하고 있었다.

「마스크싱어」는 한수의 공백을 크게 실감하지 못했지만 다른 두 프로그램은 상황이 전혀 달랐다.

「하루 세끼」는 절친인 영화배우 두 명을 새로 영입해서 시즌 2를 찍는 중이었지만 「싱 앤 트립」이나 「무엇이든 만들어드려요」 같은 경우는 제작이 중단된 상태였다.

「무엇이든 만들어드려요」가 방종된 뒤 「싱 앤 트립」이 방송을 타면서 TBC 예능 프로그램뿐만 아니라 케이블TV 가운데에서는 최고 시청률을 기록하고 있었다.

한편 구름나무 엔터테인먼트는 북적거리며 시끄럽던 넉 달 전과 달리 한껏 조용해진 뒤였다.

원형 탈모 증상으로 고생하던 홍보팀도 안정을 되찾은 듯 많이 완화된 뒤였고 홍보팀장은 넉 달 전과 비교해 살이 10kg 가까이 쪄서 다이어트를 해야겠다고 두 달 전부터 입으로만 떠들고 있었다.

가장 여유로워진 건 3팀장이었다.

원래 꽤 많은 팀원을 데리고 있었다가 대부분 계약 해지 이후 윤환과 강한수, 두 명만 데리고 있었던 그는 강한수마저 맨체스터 시티로 떠난 뒤 윤환 한 명만 컨트롤하면 됐기 때문에 어느 때보다 여유로웠다.

그래도 누구 하나 그에게 아무 말 하지 않았는데 한수를 맨체스터 시티에 보내면서 받게 된 보상금이었다.

이형석 대표는 한수가 맨체스터 시티에 입단하겠다고 밝히자 그와의 전속계약을 바로 끝냈다. 그리고 그 대신 맨체스터 시티로부터 보상금으로 1,800만 파운드, 한화로는 300억 원에 가까운 돈을 받을 수 있었다.

그 뒤, FA가 된 한수는 맨체스터 시티와 계약을 맺었는데 그 일을 두고 말이 많았다. 고작 1년 계약 때문에 1,800만 파운드를 지불한다는 것 자체가 말이 안 되는 행위였고 실제 몇몇 축구계 인사는 그런 맨체스터 시티의 이적 정책을 격렬하게 비판했다.

하지만 맨체스터 시티는 우리 돈으로 우리가 선수 영입한다는데 뭔 상관이냐는 반응을 보였다. 그것 때문에 FFP(Financial Fair Play Rule)가 유명무실한 거 아니냐는 논란이 일었지만, 그것도 금세 사그라든 뒤였다.

3팀장은 멍한 얼굴로 하늘을 올려다보다가 인기척에 고개를 돌렸다. 홍보팀장이 커피 두 잔을 양손에 든 채 3팀장을 바라보고 있었다.

"김 팀장님?"

"박 팀장님, 요새 일이 없어서 심심하신가 봐요."

"아, 그게…… 하하, 뭐 그렇죠."

홍보팀장이 눈웃음을 그리며 입술을 떼었다.

"저도 참 그때가 그리워요. 원형 탈모에 스트레스 때문에 구내염까지 생기고 진짜 힘들었는데…… 진짜 일할 맛은 났거든요."

그녀가 커피를 3팀장에게 건넸다.

박 팀장이 머쓱한 얼굴로 웃었다.

"한동안 소식이 들리더니 소식이 없어진 지도 꽤 됐네요."

한수가 맨체스터 시티에 입단한 뒤 말이 많았다.

누구는 아스널에서 뛰다가 소리 없이 벤치워머가 되어버린 그의 행적을 좇을 것이라고 했고 누구는 맨체스터 유나이티드에서 맹활약한 박유성처럼 레전드 활약을 펼쳐 보일 거라고 했다.

4월 초 맨체스터 시티에 합류한 뒤 한동안 그가 트레이닝 센터에서 훈련을 받고 체력을 단련하는 등의 모습이 간혹 동영상으로 올라오긴 했지만 한 달 전부터는 아예 소식이 끊긴 상태였다.

홍보팀장이 박 팀장을 보며 물었다.

"걱정되세요?"

"걱정은요. 알아서 잘하던 녀석이잖아요. 보란 듯이 맹활약하고 돌아오겠죠."

"그런데 축구 끝난 다음에 다른 거 또 한다고 하면 어쩌죠?"

"예? 다른 거요?"

"야구나 농구 한다고 할 수도 있잖아요."

박 팀장은 그 말에 메이저리그하고 NBA를 생각했다. 그리고 한수가 메이저리그 혹은 NBA에서 뛰는 모습도 생각해 봤다.

원래대로라면 매칭이 안 되어야 했지만 의외로 또 그 모습이 어울릴 것도 같았다.

그는 홍보팀장을 보며 손사래를 쳤다.

"말도 마세요. 딱 일 년만 뛰고 온다고 했으니까 그 이후에는 빡세게 굴려야죠."

"근데 사실상 전속계약 만료된 거잖아요. 만약 다른 회사 간다고 하면 어떻게 하죠?"

3팀장 얼굴에 그늘이 졌다.

그도 생각해 보지 못한 건 아니었다.

실제로 유니버설 뮤직을 비롯한 세계 3대 메이저 음반사는 물론 국내 대형 엔터테인먼트들도 한수가 FA로 풀릴 시기만을 노리고 있다 들었다.

"휴, 이형석 대표님이 어떻게든 대책을 마련해 주시겠죠?"

"호호, 글쎄요. 저도 잘 모르겠네요. 아직은 일 년 정도 시간이 남아 있으니까 그 뒤를 기약해 봐야죠."

"그건 그렇고 한수는 지금 뭐 하고 있을까요?"

"그러게요. 뭐 하고 있는지 모르겠네요. 진짜 프리미어리그에서 데뷔할 수 있을까요?"

"……무조건 할 겁니다."

그때였다.

홍보팀 직원이 다급히 뛰어 들어왔다.

한수가 맨체스터 페스티벌을 열었을 때 제일 먼저 찾아내서 보고했던 바로 그 여직원이었다.

"팀장님! 여기 계셨어요? 어, 3팀장님도 계시네요."

"혜주 씨 맞죠? 무슨 일 있어요? 되게 급해 보이네요."

3팀장이 그녀를 보며 물었다.

그녀 얼굴은 붉게 달아올라 있었고 숨소리도 거칠었다.

홍보팀장을 찾느냐고 이곳저곳을 헤맨 게 분명했다.

그녀가 머뭇거리다가 3팀장과 홍보팀장을 번갈아 보며 말했다.

"3팀장님도 아셔야 할 내용이고 어차피 알게 될 테니까 지금 말씀드릴게요."

홍보팀장이 그녀를 닦달했다.

"무슨 일인데 그래? 빨리 말해봐."

"그게…… 한수 씨 소식이 떴어요."

"정말? 어디? 맨체스터 시티 공식 홈페이지야?"

"예, 트위터에도 올라왔고요."

3팀장이 그녀를 보며 물었다.

"무슨 일인데 그래요? 설마 안 좋은 일이에요?"

"아니요, 올해 열리는 인터내셔널 챔피언스컵 있잖아요. 거기 출전명단에 한수 씨도 포함이 됐어요. 그래서 지금 난리 났어요."

오랜만에 듣는 소식에 3팀장이 눈을 휘둥그레 떴다.

ICC컵.

프리시즌에 열리는 대회다.

International Champions Cup, 줄여서 ICC라고 불리는 이 대회는 2013년 처음 창설된 축구 클럽 친선 대회로 그 규모가 크고 참가하는 클럽이 각 대륙에서 손꼽히는 명문 클럽이다 보니 전 세계 프리시즌 일정 가운데 가장 이목이 집중되는 대회다.

원래는 미국에서만 열렸지만, 점점 더 그 규모를 확장했고 최근 들어서는 미국, 중국, 오스트레일리아 등에서 대회가 개최되곤 했다.

맨체스터 시티는 2014년부터 ICC에 출전하기 시작했으며 그 이후로 계속 ICC에 참가 중이었다.

그런데 이번 2018 ICC 대회에 참가하는 선수 명단 가운데 한수도 포함된 것이었다.

그 의미인즉슨 한수가 경기를 뛸 정도로 체력을 지난 4개월 동안 키웠다는 뜻이었다.

"한수 씨도 양반은 못 되네요."

"하하, 그러게요. 마침 소식을 듣고 싶었는데 잘됐네요. 혜주 씨, 사람들 반응은 어때요?"

"난리도 아니죠. 오랜만에 나온 프리미어리거잖아요. 대부분 얼마나 잘할지 궁금해하고 있어요. 몇몇은 말도 안 되는 비난을 하고 있지만…… 그런 사람은 한두 명 있게 마련이니까요."

3팀장이 그 말에 미소를 지었다.

"기대되네요. 경기는 어디서 한다던가요?"

"미국이었어요."

"보러 가고 싶네요. 아, 연차 내고 갔다 올까. 오랜만에 한수 얼굴 보고 싶은데……."

"한번 갔다 오시는 것도 나쁘지 않죠."

홍보팀장이 멋쩍게 웃었다.

3팀장은 진지한 고민에 빠졌다.

지금이라도 당장 비행기 티켓을 예약해야 하는 게 아닌가 하는 생각이 들었다.

맨체스터 시티 선수로 뛰는 한수 모습을 보고 싶었다.

맨체스터 시티의 첫 경기는 7월 23일 뉴저지에서 열릴 예정이었다.

맨체스터 시티의 프리시즌 첫 번째 상대는 분데스리가의 최강자 바이에른 뮌헨이었다.

바이에른 뮌헨은 분데스리가에서 한 차례 또 우승컵을 들어 올리며 12-13시즌부터 17-18시즌까지 계속해서 우승하는 영예를 누렸다.

다만 챔피언스리그는 결승전에서 아깝게 패배하며 준우승에 그치고 말았다.

그래도 레알 마드리드에서 인대로 영입한 하메스 로드리게

스(James Rodriguez)가 2선에서 최고의 활약을 펼쳐 보이고 있는 만큼 만만치 않은 상대임은 분명했다.

뉴저지에 있는 훈련장에서 맨체스터 시티 선수들은 구슬땀을 흘려가며 훈련에 매진하고 있었다.

선수들의 사기는 그 어느 때보다 뛰어났다.

내일 있을 경기를 앞두고 다들 긴장의 끈을 바짝 조인 채 계속해서 연습에 연습을 거듭하고 있었다.

그뿐만 아니라 2018년 월드컵 때문에 휴가가 주어진 몇몇 선수를 제외하면 대부분 귀국했으며 펩 과르디올라는 프리시즌임에도 불구하고 전력을 기울일 생각이었다.

"펩, 무슨 생각을 그렇게 해요?"

"아, 도미네크. 무슨 일 있습니까?"

"방금 전 바이에른 뮌헨전에 나설 선수 명단을 제출했습니다."

"잘했습니다. 바이에른 뮌헨도 선수 명단을 제출했다던가요?"

"그렇습니다."

도미네크 토렌트 코치가 펩 과르디올라에게 선수 명단을 건넸다.

선수 명단을 확인한 뒤 펩 과르디올라가 고개를 끄덕이며 입을 열었다.

"하메스가 선발로 나오는군요. 포메이션을 보니까 공격형 미드필더로 기용하려는 생각인가 봅니다."

"예, 그런 거 같습니다. 4-2-3-1 포메이션이더군요."

"우리하고 비슷한 포메이션이겠군요. 그는 선발로 나설 준비가 되었다고 하던가요?"

"예, 문제없다고 이야기하더군요."

"좋습니다. 내일 드디어 그가 첫 경기를 뛰는 날이군요. 기대가 많이 됩니다."

"저도 마찬가지입니다. 하하, 저희가 1,800만 파운드를 들여 그를 영입했을 때 진짜 엄청 많은 욕을 먹지 않았습니까? 아마 내일 그 이유를 다들 알 수 있게 될 것이라고 생각하고 있습니다."

"물론입니다. 그럼 계속해서 훈련을 이어가도록 하죠."

"예, 감독님."

펩 과르디올라는 꾸준히 훈련 중인 선수들을 보며 입가에 미소를 그렸다.

내일 그들은 알게 될 것이었다. 새로 맨체스터 시티에 합류한 한수 강, 그의 진짜 실력을.

김태준은 뉴저지에서 살고 있는 한국인 유학생이었다.

평소 축구에 관심이 많은 그는 미국에도 조금씩 축구가 활성화되는 걸 반기고 있었다. 아무래도 그것에는 매년 열리는 ICC가 긍정적인 영향을 미치고 있었다.

그런 그가 올해 열리는 ICC를 누구보다 목 놓아 기다린 건 바로 맨체스터 시티, 그리고 맨체스터 시티와 1년 계약을 맺은 강한수 때문이었다.

FA로 맨체스터 시티에 합류한 그가 단 1년 계약을 맺었다고 했을 때 그는 그것을 접하고는 말도 안 되는 소리라고 생각했다.

고작 1년 동안 데리고 있기 위해 아무것도 검증되지 않은 일반인을 영입해야 하는지 의문이 있었기 때문이다.

그래도 같은 한인인 만큼 이왕이면 한수가 잘해주길 바라고 있었다.

그러다가 오늘 있는 맨체스터 시티와 바이에른 뮌헨의 경기에서 한수가 선발 출전한다는 말에 그는 그 어느 때보다 설레었다.

제일 좋은 좌석은 아니어도 2층 좌석을 구매해 뒀는데 설마하니 한수가 선발로 출전할 것이라고는 전혀 예상치 못했기 때문이다.

"잘 봐. 오늘 한스가 정말 엄청난 활약을 해줄 거니까."

"웃기는 소리야. 불과 넉 달 전만 해도 록보이었었다고. 그런데 불과 석 달 훈련했다고 그가 축구를 잘할 수 있을 거라고 믿는 거야?"

"펩 과르디올라가 괜히 그를 영입하고 싶어 했겠어? 다 그럴 만한 이유가 있지 않을까?"

태준은 평소 친하게 지내던 대학 친구와 함께 경기장에서 선수들이 들어오길 기다리고 있었다.

경기가 시작하기에 앞서 선수들이 하나둘 들어오며 몸을 풀기 시작했다.

그때 태준 눈을 사로잡은 사람이 한 명 있었다. 그는 맨체스터 시티 유니폼을 입고 있었다.

등번호는 9번이었다.

놀리토는 지난 시즌 세비야로 이적했으니 그일 리가 없었다.

Hans.

유니폼 뒤에 적힌 이름, 그는 강한수였다.

-다들 안 주무시고 뭐 하세요?

-뭐하긴요. 경기 기다리고 있죠. 오늘 강한수 경기 나온다고 하던데요?

-신빌 명단에 들었다던데 시 실인가 보네요.

-펩 과르디올라 감독이 기자회견에서 엄청 칭찬했대요. 내가 꿈꾸던 완벽한 그 축구를 보여줄 거라고 했다던데…… 진짜 설레네요.

-와, 그 정도예요? 링크 좀 해주실 수 있어요?

└여기요. [Link]

└와, 이제 주모 소환각 아닌가요?

-어! 사진 떴네요. [Link]

한창 댓글을 달던 네티즌들이 [Link]에 뜬 사진을 확인했다.

등번호 9번의 하늘색 유니폼을 입고 있는 모습을 제일 먼저 확인할 수 있었다. 등번호 9번 유니폼에는 Hans라고 마킹되어 있었다.

-진짜 미쳤네요. 손태석이 토트넘에서 7번 달고 있지 않아요?

-그렇죠. 그것만 해도 대단했는데 거기에 강한수가 9번 달고 있는 거 보니까 장난 아니네요.

-나중에 맨체스터 시티하고 토트넘 홋스퍼 붙는 것도 장난 아닐 듯. 코리안더비 막 이런 이름 붙이는 거 아니에요?

-가능성 있죠. 와, 이게 얼마 만에 코리안 더비야.

-어? 선수들 경기장 빠져나가네요. 곧 경기 시작하려는 모양

인데요?

그때 이제 막 일어난 네티즌 한 명이 댓글을 달았다.

-오늘 강한수 잘할까요? 못 할까요?
-글쎄요. 저는 좀 걱정이라…….
-과한 기대 때문에 오히려 부담을 느끼지 않을까요?
-그것도 가능하죠. 걱정이네요.
-중계 떴네요. 다들 즐감요.
-즐감요.

대부분 우려 중인 상황에서 인터넷 중계가 떴다.
오전 6시 40분.
국내 시간으로는 조금 이른 시간이었고 또 월요일 아침이었
지만 시청자 수는 벌써 1만 명을 넘어서고 있었다.
그만큼 한국인들이 이 경기에 얼마나 많은 관심을 갖고 있
는지 익히 알 수 있었다.
그러는 사이 경기장에 선수들이 입장하기 시작했고 맨체스
터 시티에서는 강한수가 마지막으로 발걸음을 들여놓았다.
오늘은 강한수가 맨체스터 시티 소속으로는 처음 경기에 출
전하는 날이었다.

넉 달 전 한수는 정말 많은 고민을 했다.

그동안 한수는 국내 연예계에서 적지 않은 인지도를 쌓아 올렸었다.

출연하는 예능 프로그램마다 좋은 성적표를 받았고 특히 음악에서 한수는 어마어마한 성과를 거둬들였었다.

비단 노엘 갤러거뿐만 아니라 리암 갤러거, 에릭 클랩튼, 폴 매카트니, 매튜 벨라미, 크리스 마틴 등이 한수와 함께 음반 작업을 하고 싶어 했다.

실제로 콜라보레이션을 제의한 밴드나 가수가 적지 않았다.

그뿐만이 아니었다. 거액의 계약금을 제시하며 한수를 영입하려 한 유니버설 뮤직 그룹 같은 메이저 레코드 레이블도 있었다.

그러나 한수가 선택한 건 맨체스터 시티였다.

어차피 한 번 정도는 맨체스터 시티 같은 프리미어리그 최상위권 클럽에서 뛰어보고 싶은 생각이 있었다.

특히 한수가 가장 목표로 하고 있는 건 챔피언스리그 우승이었다.

빅이어를 들고 우승할 수 있다면 한 시즌 뛰고 은퇴하는 것이라고 해도 여한이 없을 것 같았다.

한수는 넉 달 동안 부쩍 친해진 맨체스터 시티 선수들과 함께 경기장에 재차 들어서기 시작했다.

펩 과르디올라가 경기장에 들어오는 선수들을 바라보며 소리쳤다.

"어차피 프리시즌일 뿐이다! 부담 갖지 말고 뛰어도 된다."

한수는 경기장에 들어오며 바이에른 뮌헨 선수들을 훑어봤다. 바이에른 뮌헨 선수들은 붉은색 유니폼을 입고 있어서 맨체스터 시티 선수들과 대비가 되고 있었다.

한수는 몸 상태를 재차 확인했다.

문제 될 건 없었다. 이 정도면 풀타임도 충분히 소화할 수 있을 것 같았다.

넉 달 동안 한수는 주로 체력 단련에 가장 많은 시간을 할애했다. 웨이트 트레이닝은 고됐고 피트니스 훈련은 힘들었지만, 충분히 도움이 되었고 그 덕분에 한수는 웬만한 선수 못지않게 체력을 끌어올릴 수 있었다.

그러면서 한수는 계속해서 스마트폰을 보며 채널 마스터로서의 능력을 끌어올리는 데 집중했다.

그 덕분에 「IBC Sports」 채널 같은 경우 한수는 이미 100%의 경험치를 모두 충족시킨 상태였다.

그러면서 한수는 추가적으로 프리미어리그뿐만 아니라 웹

피언스리그에서도 뛰는 선수들의 개인기나 그들의 재능마저 확보할 수 있었다.

리오넬 메시, 크리스티아누 호날두 같은 당대 최고의 선수들도 마찬가지였다.

오늘은 그동안 갈고닦은 자신의 능력을 펼쳐 보일 날이었다.

경기장에 입성한 한수는 단체 사진을 찍은 뒤 그가 오늘 뛰게 될 자리로 향했다.

한수는 4-2-3-1 중에서 3의 자리에 뛸 예정이었다.

중앙에는 다비드 실바가, 왼쪽에서는 케빈 더 브라이너가 뛸 터였다.

그러면서 한수는 오른쪽 미드필더를 맡게 됐다.

첫 경기인 만큼 설레는 마음도 없지 않아 있었다. 위치로 걸어가는 사이 다비드 실바가 한수를 보며 물었다.

"어때? 오늘이 첫 데뷔잖아."

"문제없어, 이 정도면 충분해."

한수 말에 다비드 실바는 고개를 절레절레 저었다.

스물네 살에 처음 프로로 데뷔한 셈이다. 그것도 전년도 프리미어리그 3위 팀에서 주전을 맡게 됐다.

말이 안 되는 게 사실이다. 대부분 유스부터 시작해서 차곡차곡 올라오는 것에 비해 한수는 비상식적이었다.

하지만 다비드 실바는 '그게 군이 중요할까'라는 생각을 하고 있었다.

어차피 프로의 무대다. 그렇다는 건 경기력만 좋으면 상관
없는 일이었다.

그리고 불과 며칠밖에 안 됐지만, 함께 호흡을 맞춰보며 연
습경기를 해본 결과 한수의 실력은 진짜배기였다.

그랬기 때문에 다비드 실바는 한수를 전혀 걱정하지 않고
있었다.

이번 ICC는 한국에서도 생중계되고 있었다.

프리시즌이긴 해도 규모가 엄청 큰 대회인 데다가 이름만
들어도 알 법한 명문 클럽들이 줄줄이 참가하기 때문이다.

경기가 시작되기 전 캐스터와 해설자 모두 긴장한 표정이었
다.

"휴, 오늘 강한수 출전하는 거 맞죠?"

"어, 명단에 떴잖아. 같이 봐놓고서는 못 믿는 거야?"

"하하, 믿어지질 않아서요. 내로라하던 유망주들도 1부 리그
에 올라가지 못하고 그리스나 터키 리그 같은 곳에서 뛰고 있
는 게 현실이잖아요."

"휴, 그긴 그렇지."

한때 국내 유망주 중 최고의 재능이라고 평가받던 선수들도 1부 리그에 올라가지 못한 게 사실이다.

2부 리그에서 헤매고 있거나 혹은 변방 리그에서 뛰고 있다.

그럴 때마다 그 선수들이 도리어 욕을 먹는 걸 보며 얼마나 씁쓸했던가.

그 와중에 강한수가 프리미어리그, 그것도 하위권 팀이 아닌 맨체스터 시티에서 선수로 뛴다는 이야기를 듣게 되었을 때만 해도 반신반의했었다.

대중들의 반응도 싸늘했다.

연예인이 웬 축구선수가 되려 하냐면서 허무맹랑한 짓거리를 하려 한다는 게 일반적인 반응이었다.

전문가들도 회의적인 반응을 보이기 일쑤였다. 긍정적인 반응을 보이는 건 극히 일부였다.

그동안 꾸준히 예능 활동과 음악 활동을 하며 차곡차곡 쌓인 한수의 개인 팬들 정도였다.

그런데 프리시즌 첫 경기에서 한수가 선발로 뛰게 되었으니 다들 얼마나 잘 해낼지 검증하겠다고 하고 있었다.

한수 입장에서는 왜 그들이 자신을 검증하려 드는지 이해가 안 갔다.

어디까지나 자신은 축구를 하고 싶었고 또 리암 갤러거하고 약속한 이상 한 시즌만 맨체스터 시티에서 뛰기로 결심한 것뿐이었다.

"잘해주길 바라야겠지. 그래도 강한수가 잘 뛰어주면 프리미어리그에 대한 관심도도 부쩍 높아질 테니까."

"그렇겠죠? 올해 월드컵은 가뜩이나 부진해서 이래저래 말들이 많으니까요."

"그런데 2002년에 4강까지 올라간 건 기적이었어. 강한수가 진짜 맨체스터 시티에서 주전으로 뛸 만큼 실력이 좋다고 해도 그가 월드컵에서 뛰었다고 한들 4강까지 올라갈 수 있었을까? 나는 거기에 있어 회의적이야."

"한두 명 때문에 4강에 올라간다면…… 그건 말이 안 되죠. 결국, 팀적인 시너지도 함께 조화되어야 할 테니까요."

"그렇지. 어쨌든 오늘 경기가 어떨지 그래서 궁금한 거기도 해. 뭐, 프리시즌이니까 크게 의의를 둘 필요는 없겠지만 그래도 어쨌거나 맨체스터 시티의 주전 선수로 뛰게 된 첫 경기잖아."

"아, 경기 시작한다네요. 문호 형, 준비 들어가죠."

"그래. 괜히 내가 더 두근거리네. 하하."

과연 강한수가 부정적인 여론을 상대로 얼마나 뛰어난 모습을 보여주게 될지 그들 모두 적잖은 기대를 품고 있었다.

그러는 사이 그들 앞에 놓인 커다란 화면에 위성 신호가 잡히면서 영상이 들어왔다.

선수들이 경기장으로 들어올 준비를 하고 있었다.

그들은 메인 카메라를 보며 고개를 꾸벅 숙여보인 뒤 진행을 시작했다.

"새벽부터 일어나서 오늘 경기를 보기 위해 밤잠을 설치신 여러분, 모두 반갑습니다. 오늘 경기의 캐스터를 맡게 된 양현수입니다."

"안녕하십니까? 해설 안문호입니다."

"오늘은 미국, 중국 그리고 오스트레일리아에서 열리는 ICC 중계가 있는데요. 새벽녘부터 많은 분이 기다리던 경기가 오늘 있죠?"

"그렇습니다. 맨체스터 시티와 바이에른 뮌헨의 프리시즌 첫 경기죠. 양 팀 모두 베스트 라인업을 들고나온 건 아니지만 어떤 모습을 보여줄지 기대됩니다."

"17-18시즌 아쉽게 3위에 그쳤지만 그래도 챔피언스리그 진출을 결정지은 맨체스터 시티와 이번에도 또 우승컵을 들어올리며 분데스리가의 강자임을 입증한 바이에른 뮌헨의 경기인데요. 아, 말씀드리는 순간 선수들이 경기장에 입장하기 시작했군요. 우선 라인업부터 발표해 드리겠습니다."

양현수 캐스터가 라인업을 발표하는 동안 경기장에 입장하는 선수들이 보였다.

개중 국내 팬들의 눈을 사로잡은 건 등번호 9번을 등에 달고 있는 한스였다.

-보통 Kang이라고 하지 않나?

-그러게. 손태석도 Son이잖아.

-바보들아. 강한수는 외국에서 Hans로 유명하잖아. 한스 신드롬이 괜히 있었겠냐? 그러니까 일부러 Hans로 한 거겠 지.

-아, 그런 건가? 얼마나 잘해주려나?

-글쎄. 펩 과르디올라가 그렇게 극찬을 했다며? 꽤 잘하지 않을까?

-뭐, 첫 볼터치 보면 알 수 있겠지.

그들 모두 바짝 흥분한 얼굴로 중계 화면을 지켜보기 시작 했다.

그리고 휘슬 소리와 함께 킥오프가 이어졌다.

처음 공을 뒤로 보낸 건 바이에른 뮌헨의 공격수 레반도프 스키(Lewandowski)였다.

17-18시즌 분데스리가 득점왕을 차지한 그는 88년생으로 전성기를 맞이한 만큼 최고의 퍼포먼스를 보여줄 것으로 예상 되고 있었다.

레반도프스키가 공을 건넨 뒤 그 공을 이어받은 건 하메스 로드리게스였다.

2014 FIFA 브라질 월드컵에서 골든슈(득점왕)를 차지한 그는 레알 마드리드에 입단하며 입단 첫 시즌 뛰어난 활약을 보였지만 그 이후 팀 내 입지가 좁아지면서 출전기회에 제약을 받게 됐다.

결국, 그는 자신을 적재적소에 활약해 줄 수 있는 안첼로티가 있는 바이에른 뮌헨으로 이적을 선택했고 바이에른 뮌헨으로 임대이적한 뒤 누구보다 빠른 적응력을 보이며 지금은 공격형 미드필더로 최고의 모습을 선보이고 있었다.

하메스 로드리게스가 팀의 흐름을 조율하며 천천히 움직이기 시작했다.

그러다가 하메스가 힐끗 한수를 쳐다봤다. 그도 한수는 알고 있었다. 축구인보다는 가수로 한수를 알고 있는 것이었지만.

겉으로 보기에 한수는 적당히 벌크업이 됐을 뿐 두드러지는 정도는 아니었다.

오른쪽 미드필더로 기용한 걸 보면 윙포워드 내지 클래식 윙어의 역할을 수행할 것으로 보였다.

힐끔 그를 살피던 하메스는 뒤로 공을 돌렸다.

바이에른 뮌헨 중원의 핵심 티아고 알칸타라(Thiago Alcantara)가 그 공을 이어받았다.

그 순간이었다. 여전히 맨체스터 시티에서 뛰고 있는 야야 투레(Yaya toure)가 강하게 티아고를 압박했다.

바르셀로나 출신 선수답게 탈압박 하나는 자신 있는 티아고였지만 맨체스터 시티의 강한 압박과 협력 수비 때문에 티아고 알칸타라가 공을 빼앗겼다.

그리고 야야 투레는 곧장 한수에게 공을 연결했다.

동시에 경기장이 그에게 집중했다.

이곳 미국은 넉 달 전까지만 해도 한스 신드롬이 불었던 곳이었다.

과연 록보이 한스가 축구선수로서 어떤 모습을 보여줄지 그들 모두 관심을 기울이고 있었다.

그리고 한수가 프로 선수로서 첫 터치를 시작했다.

한수는 야야 투레가 건넨 공을 받았다. 발끝으로 공을 누른 상태에서 한수는 지금 경기장 상황을 확인했다.

그는 「IBC Sports」 채널에 대한 경험치를 100% 모두 쌓은 뒤 채널 마스터가 정말 사기라는 걸 다시 한번 뼈저리게 느낄 수 있었다.

100% 경험치를 모두 쌓았을 때 한수에게는 추가적인 능력을 고를 수 있는 권한이 주어졌다.

음악 같은 경우, 그러니까 「K-POP STAR」를 확보하고 경험치를 100% 모두 쌓았을 때는 모든 능력을 얻을 수 있었다.

「IBC Sports」 같은 경우는 조금 달랐다.

한수가 상급자 단계에 접어들어서일까?

모든 능력을 한꺼번에 주려 하지 않았다.

그 대신 채널 마스터는 포지션별로 가장 적합한 능력 하나를 고를 수 있게 했다. 그리고 한수는 스트라이커, 미드필더, 디펜더 중에서 각각의 포지셔닝에 맞춰 그에 상응하는 능력을 추가로 얻을 수 있었다.

한수가 고른 건 우선 스트라이커에서는 「드리블」이었다. 미드필더에서도 범용적으로 들어가는 능력이었지만 한수는 스트라이커로 뛸 생각이 없었기에 오히려 선택이 가능했다.

만약 그가 스트라이커로 뛸 생각이었으면 「골 결정력」 같은 걸 선택했을 터였다. 「골 결정력」에서 보정을 받을 수 있다면 아깝게 들어가지 않을 공을 들어가게 만들 수 있다는 의미였으니까.

미드필더에서는 「넓은 시야」였다. 패스를 적재적소에 찔러 넣어주기 위해서는 무엇보다 「넓은 시야」가 가장 필요했다.

그리고 디펜더에서 한수가 고른 건 「몸싸움」이었다. 거칠기 이를 데 없는 프리미어리그에서 뛰기 위한 고육지책이었다.

그렇게 세 가지 능력을 선택했고 그것을 실제 연습경기에서 사용한 순간 한수는 채널 마스터의 능력이 다시 한번 말이 안 된다는 걸 느꼈는데 오른쪽 측면 미드필더로 뛰면서 패스를 찔러 넣을 때마다 순간적으로 자신의 시야가 바뀌는 걸 알 수 있었다.

그냥 남들과 똑같은 시야에서 패스해야 할 타이밍을 잡을 때마다 마치 하늘 위에서 경기장 상황을 내려다보듯 시야를 폭넓게 확장하는 게 가능했다.

그 덕분에 패스를 찔러 넣기가 한결 수월했고 선수마다 한수에게 어떻게 그런 패스가 가능하냐고 물어볼 정도였다.

이번에도 마찬가지였다.

야야 투레로부터 패스를 주고받은 뒤 재차 패스를 찔러 넣으려 하자 순간적으로 시야가 바뀌었다. 동시에 지금 이 경기장을 찍고 있는 다수의 카메라로 각각 시야가 변환되었다.

처음에만 해도 이것에 적응이 안 된 탓에 어지럼증이 있었지만, 지금은 한결 수월했다. 조금만 더 연습이 되면 원할 때마다 시야를 바꿔 쓸 수도 있을 것 같았다.

그렇게 되면 전후좌우 필요로 하는 곳을 볼 수 있게 될 테고 뒤에서 태클하러 들어오는 선수들을 피해내는 것도 가능해질 터였다.

"한스!"

저 멀리 전방으로 쇄도해 들어가고 있는 아게로 모습이 보였다.

아게로는 타고난 골잡이였다.

키는 작은 편이지만 개인기과 드리블로 충분히 상대 수비수를 뚫고 슈팅이 가능한 선수였다.

한수는 시시각각 바뀌는 시야를 통해 가장 알맞은 패스를 골랐다. 그리고 그가 단숨에 크로스를 찍어 차올렸다.

동시에 한수가 차올린 크로스가 묘한 궤적을 그리며 전방으로 날아갔으며 아게로는 발 앞에 툭 떨어진 공을 치고 나가며 비어 있는 골문을 노렸다.

"아! 아게로 선수! 슈우우웃! 아쉽게 골문을 살짝 스치고 빗나갑니다. 아, 아니군요. 노이어 선수가 손끝으로 쳐낸 거였습니다!"

"역시 노이어 선수입니다. 점점 더 기량이 만개하고 있거든요. 전반 시작부터 최고의 선방을 보여줍니다."

"그보다 방금 전 강한수 선수의 크로스는 어떻게 보셨습니까?"

"정말 자로 잰 듯한 완벽한 콤퓨타 크로스였습니다. 물론 이게 운으로 된 것일 수도 있겠지만…… 만약 노리고 한 것이라면 허허, 이번 시즌 기대해 볼 만할 거 같습니다."

안문호가 해설 이후 혀를 내둘렀다.

방금 전 강한수가 크로스를 차올렸을 때 그는 조금 의아해했다.

전방에는 아게로 한 명뿐이었다. 반면에 강한수 앞은 무주공산이었다.

곧 수비수들이 그를 압박해 올 테지만 곧장 패스하는 건 아쉬움이 있었다.

조금 더 드리블 돌파를 해서 엔드라인까지 올라간 뒤 크로스를 올리던가 혹은 중앙으로 치고 들어갈 것이라고 생각했다.

그런데 바로 제자리에서 크로스를 올릴 줄은 생각지도 못한 일이었다.

아게로가 아쉬움을 털어내며 다시 돌아왔다. 그가 한수를 보며 소리쳤다.

"미안해. 첫 어시스트였는데 내가 놓쳐 버렸네."

"프리시즌인데 뭘."

"오케이. 이따가 한 번 더 크로스 부탁해. 그때는 제대로 넣어줄 테니까."

아게로가 웃으며 엄지손가락을 치켜들었다. 한수도 미소를 지은 채 다시 맨체스터 시티 진영으로 돌아왔다.

노이어가 공을 내려놓은 다음 경기장을 바라봤다.

그것도 잠시 그가 한수를 쳐다봤다. 방금 전 크로스는 순간 등골이 싸늘해질 만큼 날카로운 것이었다.

이제 막 첫 경기를 뛰는 애송이가 올릴 수 있는 그런 크로스가 아니었다. 그런데 놈은 그걸 해냈다.

그리고 아게로가 조금만 더 공을 틀었으면 자신을 꿰뚫고 득점했을지도 몰랐다.

노이어는 시작한 지 몇 분 되지도 않았는데 벌써부터 흘러내리는 식은땀을 소매로 훔쳤다. 그리고 센터백을 보고 있는 마츠 훔멜스(Mats Hummels)에게 패스를 연결했다.

마츠 훔멜스가 패스를 이어받았다. 노이어는 빌드업 중인 선수단을 바라보다가 입술을 깨물었다.

방금 전 패스는 마치 토니 크로스(Toni Kross)의 패스 같았다.

바이에른 뮌헨에서 맹활약하며 독일 국가대표팀 일원으로도 뛰어난 모습을 보였던 토니 크로스는 2014년 레알 마드리드로 이적했고 그 후 챔피언스리그 우승컵을 두 번 들어 올렸다.

토니 크로스는 사비 에르난데스(Xavi Hernandez)가 은퇴한 지금 세계 최고의 플레이메이커이자 패스 마스터로 손꼽히고 있었는데 방금 전 강한수의 크로스는 마치 토니 크로스의 크로스를 보는 것만 같았다.

그것도 잠시 노이어는 고개를 절레절레 저었다.

토니 크로스는 2007년부터 FIFA U-17 월드컵에서 5골 4어시스트라는 엄청난 활약을 펼치며 대회 MVP로 선정되었고 그 이후 바이에른 뮌헨과 레알 마드리드, 거대 클럽에서 꾸준히 주전으로 뛰어난 활약을 펼쳐 보인 선수였다. 그런 그를 이제 막 첫 경기를 뛰기 시작한 애송이하고는 비교할 수 없었다.

그렇지만 마음 구석진 곳에 불안감이 싹트는 건 어쩔 수 없는 일이었다.

오늘 한수를 대인 방어하게 된 선수는 다비드 알라바(David Alaba)였다. 오스트리아 국적의 이 선수는 한때 92년생 최고의 재능이라고 불렸지만 15-16시즌에는 센터백으로 겸직하며 폼이 떨어졌고 16-17시즌에는 기복이 심한 플레이를 보여주다가 지금에 이르러서는 월드클래스급 선수가 아닌 조금은 정체된 인상을 보이고 있었다.

　오히려 너무 다재다능하다 보니까 이곳저곳 포지션을 옮겨 다니면서 성장하지 못한 게 없지 않았다.

　실제로 그는 16-17시즌과 17-18시즌에서 안정감이 크게 떨어진 모습을 보이며 수비 시에도 구멍이 숭숭 뚫린 모습을 여러 차례 보이고 있었다.

　그렇지만 상대 선수는 이제 막 첫 경기를 뛰는 애송이였다.

　그랬기 때문에 다비드 알라바는 이번만큼은 안정적인 수비력을 보여주겠다고 생각 중이었다.

　그러다가 첫 볼터치 이후 곧장 찍어 차올린 크로스 때문에 실점할 뻔하면서 그는 순간 얼이 빠진 상태였다.

　그 정도 크로스는 마음을 먹었다가 할 수 있는 게 아니었기 때문이다.

"……이 자식은 도대체 뭐야?"

그리고 경기가 계속될수록 다비드 알라바가 인상을 구겼다.

생각외로 상대하기 까다로운 선수였다. 볼터치가 많은 건 아니었다. 그런데도 불구하고 부담감이 적지 않았다.

강한수는 두 가지 모습을 동시에 보여줄 수 있는 선수였다.

윙포워드 혹은 클래식 윙어.

어디서든 크로스가 가능했고 또 돌파도 수준급이었다.

그렇게 경기가 시작하고 5분 정도 지났을 무렵 맨체스터 시티의 역습이 이어졌다.

레반도프스키가 때린 슈팅이 클라우디오 브라보의 선방에 막혔고 흘러나온 공을 오타멘디(Otamendi)가 걷어냈다. 그리고 그 공이 떨어진 건 공교롭게도 다비드 실바 앞이었다.

"다비드 실바 선수가 빠른 속도로 치고 나옵니다! 지금 바이에른 뮌헨 진영 수비수는 그 숫자가 매우 적은 편이거든요. 아, 그리고 실바 선수가 패스를 찔러 넣습니다!"

동시에 한수가 공을 건네받았다. 바이에른 뮌헨 수비수는 세 명뿐이었다.

자신의 앞을 가로막고 있는 다비드 알라바와 센터백 마츠 홈멜스 두 명뿐이었다.

바이에른 뮌헨의 다른 선수들은 부지런히 돌아오고 있는 중이었다. 그렇지만 한수는 그들을 기다려줄 생각이 없었다.

동시에 한수가 이번에는 빠른 속도를 바탕으로 돌파를 시도했다.

다비드 알라바가 인상을 구겼다. 그리고 한수에게 몸을 부딪쳤다.

"다비드 알라바 선수가 강한수 선수를 막아서…… 앗! 여기서 마르세유 턴입니다!"

한수는 자신을 막아서려 하는 다비드 알라바를 상대로 멋진 마르세유 턴을 선보였다.

지네딘 지단이 종종 선보인 개인기로 공을 잡고 등을 돌린 채 한 바퀴 돌며 상대 수비수의 압박을 벗겨내는 기술이었다.

"강한수 선수는 침착하군요. 저 상황에서 마르세유 턴을 쓸 줄은 아무도 예상 못 했을 겁니다."

해설자 안문호가 당황한 가운데 양현수 캐스터가 침을 튀겨가며 소리쳤다.

"단숨에 다비드 알라바를 제치고 계속해서 안으로 돌파해 들어갑니다! 여기서 슈팅을 노릴까요?"

그러나 골대와의 각이 없었다.

반대로 중앙에서는 세르히오 아게로가 치고 들어오고 있었다.

한수는 더 효율적인 플레이를 노렸다.

폭넓은 시야로 아게로가 들어오는 것을 확인한 한수가 그대로 패스를 깊숙이 찔러 넣었다.

마츠 홈멜스의 가랑이 사이를 뚫고 들어간 패스가 그대로 페널티 에어리어 안쪽으로 빨려 들어갔다.

노이어가 뒤늦게 막아서려 했지만, 그보다 아게로가 한발 앞서 있었다.

동시에 철썩- 하는 소리와 함께 골망이 시원한 소리를 내며 출렁거렸다.

"고오오올! 고오올입니다! 세르히오 아게로가 시원하게 골 망을 가르며 프리시즌 첫 골을 넣는 데 성공합니다!"

"침착한 슈팅이었습니다. 그리고 강한수 선수가 사실상 0.9 골에 가까운 활약을 선보였죠. 다비드 알라바 선수를 마르세 유 턴으로 뚫은 다음 더 완벽한 기회를 갖고 있던 세르히오 아 게로 선수한테 키패스를 찔러 넣은 게 주요했습니다."

아게로는 골을 넣자마자 관중들을 향해 세레모니를 펼쳐 보 였다.

한수가 그런 아게로에게 달려들었다.

"이번에는 넣었네?"

"말했잖아! 나한테 맡겨달라고. 넌 역시 최고야!"

세르히오 아게로가 한수를 강하게 끌어안았다.

한수는 그런 아게로를 보며 입가에 미소를 그렸다.

바로 이런 기분이었다.

함께 노력해서 골을 만들어낸다는 것.

그것만으로도 지난 넉 달 동안 웨이트 트레이닝을 하느라 고생한 보람이 있었다.

세르히오 아게로의 세레모니 이후 경기가 재개됐다.

다비드 알라바는 아까 전 한수에게 뚫렸던 것 때문인지 좀처럼 전방으로 올라가지 않은 채 소극적으로 경기에 임하고 있었다.

그렇다 보니 한수는 돌파해서 엔드라인까지 올라가기보다는 크로스를 날리는 방법을 선택하고 있었다.

노이어가 다시 한번 튀어나왔다.

가까스로 공을 쳐 낸 뒤 그가 욕지거리를 내뱉었다.

"빌어먹을!"

그리고 노이어는 강한수를 노려봤다.

그는 가까이에 있지도 않았다.

거의 하프라인 근처에서 공을 찍어 올리고 있었다.

누가 보면 뻥축구라고 할지도 몰랐다.

그러나 그렇게 말할 수 없는 게 강한수의 크로스는 자로 잰 듯 정확했다.

처음에만 해도 운이 좋아서 성공한 것이라고 생각했지만 계속되는 컴퓨터 크로스에 노이어는 강한수의 실력이 진짜배기라는 걸 깨달을 수 있었다.

그나마 계속되는 크로스에도 골이 터져 나오기 않은 건 맨체스터 시티의 최전방 공격수가 세르히오 아게로였기 때문이다.

만약 그보다 키가 더 크고 공중볼 다툼에 능한 스트라이커, 이를테면 크리스티아누 호날두 같은 선수가 지금 아게로 자리에 있었으면 못해도 한두 골은 더 터져 나왔을 게 분명했다.

'올해 챔피언스리그는 만만치 않겠어.'

그리고 전반전이 끝난 뒤 양 팀은 선수단을 대폭 교체했다.

프리시즌인 만큼 풀타임을 소화할 필요는 없었다.

그리고 맨체스터 시티는 2 대 0으로 바이에른 뮌헨을 꺾으며 프리시즌 첫 승을 거머쥐었다.

그와 함께 프리시즌 첫 경기 MVP에 선정된 건 맨체스터 시티의 미드필더 강한수였다. 경기가 끝나고 국내 주요 포털 사이트에도 경기 결과와 함께 활약상이 소개됐다. 그다음 날에는 런던과 맨체스터 지역 일간지에 ICC 첫 경기 결과와 함께 주요 선수들의 활약상이 소개되었다.

이날 국내뿐만 아니라 영국과 미국 등 세계 각국 스포츠란에서 1면을 차지한 사람은 바로 프리시즌 첫 MVP인 강한수였다.

to be continued

서은하는 소품실 한쪽에 보이는 벽걸이 시계를 가리켰다.

"저 시계를 일 분 동안 함께 바라보는 연인이 나오는 홍콩 영화인데, 무척 로맨틱하다고 생각했거든요. 당장은 힘드니까 일단 민호 씨만 그 장소 가서 보고 와요. 나중에 같이 가서 볼 때 설명 잘해줄 수 있도록. 그럼, 민호 씨가 원하는 부탁 뭐든지 하나 들어줄게요."

"뭐, 뭐든지?"

"뭐야? 지금 엉큼한 상상했죠?"

"명 받들겠습니다!"

"했네, 했어."

민호는 끝까지 시치미를 뗐다.

언제 흘러갔는지 모를 저녁시간이 끝나고, 민호는 영화에 나온 그 장소의 사진은 물론이고 서은하를 위한 선물도 한 아름 사와야겠다고 결심했다. 홍콩은 쇼핑의 천국이기도 하니까.

'그런데 마카오는 뭐로 유명했더라?'

to be continued

8클래스 마법사의 회귀

인류 최초의 8클래스 마법사 이안 페이지.
배신 끝에 30년 전으로 돌아오다.

설령 세상이 무너지는 한이 있더라도.
상상을 초월한 적이 눈앞에 나타나더라도.
지키고픈 이들을 반드시 지켜낼 수 있는 힘.

'그 힘이 적당할 필요는 없어.'

소중한 이들을 지키기 위한,
8클래스 이안 페이지의 일대기!